grafit

Chemnitzer Str. 31, D-44139 Dortmund
Internet: http://www.grafit.de
E-Mail: info@grafit.de

Umschlaggestaltung: Dorothea Posdiena, http://www.posdiena.de
Umschlagabbildungen: ›Porträt einer Unbekannten‹ (um 1800/1810) von Alexander Molinari; akg-images
Kartoffelpflanze: Ernst Klett Verlag GmbH, Leipzig
Druck und Bindearbeiten: CPI – Clausen & Bosse, Leck
ISBN 978-3-89425-609-8
1. 2. 3. 4. 5. / 2011 2010 2009

Ella Theiss

Die Spucke des Teufels

Roman

grafit

Die Last der Tyrannei wird nie drückender, als wenn der Tyrann den Schein der Unschuld annimmt und die Unterdrückung nach vorgeblicher Form der Gesetze geschieht.

Friedrich II., aus: *Anti-Machiavell*

Für Fritz, Jennie und Tilla

1 Prolog

Da ist kein Licht. Kein Schimmer! Er schiebt die Bettdecke zurück und lauscht. Auf Stimmen, auf Schritte, darauf, dass die Dielen unter Lisbeths Füßen knarren. Nichts. Dabei muss heller Tag sein, das verrät das Gegacker der Hühner im Hof. Und das Gerumpel der Fuhrwerke auf der Landstraße. Aber da ist kein Licht. Auch wenn ihn der Star fast blind gemacht hat, das spürt er. Lisbeth hat die Fensterläden nicht aufgemacht, hat ihn vergessen, das Miststück!

»Liiisb…!« Er will rufen, doch die Kiefer kleben aneinander. Und der Rachen brennt, wie wohl die Hölle brennen wird, die ihn zweifellos erwartet, wenn man die Pfaffen reden hört. Er hat Blutwurst gegessen, am Vorabend zu Allerheiligen, wo er hätte fasten müssen. Und am Morgen danach hat die Erde gebebt, da sind die Schindeln vom Dach gefallen und über dem Scheunentor ist der Sturz aufgerissen. Fingerbreit klafft er jetzt auseinander, der Sturz, hat Lisbeth gesagt. Und das Tor lässt sich nicht mehr schließen und der Mörtel bricht und bröselt.

Seither auch das Fieber. Wie viele Tage? Zehn? Zwölf? Und ein Gekotze und ein Gescheiß, dass Gott erbarm! Oben wie unten quillt bröcklige Jauche aus ihm heraus. Das sei die Strafe der Heiligen, hat Lisbeth gesagt und kein Mitleid gezeigt, das Aas.

Es wird schon wieder werden, hat der Doktor gesagt. Die Erde habe überall gebebt. Nicht nur in Hassum. Sondern am ganzen Niederrhein, sogar in ganz Westeuropa. Am schlimmsten in Lissabon, wo nicht bloß die Schindeln von den Dächern, sondern die Glockentürme von den Kirchen gefallen seien und wo es eine Feuersbrunst gegeben habe und dann eine Flut. Eine Sintflut, sagt Lisbeth.

Aber Lissabon ist weit weg. Bettruhe und Haferschleim hat der Doktor empfohlen. Ab und zu Pastinaken oder Möhren mit Petersilie. Petersilie hilft immer. Aber keine Wurst, kein Fleisch, keine Milch. Besser Kamillenbrühe. Dann werde er rasch wieder – *gesund?* Ha, *gesund*, das hat der Doktor vielleicht sagen wollen. Aber einen blinden alten Mann mit morschen Knochen kann man nicht gesund nennen, auch nicht, wenn er wohlauf ist. Deshalb hat er geschwiegen, der junge Doktor mit der Stimme von einem Choralbuben. Was weiß so ein Eumel schon vom Alter!

Was ist bloß mit dem Laken? Es pappt am Arsch fest, am ganzen Rücken pappt es und ist dabei sperrig wie Leder. Er tastet es ab. Ein klebriger Belag bleibt an seinen Fingerspitzen haften. Wachs! Lisbeth hat ihm eine Wachsplane untergelegt, wie man sie auf Fuhrwerken verwendet, um die Ladung vor Regen zu schützen. Das Drecksweib, das faule! Will ihn nicht waschen, ihm die Wäsche nicht wechseln müssen. Will die Matratze vor seinem Kot schützen, weil sie so teuer war. Von einer Manufaktur in Krefeld hat er sie sich kommen lassen. Eine gute Matratze mit einer Füllung aus Rosshaar und einem Bezug aus Kattun, wie für vornehme Leute. Na und! Er ist der einzige Wirt von ganz Hassum und Hommersum! Seit vierzig Jahren! Die Matratze steht ihm zu. Und wenn er sie vollscheißt, dann ist das seine Sache. Allein seine Sache!

»Lisssbe…!« Sein Magen krampft. Klumpiger Brei schießt ihm durch den Schlund, bricht stinkend durch die Lippen, sickert ins Kissen. Haferschleim. Immerzu Haferschleim. Und Petersilie. Auch damit kann es des Guten zu viel sein, oder? Er fingert über den Nachttisch. Da liegen Tücher. Gebügelt, gefaltet. Wenigstens daran hat sie gedacht, die nichtsnutzige Sau!

Er nimmt das oberste Tuch, wischt sich das Gesicht ab und atmet auf.

Es wird wieder werden, hat der Doktor gesagt. Die Heiligen, wenn sie sich denn geärgert hätten wegen der Blutwurst, die würden nun einsehen, dass er genug gestraft war. So hat es der Doktor auch Lisbeth erklärt, die daraufhin endlich still war mit ihrem Gezeter.

Er spürt nach seinem Bauch. Der liegt aufgebläht unter der warmen Decke wie ein Laib Brot im Backofen und scheint endlich Ruhe zu geben. Nur der After schmerzt wie eine eitrige Wunde. – Ja doch, er wird Buße tun. Morgen früh wird er sich von Lisbeth zum Trappenboom karren lassen, zu der uralten Eiche, wo die Heiligen immerzu den armen Sündern erscheinen. Dort wird er niederknien und beten. Und dann soll ein Heiliger kommen; wenn es sein muss, sollen alle Heiligen auf einmal kommen. Er wird beichten und Buße tun. Aber dann muss es auch gut sein!

Ist er nicht von jeher ein Liebling des Herrgotts? Reich ist er, das Wirtshaus gehört ihm ganz allein. Ja, er ist blind geworden im Alter, aber sonst doch zäh geblieben. Zäh wie Unkraut. Das hat ihm die Mutter an der Wiege gesungen. Unkraut vergeht nicht, wie der dümmste Bauer weiß. Den Krupp, die Masern und das Fisselfieber hat er überstanden, dazu viele Hungerwinter, die Übergriffe der Preußen und all deren Launen ... Er wird gewiss steinalt werden. So alt wie sonst nur Könige und Päpste. Dass diese Ruhr derart lange andauert, ist nur ein Zeichen, ein kleiner Wink des Schicksals. Und soll ihm sagen, dass er älter und schwächer wird, sich vorsehen muss.

Haferschleim, Möhren, Pastinaken. Lisbeth kocht ihm alles, was der Doktor gesagt hat. Mit Petersilie. Petersilie hilft immer. Und kochen kann sie, die Lisbeth. Ja, das muss man ihr lassen. Ihre Sülze schmeckt besser als manche teure Pastete vom Klever Markt. Doch sonst ist sie zu nichts nütze. Vor mehr als einem Dutzend Jahren hat er sie geheiratet, fast ohne Mitgift, weil sie verwaist war. Aber jung. Und lieblich, wie es schien. Lisbeth sollte ihm endlich die Kinder gebären, die seine erste Frau nicht bekommen hatte, ehe sie starb. Doch auch Lisbeth hatte sich bald als taube Nuss erwiesen. Ist obendrein einfältig, starrt in brennende Kerzen, ritzt Runen in Stühle, Tische und Truhen, gibt den Katzen Milch und den Bettlern Butter aufs Brot.

Da! Der Schlüssel schabt im Schloss, die Haustür fiept. Sie ist heimgekehrt. Na warte, er wird ihr was erzählen! Ihn ohne ein Wort allein zu lassen! Die Fensterläden nicht aufzumachen! Ein gewachstes Tuch in sein Bett zu legen!

»Lis...bbbb...!« Ein neuer Schwall will sich in seiner Kehle sammeln. Er hält die Luft an, schluckt die bittere Brühe tapfer hinunter, lauscht. Lisbeth flüstert wie ein Pferdedieb. Und ein Mann gibt Antwort. Klar und fest, und doch so leise, dass nichts zu verstehen ist. Hat sie einen Gast mitgebracht? Gut so! Er wird aufstehen, sich von ihr waschen und anziehen lassen, den Gast willkommen heißen und nach seinen Wünschen fragen. Wird ihm ein Zimmer zuweisen, Lisbeth sagen, was sie zum Abendmahl bereiten soll, und darauf achten, dass sie auch die Pferde versorgt. Das ist genug Arbeit am Tag für einen blinden alten Mann und er wird sich hernach wieder hinlegen. Aber zeigen muss er sich den Gästen. Immer. Die Lisbeth nimmt ja doch keiner ernst. Die würde in der Gosse enden.

Da! Sie stapfen die Treppe herauf, langsam. Es klopft an der Tür, zaghaft. Das Dummvieh kann doch keinen Gast zu ihm hereinführen! Nicht jetzt, nicht so. Einen Wirt, der mit Dünnschiss im Bett liegt, dürfen die Gäste nicht sehen. Sonst machen sie sich gleich wieder davon.

Die Tür springt auf, frische kühle Luft weht herein, Schritte. Endlich Lisbeths Stimme.

»Bist wach, Lieber?«, fragt sie, tritt an sein Bett und streicht ihm mit ihren rauen Fingerkuppen den Schweiß von der Stirn. »Der Herr Pastor ist da!«

Es rumpelt. Das sind die Fensterläden, die sie öffnet. Es kratzt. Ein Streichholz, das sie entzündet.

Ein Schemen erscheint im Türspalt, eine spindeldürre Gestalt. Unverkennbar der Pastor. Was will der hier?

Der Pastor kommt näher, tritt in den Rahmen des Fensterlichts, breitet die Arme aus und fragt mit Grabesstimme: »Bist du bereit, die heiligen Sakramente zu empfangen, mein Sohn?«

Sa-kra-mente? Das Wort durchzuckt ihn wie ein Blitz. Sein Leib erzittert, seine Kehle will unter der Wucht des erneut sich sammelnden heißen Suds zerreißen. Da schwappt sie aus ihm heraus, aus seinem eigenen Leib schwappt die Sintflut von Lissabon, schlägt über seinem Kopf zusammen, nimmt ihm den Atem, dass er würgen muss, dass seine Augen aus den Höhlen treten. Und besser sehen als je. Ein fernes Licht sehen sie, ein Feuer, das lodert. Es lodert, wie die Brandnacht von Lissabon gelodert haben muss. Doch das ist nicht Lissabon. Mitten in den Flammen, da tanzen die Sumpfhexen mit den Nibelungen. Das ist – die Hölle!

Der Schreck reißt ihn aus dem Kissen, die Kehle wird frei. Er schreit. Schreit, so laut er kann.

»Jaa, die Sa-kraaa…«

Ein Beben ergreift ihn. Das Erdbeben von Lissabon! Es wütet in seinen Knochen, es durchschüttelt ihn, dass ihm die Augen aus dem Kopf fallen und sein Herz aufreißt.

Und es wird wieder finster in der Stube.

2 Lisbeth

Der Karren mit dem Holzsarg holpert hinter der Mähre her, ruckt bei jedem Stein, hakt bei jedem Lehmloch. Die ganze lange Straße zum Dorf hinunter klappert das Gefährt, dass es Lisbeth schaudert. Eine Schar Krähen flattert aus den alten Kopfweiden, verzieht sich kreischend zum Horizont, wo der Reichswald wie eine dunkle Narbe zwischen Himmel und Erde klafft.

Dem Trauerzug voran schreitet der Pastor in feierlicher Langsamkeit, den Kopf gebeugt, die Hände zum Gebet gefaltet, links und rechts neben ihm stolpern die Ministranten durch aufgeweichte Fuhrrinnen, bekleckern ihre weißen Roben mit Morast. Hinter dem Sarg geht Lisbeth. Allein. Der Ochsenwirt, den sie zu Grabe tragen, hat sonst keine Angehörigen.

Erst als sie das Dorf erreichen, wächst die Trauergemeinde an, verlängert sich mit jedem Gehöft um ein oder zwei schwarze Gestalten, die sich stumm und mit Abstand einreihen. Der Ochsenwirt ist an der Ruhr gestorben, so heißt es. Was hilft es da, die Ritzen des Sargs mit Pech zu verschmieren, wie Lisbeth es gemacht hat! Seuchen suchen sich immer ihren Weg, zumal wenn der Winter bevorsteht.

Lisbeth spürt, wie sich die Blicke in ihren Rücken bohren. Furcht und Argwohn durchdringen ihren Mantel so ungehindert wie die feuchtkalte Luft, schubsen sie weiter und weiter durchs Dorf. Eisiger Schlamm sickert durch die Löcher in ihren Stiefeln, macht die Zehen taub und starr.

Der Friedhof liegt zu Füßen der Dorfkirche, die mächtig und wie eine Burg, von Stützmauern gesäumt, in den Himmel ragt. Die Glocke dröhnt, der Pfarrer stapft durch die Pfützen zum Kopfende des schmalen Erdlochs, das die Totengräber vorbereitet haben. Lisbeth blickt hinauf zum Glockenturm, wo zierlich gemauerte Fensterchen den Koloss aus Sandstein verjüngen und wie Stufen in den Himmel führen. Dort hinauf wird er niemals gelangen, der Ochsenwirt. So viel ist gewiss.

Der Pastor spricht von den Todsünden, die da heißen Stolz, Habsucht, Zorn, Völlerei … Lisbeth graust es. Der Ochsenwirt war sündig sein Lebtag!

»Denn der Lohn der Sünde ist der Tod!«, donnert der Pastor. »Der Lohn der Todsünde aber ist die ewige Verdammnis, wenn dem Sterbenden das Sakrament der Buße nicht zuteil wird!«

Was ist das, die ewige Verdammnis? Lisbeth würde es gern genauer wissen. Kann ein ewig Verdammter nicht doch wiedergeboren werden? Als Wolf vielleicht? Oder als Schlange? Kann er als Geist umherwandeln? Womöglich aus den hohlen Bäumen des Reichswalds oder aus den Sümpfen entlang der Rheinschleife kriechen? Lisbeth hat sich nie getraut nachzufragen.

»Erde zu Erde, Asche zu Asche, Staub zu Staub«, ruft der Pastor und greift feierlich zur Schaufel.

Dreck zu Dreck, denkt Lisbeth, als die nassen braunen Krumen auf den Sarg des Ochsenwirts plumpsen, blickt wieder hinauf zum Kirchturmdach, wo das goldene Kreuz in einen Nebelschleier getaucht ist. Nein, nein, er wird niemals wiederkehren in die Welt! Er wird sie niemals wieder ein *Trampel* schimpfen, ein *Aas,* eine *Mistsau!* Er wird sie niemals mehr grün und blau schlagen, sie nackt im Kellerloch einsperren – nie wieder! Eine fröhliche Leichtigkeit strömt Lisbeth aus dem Herzen, drängt den Hals hinauf wie ein tosender Strom, bricht lauthals aus ihr heraus. Lisbeth lacht. Lacht und lacht, bis der Pfarrer innehält, die Hände ringt, sich bekreuzigt.

»Sie hat es auch schon, das Fieber!«, kreischt eine Weiberstimme. Und all die Leute aus dem Dorf, die in ihren schwarzen Umwürfen das Grab umringen, sie reißen ihre Mäuler zu abgrundtiefen Löchern auf, weichen langsam vom Grab zurück, drängen durchs Friedhofstor, laufen wie vom Teufel gejagt davon. Bis auf den Müller aus Hommersum und den jungen Doktor aus Goch. Die eilen im Gegenteil herbei, fangen Lisbeth auf, als tausend Sternlein sie umkreisen und sie in Ohnmacht sinkt.

»Das kommt davon, wenn man tagelang nichts isst«, sagt der Doktor, als Lisbeth auf der Bank vor dem Wirtshaus wieder erwacht.

»Bin ich jetzt auch – krank?«

Der Doktor schüttelt den Kopf. Erstens sei die Ruhr nicht wirklich ansteckend. Zweitens sei der Ochsenwirt nun einmal alt und schwach gewesen. Lisbeths Ohnmacht, die rühre von der Anspannung der letzten Tage her, von der gewiss tiefen Trauer. Dennoch müsse Lisbeth nun ins Bett, sagt der Doktor und schleppt sie eigenhändig dorthin, brüht einen Sud aus grünem Hafer und Johanniskraut und prüft, dass sie ihn artig schluckt.

Kaum ist der Doktor aus der Tür, schlägt Lisbeth die Decke zurück und setzt sich im Bett auf. Der nebelverhangene Mond wirft ein schwaches Licht durch das Fenster. Lisbeth zündet die Kerze auf dem Nachttisch an, greift nach dem Rosenkranz, der immer in der Schublade bereitliegt, fingert die tönernen Perlen ab und murmelte die Wortfolge, die sie seit ihrer Kindheit auswendig kennt.

»In nomine Patris et Filii et Spiritus Sancti …«

Lisbeth liebt das Rosenkranzbeten. So ist man Gott gefällig und kann doch seinen Gedanken nachhängen, je weniger man von den Lauten versteht, desto leichter gelingt es.

»Panem nostrum quotidianum da nobis hodie, et dimitte nobis debita nostra …«

Man darf beim Rosenkranzbeten getrost einige Sätze überspringen, wenn einem die richtigen Wörter nicht einfallen, da ist der liebe Gott nachsichtig. Das hat ihr die Mutter erklärt, als Lisbeth klein war. Und erst bei der eiförmigen Kugel in der Mitte der Kette, da dürfen die geheimen Verse einsetzen.

»Uns ist in alten Mären wunders vil geseit, von Helden lobebären, von großer Arebeit …«

So geheim sind sie, dass nicht einmal der Pastor sie wissen darf.

»Was saget Ihr mir von Manne, viel liebste Mutter min? Ohne der Recken Minne will ich immer sin! So schöne soll es blieben, bis an minen Tod, dass ich sell von Manne nimmer gewinne Not!«

Weiter kommt Lisbeth nicht, die Kerze flackert, lässt zarte Schatten durch den Raum tanzen und sich neu ordnen. Die Mutter sitzt auf der Bettkante und stopft einen Wollsocken, dem die Ferse durchlöchert ist.

»Nicht so gut gelaufen auf dem Friedhof, gelt!«, sagt sie und kneift ein Auge zu, wie sie es früher immer getan hat, wenn sie Lisbeth unterweisen, aber nicht schelten wollte.

»Jetzt haben sie einen Grund mehr, über mich herzuziehen.« Lisbeth lässt den Rosenkranz sinken und die Mutter das Stopfei mit der Socke.

»Wie sie davongerannt sind! Als hätten sie den Leibhaftigen gesehen. – Das Ärgste ist, dass ich so gelacht hab!« Lisbeth schlägt die Hände vors Gesicht.

»Der Doktor hat gesagt, das waren nur die Nerven, Lisken!«

»Die Nerven sind den Leuten gut dafür, wenn sie der Rücken zwickt oder wenn der Fuß lahmt. Dann schreiben die Doktores sie für krank, dass sie nicht fronarbeiten müssen für die Fürsten und Bischöfe. Aber im Kopf, da sind die Nerven vom Teufel! Im Alemannischen haben sie neulich eine Frau als Hexe verbrannt, dabei hat's vielleicht nur die Fallsucht gehabt, heißt es! Und die war hellblond wie ein Engel, nicht so rot wie ich.« Lisbeth beißt sich auf die Finger. »Ob die was gemerkt haben?«

Die Mutter schüttelt den Kopf, dass ihre Löckchen zittern. »Woher denn! Machst ihnen jetzt die Trauer glaubhaft vor. Trag das schwarze Kleid, tu demütig und red ganz wenig.«

Lisbeth lächelt tapfer. »Mit wem soll ich auch schon lang reden! Das schwarze zieh ich gern an. Das steht mir nicht zu Gesicht und hängt an mir wie ein Lappen. Da lassen mich die Kerls in Ruh und die Frauen sind friedlich!«

Die Mutter nimmt den Socken wieder auf, sticht in die Maschen, zieht einen langen Wollfaden durchs Geflecht, dass ihr Arm nach oben fährt und ihr Zeigefinger samt Stopfnadel sich zum Himmel richtet: »Halt dich an den Pastor! Der tut dir nix, denn der ist nur geil auf seinen Herrn Jesus. Geh oft in die Kirch. Gib was in den Klingelkasten! Spend ein paar Eier, wenn ein Fest ist!«

Lisbeth nickt.

Da lässt die Mutter Hand und Stimme wieder sinken, zwinkert Lisbeth zu und flüstert: »Weißt, dann halten die andern dich für dumm. Und wer dumm scheint, kommt gut durchs Leben!«

Lisbeth greift nach dem Rosenkranz.

»Heilig ist das Land, das ich liegen sehe, den Asen nah und Alfen. Dort in Thrudheim soll Thor wohnen, bis die Götter vergehen …«

Bei der Perle mit der angebrochenen scharfen Kante werden ihr die Lider schwer.

»Dem Volke schien – sein Fürst geboren, sie wünschen sich Glück – Glück – zu goldener Zeit – goldener Zeit –«

»Musst die Kerze ausblasen, Kind!«, ruft die Mutter erschrocken.

Lisbeth gehorcht und schläft ein.

Mit der Morgendämmerung kommt Wind auf. Der Nebel zerreißt, verwandelt sich in ein Meer weißer Schlieren, durch die blauer Himmel blinzelt. Lisbeth prüft alle vier Zimmer des Gasthauses, reißt die Fenster auf, dass die Vorhänge wehen und die Türen schlagen, setzt sich mitten hinein in die Novemberkälte, mit Schultertuch, Handschuhen und einer Tasse Minzbrühe. Die schlürft sie heiß aus, kaut an einem Wecken und denkt nach. Das Haus ist leer wie selten. Als der Ochsenwirt mit Fieber und Schüttelfrost im Bett lag, als es überall beißend sauer nach seinem Dünnpfiff stank, da zogen die Logiergäste eilig aus. Auch die Wirtsstube blieb leer. Und die Geldkassette. Lisbeth rechnet. Ihre Ersparnisse dürften für Brennholz, etwas Butter und Schinken reichen. Für mehr nicht. Der Gestank muss hinaus. Neue Gäste müssen herein.

Lisbeth zieht Laken und Bezüge von den Betten und kocht sie im großen Bottich, eine ganze Stunde lang, sie wuchtet die Strohsäcke und die wollenen Decken ins Freie, damit der Wind und das Sonnenlicht sie reinigen, sie wienert die Dielen mit der Stahlbürste ab, ersetzt die getrockneten Mistelbeeren, die in den Ritzen stecken und böse Geister fernhalten durch frische, saftige. Sie rubbelt die Fensterscheiben mit Pottasche blank und wedelt sie mit Lauchblättern ab, bindet Lavendelzweige und hängt in jeder Schlafstube sieben Sträußlein nebeneinander an Schnüren auf. In der Küche setzt sie ein paar Knochen mit Sellerie und Petersilienwurzel an, lässt die Brühe mittags und abends eine Zeit lang über dem Feuer köcheln, damit der Duft bis zur Landstraße zieht, wo die Fuhrwerke vorbeikommen. Sie bügelt ihr schwarzes Kleid auf und tritt alle Stunde damit vors Haus, tut, als müsse sie die Treppe fegen, die Hühner füttern, nach den Katzen sehen.

Es dauert keine zwei Tage, da hält ein Pferdefuhrwerk an, das frische Rüben geladen hat. »Brrh!«, kommandiert jemand mit erstickter Stimme. Und noch einmal: »Brrrrrh!« Lisbeth eilt zur Tür. Das muss der Emilbauer sein. Dem folgen nicht einmal seine Gäule. Man hat ihm, als er noch ganz jung war und vor den Soldatenwerbern fliehen wollte, die Nase und die Ohren abgeschnitten. Eine Strafe, die sich der alte Preußenkönig fürs Desertieren ausgedacht hatte, weil die Kirche das Rädern nicht mehr dulden wollte und das bloße Erschießen niemanden abschreckte. Unter dem neuen König hat das Kreisgericht entschieden, dass die Strafe zu hart gewesen war, und sie haben dem Emil die Äcker geschenkt. Jetzt ist er reich, kann sich zwei Knechte und eine Magd halten. Aber kein Weib mag ihn heiraten, weil er so riesige Nasenlöcher hat, dass man glaubt, bis in den Schädel sehen zu können, und weil er immerzu redet, als hätte er den Schnupfen.

»Bist wieder gesudnd, Lisbeth?«, fragt er, zieht seine Mütze vom Kopf und wringt sie vor seiner Brust.

»Siehst ja«, sagt Lisbeth und wischt sich die Hände an der Schürze trocken. »Komm nur rein und wärm dich!«

Der Emil streicht umständlich die Sohlen seiner Stiefel am Eingang ab. Und hinterlässt dennoch bei jedem Schritt Lehmbröckchen auf den blank gescheuerten Dielen.

»Das Lebedn geht weiter«, sagt der Emil und lässt sich auf die kleine Bank neben der Tür zur Küche fallen. Das Mohrken und das Miezken sind mit ihm hereingekommen, streichen mit erhobenen Schwänzen um seine Hosenbeine.

»Pass auf, sie kratzen, sind bösartig manchmal«, sagt Lisbeth.

»Dmich? Kratzedn die Kätzkedn dnicht!«, versichert der Emil und streichelt das Mohrken, das sich um seine Füße ringelt und schnurrt, worauf das Miezken auf seinen Schoß springt. »Siehst, die habedn dmich gerdn!«

»Willst eine Minzbrühe?«

»Jaaaa! Gadnz heiß udnd dmit Rahdm.« Der Emil lässt sich gegen die Lehne fallen, streckt die Beine von sich und nimmt drei Steckrüben aus seinem Rucksack.

Lisbeth freut sich. »Dafür kriegst eine ganz große Tasse«, verspricht sie, nimmt die Steckrüben in ihre Schürze und trägt sie in die Küche.

»Der Leichednschdmaus steht dnoch aus, Lisbeth! Dedn dmusst dnachholen!«, ruft der Emil hinter ihr her.

»Da kommt eh keiner.«

»Ich kodmm! Udnd bridng gednug dmit!«

Lisbeth überlegt. Auch wenn nur ein paar arme Schlucker erscheinen – es wäre gut, das Haus voll zu haben. Dann leuchten die Fenster, raucht der Schornstein, dringt das Palaver und das Gelächter bis zur Straße. Und lockt neue Gäste.

»Zwei Steckrüben mehr, dann kann ich einen Eintopf für euch kochen. Morgen Mittag!«

Steckrübeneintopf *(für 4 Personen)*
Schneide 3 Pfund Steckrüben und ebenso viele Möhren in Stücke, gebe sie mit einem kleinen Strunk Lauch in kochendes Salzwasser und lasse sie weich sieden. Das Gemüse seihe sodann ab, nehme den Lauch heraus und fange die Gemüsebrühe auf. Stampfe Steckrüben- und Möhrenstücke zu Mus, rühre dieses mit einem Teil der Brühe geschmeidig und lasse es abkühlen. Von zwei Eiern gebe nur das Eigelb dazu und rühre es ein. Zwei Pfund fetten Speck schneide in Würfel, lasse ihn in einer Pfanne aus, bis er glasig braun wird, und gebe ihn zum Mus dazu, ebenso einige grüne Stückchen vom Lauch.
Hernach wärme alles langsam wieder auf, würze mit Salz und Pfeffer nach. Zum Schluss gebe etwas Kümmel dazu, siede die Suppe aber nicht mehr, sondern halte sie einen Augenblick lang warm. Richte die Suppe mit gebuttertem Kümmelbrot an.

Aus Franz Vincent Müllers Kochbrevier *Die gute Volksküche*,
erschienen zu Hamburg im Jahre 1802

Am folgenden Tag, Schlag zwölf, steht der Emil mit seinen Knechten und vier weiteren Männern in der Türe. Schweigend und mit Blick auf ihre Schuhspitzen treten sie ein. Lisbeth kennt sie, sind allesamt alte Junggesellen, Witwer oder Strohwitwer, denen keiner daheim etwas Gutes kocht. Da ist der Schäfer-Karl, dem die Frau davongelaufen ist, und sein depperter Sohn, der Hannes. Auch der Müller aus Hommersum ist dabei, der hat schlohweißes Haar und ein lahmes Bein. Ihm ist vor Jahren die Frau im Kindbett gestorben und das Kind gleich mit. Sogar der Schmied ist erschienen, ein Hagestolz, wie es heißt, der am Ort viel zu sagen hat. Der zieht zuletzt die Traute hinter seinem Rücken hervor, die in Goch wohnt und den Männern für Geld zu Willen ist.

Im Sonntagsstaat sind sie alle gekommen, hocken um den großen Tisch am Ofen und sprechen leise, wie sich das bei einer Totenfeier gehört.

Dass der Ochsenwirt ein tüchtiger Mann gewesen sei, sagt einer. »Energisch! Willensstark!«, sagt ein anderer. Alle nicken. Mehr gibt es über den Ochsenwirt nicht zu sagen.

»Doch dann hat er immer schlechter sehen können. Im Frühjahr wurd er ganz blind. Und dann siech«, flüstert der Schmied der Traute zu, die den Toten nicht gekannt hat.

»Weil unserem Herrgott das so gefallen hat«, ergänzt der Schäfer-Karl.

Wieder nicken alle und verstummen. Im Ofen knistert das Feuer.

Als Lisbeth die dampfende Terrine hereinträgt und in der Tischmitte platziert, atmen die Gäste auf. Die Löffel schurren leise auf der Tischplatte, während Lisbeth die nach Speck, Rüben und Kümmel duftende Suppe in die Teller schöpft. Dazu reicht sie jedem ein Stück Brot und einen Klacks Butter.

Die Versammlung schlürft, schmatzt und lässt die Schnapsflasche kreisen, die der Emil mitgebracht hat.

»Kannst du gut kochen, Lisbeth!«, sagt der Müller unter zustimmendem Gemurmel. Kein Tropfen ist in der Terrine zurückgeblieben.

»Mit Weißrüben schmeckt's viel feiner«, verkündet die Traute und stößt mit dem Ellbogen den Schmied an, bis er nickt.

Der Emil tippt sich an die Stirn: »Weißrübedn? Im Novedmber?«

Lisbeth setzt ein nachsichtiges Lächeln auf, trägt Terrine und Teller davon.

Der Müller greift zur Klampfe, probiert ein paar Töne, zupft ein trauriges Lied und singt dazu: »Die Sonn ist hingewiiiichen / der Tag ist nun verbliiiichen / es dun-kelt al-le Weeelt …«

Die Schnapsflasche kreist weiter, die Stimmung steigt und bald schmettern Lisbeths Gäste das Lieblingslied aller, die dem Tod bislang entronnen sind: »Brüder, lasst uns lustig sein, / weil der Som-mer wäheret / und der Jugend Son-nen-schein / unser Laub verklä-häret. / Grab und Bah-re warten nicht …«

Keiner außer Lisbeth hört, wie es an der Tür klopft. Dumpf und dröhnend: Nok-nok-nok. So meldet sich vielleicht die Pest an. Oder ein Inspekteur der Kreisverwaltung. Wer klopft sonst an eine Wirtshaustür, wenn sie nicht zugeschlossen ist!

»Und des Schick-sals Ei-fersuucht / macht ihr ste-tig Flüügel, / Zeit und Jah-re fliehn davoon / und vielleich-te schnitzt man schoon / an unsers Gra-bes Ri-iegel …«

Da! Noch einmal das Nok-nok-nok. Kräftiger. So kräftig, dass die Wände zittern und der Gesang jäh abbricht.

»Hereibn!«, ruft endlich der Emil.

Die Tür schlägt auf und herein stapfen drei Männer in Uniform, Preußen, so viel ist sicher. Immerhin keine Dragoner, sondern richtige Soldaten mit blauen Röcken unter den Mänteln, Spitzhüten und weißen Hosen aus dichtem Kattun. Zwei tragen ein Bajonett. Kerzengerade stehen sie da, recken den Brustkorb wie beim Parademarsch, die Knöpfe an ihren Jacken blitzen. Der links ist ein wahrer Hüne, schultert einen prallvollen Sack, als seien Hühnerfedern darin.

»Welcher von den anwesenden Personen ist Karl Ochs, Wirt des Gasthauses zum Ochsen, daselbst in Hassum?«, fragt der kleinste, dickste und zweifellos älteste in der Mitte. Die Litzen an seinem Mantel weisen ihn als hohen Offizier aus.

Lisbeth staunt über den breiten, lippenlosen Mund, aus dem die Worte herausquellen, muss an einen Frosch denken.

»Ist tot, Herr«, sagt der Müller in das Schweigen hinein. »Vorige Woche gestorben.«

Lisbeth fasst sich. »Ist tot, Herr, gestorben«, wiederholt sie.

»Und wer ist der Erbe dieses Gasthauses?«

»Ich, Herr, bin seine Witwe.«

Das Froschmaul zieht ein Papier aus seinem Rock, wickelt es umständlich auf, reicht es dem links neben ihm stehenden Soldaten, einem Lulatsch von mehr als vier Ellen. »Lies!«

Dem Lulatsch hängen die Schultern bis zum obersten Rockknopf, pflaumenblaue Schatten untermalen seine Augen, Querfalten zerschneiden seine Stirn. Nur der Flaum auf der Oberlippe verrät, wie jung er ist.

»Jawoll, Herr Major Kreutzer!«, kräht er und trägt stockend vor: »Auf Bee-fehl seiner Majestät des Königs werden ein-quartieret vom 21. auf den 28. November ein Dutzend Gardisten der Leib-wachee seiner Majestät Prinzessin Aaaam-

Amalie von Preußen, welcheeer es be-liebt, zum Kur-raufenthalt in Kleveee zu weilen und Teile deren Garde für ein Manöver im Rei-Reichswald freizustellen. Die Gardisten sollen näää-chtigen in sau-berem Qua-Quar-tieree und sollen satt ge-speiset werden mit Tar-Tar-tüffeln, welche von der Kreisverwaltung im Auf-tragee seiner Majestät angewiesen werden für die Kü-che des Gasthauses.«

Der Hüne lässt den Sack von seinen Schultern gleiten und auf die Dielen donnern.

»Hat sie dieses kapieret?«, fragt Major Kreutzer, ergreift das Papier, rollt es zusammen und lässt es hinter seinem Revers verschwinden.

»Das ja, Herr, nur – was soll ich mit dem Sack tun?«

»Es sind Tartüffeln darinnen, oder Kartoffeln, wenn sie dieses besser versteht. Damit sind die Leibgardisten alsdann zu speisen.«

Vom runden Tisch schwillt Hohn herüber, die Traute giggelt. Kartoffeln gibt man nicht mal dem Vieh zu fressen.

Lisbeth verkneift sich jede Gesichtsregung.

»Hat sie jetzt kapieret?«

»Ja, Herr Major! Doch wer zahlt mir den Aufwand? Die – ähm – Tartüffeln allein werden nicht reichen zum guten Essen. Muss sie wenigstens würzen. Auch muss ich heizen und die Kammern ausstatten, damit die Garde der Prinzessin mit der Unterkunft zufrieden ist.«

Der Major nickt knapp. »Zu zahlen sind …«, er entrollt nochmals sein Papier, »… ein Gulden.« Er stockt, scheint wie Lisbeth an der Summe zu zweifeln. »Im Voraus!«

»Es wird heißen sieben Gulden, Herr Major«, flüstert der Lulatsch.

»Dummkopf, das ist eine Eins!«, brummt der Alte, rammt

dem Lulatsch den Ellbogen in die Seite, dass er wankt. Dann greift er mit gespreizten Fingern in einen Lederbeutel, zieht eine Münze heraus und lässt sie in Lisbeths Hand fallen.

»Abmarsch!«, kommandiert er und wendet sich zur Tür.

Lisbeth schießt das Blut in den Kopf. »Bitte, Herr Major! Ein Gulden, das ist, was ein Tagelöhner für zwei, drei Tage Arbeit bekommt. Reicht kaum für ihn selbst, seine Frau, wenige Kinder. Wie soll ich von einem Gulden zwölf Soldaten ernähren – eine Woche lang?«

Der Major dreht sich erneut um. Grinst milde, als spreche er zu einem Kind. »Dafür sind die Tartüffeln, Weib!«

Lisbeth ringt sich ein einfältiges Lächeln ab: »Soll die Leibgarde nur Tartüffeln essen?«

»Freilich nicht nur! Auch Fleisch, Eier, Milch – was dann übrig ist von den Tartüffeln, mag sie verkaufen oder selbst essen. Das ist Entgelt genug.«

Der Müller springt auf. »Bitte, Herr Major, vielleicht ist's ja doch ein Irrtum. Vielleicht können die Herren Offiziere bei der Kreisverwaltung nachfragen, ob es nicht *sieben* Gulden heißen soll.«

In die Stirn des Majors gräbt sich ein halbes Dutzend waagrechter Falten. »Wer von den anwesenden Personen ist des Lesens kundig?«, fragt er, den Männern am Tisch zugewandt.

Der Müller tritt vor: »Ich, Herr Major.«

»Schau er hin! Sag er mir, was da steht als Bezahlung!«

»Ich lese sieben Gulden!«

»Hat denn die Ziffer einen Strich durch die Mitte, wie eine Sieben es haben soll?«

»Das nicht, aber der Balken oben ist waagrecht wie bei einer Sieben und nicht schräg, wie er bei einer Eins sein müsste.«

»Wo hat er Ziffern lesen gelernt?«

»Zu Hause in Wesel, Herr. Von meinem Vater.«

»Von seinem Vater, he?« Major Kreutzer lacht laut auf.

Seine Begleiter keckern aus erstarrten Mienen mit. Auch am Tisch kommt Heiterkeit auf.

Der Major tritt dicht an den Müller heran, fixiert ihn aus verengten Augenschlitzen und rammt ihm den Kolben seines Gewehrs auf den linken Schuh, dorthin, wo der große Zeh sitzen muss. »Das wird ein kluger Professor gewesen sein, der Herr Vater!«

Der Müller verzieht keine Miene.

»Dass der Sohn nicht mal eine Eins und eine Sieben auseinanderhalten kann!« Der Major grinst von einem Ohr zum anderen, drückt mit dem Gewehrkolben nach.

»Lass gut sein, Müller, er wird recht haben und es ist eine Eins! Ich habe ja die vielen Tartüffeln als Entgelt«, haspelt Lisbeth und zupft den Müller am Ärmel.

Der steht wie versteinert, räuspert sich. »Herr Major, Sie haben Ihr Gewehr auf meinem Fuß abgestellt!«

»Ach? Bitte vielmals um Pardon.« Das Froschmaul wendet sich, als sei nichts gewesen, zur Tür, ruft »Abmarsch!« und schreitet hinaus.

Seine Begleiter schrecken zusammen, nehmen Haltung an und marschieren im Gleichschritt hinterdrein.

Als sich am Tisch Empörung Luft macht, schließt Lisbeth rasch die Tür.

»Kannste mal sehen, wie die mit uns umspringen«, brummt der Schmied. »Genau wie früher.«

»Wednn das der Ködnig wüsste!«, ruft der Emil.

»Warst mutig, Müller!«, zwitschert die Traute und klatscht in die Hände. »Habt ihr gesehen, wie das Arschloch ihn traktiert hat?«

Der Müller zuckt die Achseln und schweigt.

Lisbeth betrachtet ihn lange. »Danke, Müller!«, sagt sie.

»Musst mir nicht danken, da stand eine Sieben!«, versichert der. »Und außerdem«, er grinst wie ein Schelm auf dem Jahrmarkt, »war es mein taubes Bein.«

»Sein taubes Bein!«, grölt der Schmied und schlägt sich mit der Hand an die Stirn. Da bricht Gelächter aus.

Die zweite Schnapsflasche macht die Runde. Der depperte Hannes patrouilliert im Gastraum auf und ab mit seinem Holzgewehr auf dem Rücken.

»Parademarsch, Parademarsch, der Major hat ein Loch im Arsch ...«, johlt die Versammlung. Die Traute lockert ihr Brusttuch, dass man den Busenansatz sieht, und rückt dicht an den Müller heran, der sie indes abschüttelt und zur Klampfe greift, alle Saiten durchprobiert.

»Paradedmarsch, Loch idm Arsch«, brüllt der Emil, der am meisten getrunken hat, streckt seinen Hintern in Richtung Tür und lässt einen gedehnten Furz.

Lisbeth legt seufzend noch einen Holzscheit in den Ofen.

Als der Abend hereinbricht, ist sie wieder allein. Der Sack mit den Kartoffeln steht wie ein Mahnmal mitten in der Stube. Lisbeth zieht die Kordel auf, greift eine der braunen Knollen und betrachtet sie. In Amerika gibt es Wilde, die so etwas essen. Freiwillig. Und als Hauptnahrung. Obwohl sie auch Getreide und Bohnen, Möhren und Portulak haben. So erzählt man sich jedenfalls. Es mag auf der andern Seite des Ozeans Gewürze geben, die man am Niederrhein nicht kennt. Oder eine besondere Art zu garen. Wenn Lisbeth darüber Bescheid wüsste, könnte sie die Leibgardisten der Prinzessin verköstigen, ohne allzu viel dazuzukaufen.

Sie greift nach einem Messer, säbelt die Kartoffel mitten durch und schnuppert. Ein beißender Gestank – wie Fäule. Verwesung. Sie überwindet ihren Ekel, leckt an der Schnittstelle, wo ein milchig schäumender Saft austritt. Der Geschmack ist noch ärger als der Geruch. Es ist hoffnungslos! Sie wirft die Kartoffelhälften zum Abfall.

3 Jost

Aus den Aufzeichnungen eines fahrenden Barbiers, datiert vom Winter 1755, entdeckt 1792 in einer Erdhöhle im Reichswald zu Kleve.

MITTWOCH, 19. NOVEMBER

Es mag sein, dass Stolz und Selbstachtung einen Menschen groß und edel machen in seinem Innern, sodass er nicht Almosen noch geringe Arbeit annehmen sollt, solange er nicht unter die Ärmsten fällt, so lehren uns manche weisen Männer, doch kommt solcher Rat nur so lange gelegen, wie einer sich an einen warmen Ofen hocken kann und ein Bett zum Ratzen hat. So viel weiß ich jetzt, denn was nutzt mir mein Stolz, wenn mir der Nachtfrost in den Stenz beißt, was nutzt mir meine Selbstachtung, wenn ich alleweil kein Obdach finde und im Wagen nächtigen muss! Es ist ein wahrlich beschissenes Los, seine Anstellung eingangs des Winters zu verlieren, und so hätt ich doch, wie mir geraten war, als Stallbursche weiter für den Grafen von Bentheim-Steinfurth schuften sollen bis zum Frühjahr, denn dann hätt ich mich wohl mehr plagen müssen als gewohnt und der Buckel wär mir krumm geworden und der Ekel hätt mich gebeutelt, wenn ich anstatt mit Tinkturen und feinen Kräutern mit Kuhmist und Jauche hätt um mich schmeißen müssen, aber ich hätt es doch warm und trocken gehabt und alle Tage eine warme Mahlzeit. Jetzt könnt ich mir selber in den Arsch treten, ich Depp, dass ich so darben muss!

stehen und fragte mich nach den Indianern aus und, was sie mit den Kartoffeln machen würden. Ich habe ihr erzählt, was ich weiß, aber auch manches, was ich nicht weiß, denn sie sah recht lieblich aus mit ihren rotblonden Haaren unter einer dunklen Haube, auch wenn sie wohl älter als wie dreißig Jahre war. Eine Kerze aus Bienenwachs hat sie mir abgekauft, meine Schönheitspastillen aber wollte sie nicht. Ich habe ihr immer weiter von den Indianern erzählt, dass sie eine ganz rote Haut haben, nackend herumlaufen und Menschen fressen, was aber wohl ein Fehler war, denn da ging sie rasch weiter.

4 Lisbeth

Das Gasthaus gleicht einer preußischen Heeresstellung. Westen, Schärpen und Rockzipfel in Blau, Rot und Weiß rotieren vor Lisbeths Augen wie in einem Kaleidoskop. Hohe schwarze Stiefel stapfen die Treppe zu den Schlafstuben hinauf und herunter, trampeln durch die Wirtsstube, umkreisen Lisbeth wie sperriges Gerät, dem man ausweicht, ohne es zu beachten. Ein Dutzend Männer, die einander ebenso gleichen wie das, was sie am Leib haben, alle jung, alle groß mit stolzen Mienen und kalten Augen. Einen von ihnen kennt Lisbeth schon. Es ist der Lulatsch mit den pflaumenblauen Lidern, der neulich mit dem Major hier war. Von Zeit zu Zeit blitzen Schwäche und Zweifel aus seinen ungelenken Gesten, um sich im nächsten Moment wieder hinter blinkenden Litzen und Knöpfen zu verstecken.

Als Lisbeth noch klein war, marschierten einmal solch blau-weiß-rote Soldaten zur Musik durch die Straßen von Moers, mit Spitzhüten auf dem Kopf, unter denen weiße Perücken wie Schäfchenwolle hervorquollen, und mit glänzenden Stiefeln, die sich im genau gleichen Moment hoben und senkten, hoben und senkten. So einmütig stapften die Stiefel, dass die Erde unter ihnen mit zu marschieren schien.

Lisbeth stand mit der Mutter inmitten einer Menschenmenge am Straßenrand. Alle winkten den Soldaten zu, riefen

Hurra, Hurra. Auch die Mutter. Doch zu Lisbeths Verwunderung schwangen sich die Stimmen nicht zum Himmel hinauf wie ein Jubelschrei, sondern sackten in den Staub wie ein Seufzer. Und als Lisbeth die vielen Menschen um sich herum betrachtete, wie sie ihre schmutzig weißen Tücher schwenkten und ihre zahnlosen Münder aufrissen, erschien ihr das ganze Hurra, Hurra wie ein einziger gellender Fluch.

Da wandte sich Lisbeth rasch wieder der Parade zu, freute sich an den Trompeten, den Flöten und Trommeln, dem Stapfen der Stiefel, klatschte vor Vergnügen in die Hände, hüpfte und drehte sich wie beim Karneval. Bis die Mutter sie an sich drückte, sich zu ihr herunterbeugte und den Zeigefinger auf die Lippen presste: »Psst, Lisken! Ist kein Spaß! Die schießen, wenn man nicht brav ist!«

Nicht lang und sie schossen wirklich. Sogar mit Kanonen. Da donnerte es noch ärger als bei einem Gewitter und Lisbeth kroch vor Angst unter den Tisch. Am nächsten Tag waren der Wehrturm und die Häuser der Hauptstraße kaputt. Und dem heiligen Bartholomäus am Marktplatz neben der Kirche war der Kopf abgefallen, als ob ihn die Ungläubigen zum zweiten Mal enthauptet hätten.

Viel später, an einem Abend im Sommer, als Lisbeth ins Bett geschickt wurde, obwohl es noch nicht dunkel war, da sollen die Soldaten mit ihren bunten Uniformen und ihren blinkenden Gewehren in die Häuser eingedrungen sein, wo Holländer wohnten, sollen alle herausgeholt und mit ihren glänzenden Stiefeln in den Leib getreten haben, sollen sie auf dem Marktplatz zusammengetrieben und auf Leiterwagen zusammengepfercht haben. Auch die Kinder, obwohl die brav waren und in ihren Betten geschlafen hatten, wie Lisbeth. Dann sollen die Soldaten die Holländer und alle, die mit ihnen verwandt oder verbandelt waren, mit Peitschen und Knuten aus der Stadt gejagt und viele erschossen haben. Sodass man sich in Moers lange nicht mehr traute, auch nur ein einziges holländisches Wort zu sagen.

Lisbeth hat nicht begreifen können, wie die lustige Musik und die bunten Uniformen mit den Kanonen, den Gewehren, dem Vertreiben und Erschießen von arglosen Menschen zusammenhängen.

Inzwischen kennt sie die Soldaten. Die sind wie der Gulden in ihrer Schürzentasche. Glänzt wie ein Stückchen Sommersonne und bringt doch nichts als Elend.

Früh am Mittag erscheint der Kommandant der Garde, sprengt auf seinem Pferd in den Hof, marschiert durchs Gasthaus, durchkämmt alle Schlafkammern, die Wirtsstube, den Keller. Zuletzt dringt er wie eine Windböe durch die Tür zur Küche, mustert Lisbeth mit mildem Lächeln und stellt sich als Leutnant von Diest vor. Er werde regelmäßig Herd und Schränke kontrollieren, sagt er, »natürlich nicht aus Misstrauen, sondern zur bloßen Vorsicht!«.

Stirnrunzelnd bleibt er vor den Kartoffeln stehen, die ausgebreitet am Fenster liegen. »Tartüffeln gehören in den Keller.«

»Mit Verlaub, Herr, diese sind noch grün, ich wollte sie bei Tageslicht nachreifen lassen!«, sagt Lisbeth und macht einen Knicks, um trotz der Widerrede nicht anmaßend zu erscheinen.

Der Leutnant nickt, wendet sich den getrockneten Zwiebeln im Regal zu.

»Aber es hilft nicht«, fährt Lisbeth fort, »diese Tartüffeln werden immer grüner!«

»Werf sie sie weg, wenn sie unreif sind! Nehm sie andere!«

»Sehr wohl«, sagt Lisbeth.

»Sie muss die Keimansätze stets sorgfältig ausstechen! Ich inspiziere täglich die Abfälle!«

Lisbeth wiederholt ihren Knicks. »Bitte, werden die Kartoffeln denn zuvor oder hernach gewaschen?«

»Natürlich werden Tartüffeln hernach gewaschen, sonst gerät ja Gift ins Waschwasser und verbreitet sich auf der ganzen Schale«, erklärt der Leutnant und blinzelt nervös. Seine Augen sind tiefblau und mandelförmig. Solche Augen hätte Lisbeth immer gern gehabt. Im kantigen Gesicht des Leutnants sind sie fehl am Platz.

»Sehr wohl«, sagt Lisbeth wieder und geleitet den Leutnant hinaus.

Entschlossen, das Beste aus ihrem Los zu machen, begibt sie sich wieder an die Arbeit. Auf dem Wochenmarkt hat sie etwas Räucherfisch, Speck und Butter, Mehl und Hefe erstanden. Das muss fürs Erste reichen. Der Sack mit den Kartoffeln lehnt an der Kellerwand. Wegzusperren braucht sie ihn nicht. Weder die Katzen noch die Mäuse schenken ihm Beachtung.

Lisbeth liest dreißig große Kartoffeln aus dem Sack, pult die Keimaugen heraus, wäscht die Knollen und schneidet sie in Stücke. Die gibt sie in siedendes Wasser und lässt sie langsam garen – so wie jedes andere Gemüse auch. Es dauert eine Ewigkeit, bis sie weich sind. Lisbeth braucht nicht zu kosten, das Ergebnis riecht schauderhaft. Was dazu reichen? Sie entscheidet sich für die Hühnereier, die sie während der letzten Woche aufbewahrt hat, kocht sie hart und richtet sie klein gehackt mit etwas Räucherfisch, Zwiebeln und Salzgürkchen an.

Eierfisch (für 4 Personen)
Schneide sechs hart gekochte und hinreichend abgekühlte Eier in feine Würfel, verfahre ebenso mit einem Viertel Pfund Räucherfisch sowie drei in Salzlake eingelegten Gürkchen. Mische alles vorsichtig in einer Schale. Rühre nun drei Esslöffel Öl und einen Esslöffel Weinessig mit dem Schneebesen zu einem Sud, gebe diesen über den Eierfisch und lasse alles eine kleine Weile ruhen. So du es scharf magst, gib noch eine Kinderhand voll Senftriebe hinzu. Serviere den Eierfisch mit Brot und Bier.

Aus Franz Vincent Müllers Kochbrevier *Die gute Volksküche,*
erschienen zu Hamburg im Jahre 1802

Hungrig fallen die jungen Soldaten am Abend ihres ersten Manövers über die Teller her, vertilgen den Eierfisch bis auf den letzten Rest, greifen zum Hefebrot, als wäre es ein Nachtisch, saufen Bier aus dem Fass, ehe sie lallend in ihren Kammern verschwinden. Die Kartoffeln bleiben unangerührt. Lisbeth schabt den gelbbraunen Matsch von den Tellern, wirft ihn auf den Misthaufen.

Die folgenden Tage probiert Lisbeth es mit allerlei Gewürzen, mit gemahlenem Senfsamen, mit getrocknetem Liebstöckel, auch mit Pfeffer, dem roten, weil der wie die Kartoffeln aus Amerika kommt und auch ein wenig billiger ist als der schwarze. Einmal serviert sie Grünkohl, einmal Sauerkraut dazu, streut geröstete Speckwürfel darüber – umsonst! Die jungen Burschen essen alles auf – außer den Kartoffelstücken. Mit denen bewerfen sie sich gegenseitig zum Spaß, zerquetschen sie auf Tischen und Bänken, treten sie mit ihren Stiefeln auf den Dielen breit.

Leutnant von Diest zeigt Verständnis, als Lisbeth sich beklagt, ermahnt die Truppe mit guten Worten, erinnert sie an die Dankbarkeit, die ein jeder den Gaben Gottes zu zollen habe, und an den respektvollen Umgang mit dem einfachen Volk, den seine Majestät der König höchstderoselbst pflege und so auch von seinen Soldaten verlangen könne. Die Truppe steht stramm, brüllt »Jawoll«. Kaum ist das Essen am Abend ausgeteilt, geht die Sauerei weiter.

Immer wieder stundenlang in der Küche hocken, mit krummem Rücken und schrumpligen Fingern die elenden Kartoffeln entkeimen, waschen, kochen – alles, um sie am nächsten Tag von Tischen, Bänken und Dielen zu scheuern – ohnmächtige Wut umschließt Lisbeths Hals wie ein eiserner Ring. Tränen tropfen auf ihre Schürze.

Die Kerze auf dem Küchentisch flackert und raucht, ein Wetterleuchten durchzuckt den Raum.

»Mutter?«, schnieft Lisbeth und wischt sich die Tränen ab.

Nein, das ist niemals die Mutter! Aus dem Scherenschnitt eines Schürhakens dicht neben dem Herd formt sich eine übergroße Gestalt. Rot ist sie, rot wie der Teufel auf den Pappbildern, die der Pfarrer verteilt. Doch keineswegs dürr und bocksbeinig, sondern schön und gerade gewachsen, mit prallen Muskeln an Armen und Beinen, mit starken Schultern – ein Mann!

Lisbeth springt auf, kreischt. Der Kerl verzieht keine Miene. Nackt ist er. Oder fast nackt, trägt einen spärlichen Lederschurz an der Stelle, wo ihm das Gemächte hängen muss. Ein bunter Federschmuck umrahmt sein pechschwarzes Haar. So sehen Indianer aus. Ein fahrender Barbier auf dem Gocher Markt hat sie neulich so beschrieben. Starr vor Schreck beobachtet Lisbeth, wie sich der Indianer an den Küchentisch hockt, dorthin, wo gar kein Schemel steht.

Frei in der Luft hockt er mit seinem nackten Hinterteil, einem zugegebenermaßen ansehnlichen Hinterteil mit festen Muskeln.

»How«, sagt er und bedeutet ihr, wieder Platz zu nehmen.

Lisbeth steht senkrecht wie die Leibgardisten, wenn Leutnant von Diest sie zur Ordnung ruft. Sie wischt sich eilig die Tränen aus dem Gesicht und richtet ihr Küchenmesser wie ein Schwert auf die Erscheinung.

»Ich w-weiß nicht, was er hier will, aber es w-wäre besser, w-wenn er gleich w-wieder geht. Meine S-seele gehört dem Herrn Jesus Christus!«, stammelt sie.

»Inewigkeitamen!«, bekräftigt sie, als er ungerührt sitzen bleibt und den Haufen Kartoffeln mustert.

»How«, wiederholt er, zieht ein kleines metallenes Küchengerät aus dem Nichts, ergreift die oberste Kartoffel –

Lisbeth lässt ihr Messerchen sinken, sieht zu, wie der Rothäutige der Kartoffel die Schale abschabt, dünn und gleichmäßig. So macht man es mit edlem Gemüse, mit Schwarzwurzeln oder Beten zum Beispiel. Also auch mit Kartoffeln! Das Ergebnis sind makellose gelbweiße Knollen. Die schneidet der Indianer in schmale Stücke und lässt sie in eine Schale mit kaltem Wasser sinken. Gütig wie ein Säulenheiliger blickt er zu Lisbeth herüber.

Lisbeth zögert, bekreuzigt sich und nimmt Platz, greift sich eine Kartoffel, schält, schneidet, gibt die Stücke ins Wasser. Unsicher sieht sie auf, dem Indianer direkt ins Gesicht. Hohe Wangenknochen, schmale Nase, kantiges Kinn. Ein schöner Mann! Er zwinkert ihr zu, wie die Mutter es immer tat, wenn sie Lisbeth ermuntern wollte, ohne dass andere es merkten. Da senkt Lisbeth rasch den Blick und schält weiter. Lange Kringel von Kartoffelschalen häufen sich auf der Tischplatte und der Kessel wird voll. Lisbeth schleppt ihn zum Herd, schürt das Feuer, legt zwei Scheite nach. Als sie sich umsieht, ist der Indianer verschwunden.

»Danke!«, flüstert sie in den Schein der Kerze.

Am Ende der Kochzeit verwandeln sich die glasigen rohen Kartoffelstücke in zarte, feinmehlige Häppchen, die fade schmecken, aber appetitlich riechen. So kann man sie essen, befindet Lisbeth – wenn man nichts anderes hat. Und schließlich gibt es im Haus nicht viel anderes mehr. Lisbeth würzt die Kartoffeln mit etwas Salz, brutzelt eine Pfanne voller Zwiebelringe in Schweinefett kross, streut sie über die Kartoffeln und gibt einen Klecks Butter auf jeden Teller.

Immerhin, diesmal langt die Truppe zu, viele Teller werden leer, andere bleiben höchstens halb voll. Und mancher von den Soldaten ist so satt geworden, dass er die Backäpfel liegen lässt, die Lisbeth zum Nachtisch reicht.

Am folgenden Tag macht sich Lisbeth erneut ans Schälen. Sie ist guter Dinge. Zwiebeln sind noch da, Salz und Butter auch. Ein oder zwei Kohlköpfe kann sie als Beilage aus dem Garten holen.

»Lass mor-gens uns erwaaachen und geh'n an uns-re Saaachen, erfrischt an Seel und Leib«, singt Lisbeth vor sich hin. Noch vier Tage, dann werden sie verschwinden, die Preußen. Dann kommt der Advent. Und mit ihm kommen Händler von weither, die nächtigen wollen und gutes Geld einbringen. Dann wird Lisbeth die restlichen Kartoffeln dem Armenhaus in Goch schenken. Nein, nicht nur das! Sie wird den Nonnen, die für die Speisung sorgen, auch zeigen, wie man Kartoffeln kocht, damit sie essbar sind. Schälen und in kaltes Wasser legen! Wer hätte das gedacht!

»Halt ob uns deine Häääände …«

Eine Männerstimme zerschneidet Lisbeths Singsang. »Schön, dass sie solch fromme Lieder weiß!«

Leutnant von Diest hat sich in der Tür zur Küche postiert. Seine blauen Augen blitzen, er lächelt mit eingemeißelter Güte und bittet Lisbeth herauszutreten in die Wirtsstube, wo das Dutzend Leibgardisten entlang dem Tresen aufgereiht wartet.

Von Diest kommt ohne Umschweife zur Sache. Die Leibgarde seiner Majestät Prinzessin Amalie von Preußen, trägt er vor, leistet schweren Dienst. Und braucht daher gute Speise. Kartoffeln mit Butter und Zwiebeln mögen für einen Bauern genügen. Ein Gardist, der bei Kräften bleiben muss, benötigt Fleisch oder Wurst zur Nahrung.

»Ich habe leider nicht genug Geld, um Fleisch und Wurst zu kaufen, Herr«, sagt Lisbeth und senkt den Blick.

»Wie das? Sie wurde doch im Voraus bezahlt!«

»Einen Gulden, Herr, hab ich zur Verpflegung der Gardisten bekommen. Den habe ich allein für Brennholz, Salz und Butter ausgegeben.«

»In meinem Schriftstück steht *sieben Gulden.* Lüg sie also nicht.«

»Ich habe nur einen Gulden erhalten, Herr!«

Der Leutnant atmet hörbar durch, seine Mundwinkel sinken, dafür schießen die Augenbrauen in die Höhe. »Will sie damit etwa sagen, sie sei übervorteilt worden? – Sprich sie nur frei heraus!«

Wenn die Obrigkeit einen auffordert, frei heraus zu sprechen, dann darf man das nicht wörtlich nehmen. Es wird im Gegenteil erwartet, dass man schweigt und demütig zu Boden schaut. An diese Regel hält sich Lisbeth seit ihrer Jugend.

»Überlege sie genau, ob sie die Überbringer des Geldes beschuldigen will. Ob sie Zeugen dafür hat. Und ob diese Zeugen aussagen werden, dass sie tatsächlich nur einen Gulden bekommen hat. Und nicht sieben!«

Lisbeth sieht auf, ortet den Lulatsch mit den pflaumenblauen Lidern in der langen Reihe der Gardisten. Wie ein Strich steht er zwischen den anderen und starrt auf seine Stiefelspitzen.

»Sag nichts, sag ja gar nichts«, ruft ihr die Mutter zu, die ausnahmsweise am helllichten Tag aus einem Sonnenstrahl durch den Wolkenhimmel bricht und durch das Fenster gleißt.

»Nun gut.« Der Leutnant räuspert sich und gewinnt seinen versöhnlichen Tonfall wieder. »Im Stall sind ja Hühner. Die mag sie heute braten!«

»Bitte nicht die Hühner, Herr! Ich brauche die Eier doch dringend zur Adventszeit. Bitte nicht die Hühner!«

»Für heute nur zwei! Alle anderen Hühner bleiben ihr natürlich, wenn sie für die restlichen Tage genug Fleisch und Wurst beschafft.« Der Leutnant macht eine auffordernde Kopfbewegung, worauf zwei Gardisten durch die Tür verschwinden.

Lisbeth hat drei Hühner und einen Hahn. Einen schönen jungen Hahn. Dessen Klagegeschrei gellt jetzt in ihren Ohren, dann das Geflatter der Hühner, ihr heiseres Kreischen. Lisbeth schlägt die Hände vors Gesicht, weint hemmungslos wie ein Kind. Die aufgereihten Gardisten verschwinden die Treppe hinauf, auch der Lulatsch.

Am nächsten Tag prüft Lisbeth traurig ihre Vorräte. Ein paar Knochen und Knorpel von den Hühnern sind noch übrig, dazu ein Rest fetten Specks. Das könnte zusammen was hermachen – in einem Eintopf! Mit Bohnen oder Rüben wäre es einfach. Doch Rüben hat Lisbeth keine mehr. Und Bohnen? Bohnen machen anhaltend satt und geben Kraft. Das kann auch ein Leutnant von Diest nicht abstreiten. Natürlich gibt es noch welche im Leinensäckchen am Hochgesims, Lisbeths Notration für lange und strenge Winter.

Lisbeth schickt einen Blick hinauf, sieht das Säckchen in seinem mottensicheren Versteck baumeln, steigt auf einen Stuhl und prüft den Inhalt. Bunte Wachtelbohnen sind darin, alle unversehrt, mit fester, glänzender Schale. Nein, die will sie behalten.

So ein Eintopf müsste auch mit Kartoffeln zu kochen sein. Sie zündet die Kerze an, die gleiche wie am Vortag.

»Indianer?«, flüstert sie. Ein paar Funken aus dem Ofen und schon steht er da, verschränkt die Arme und lässt seine Muskeln spielen wie ein Zirkusathlet. Lisbeth wird verlegen, er ist wirklich zu schön, um wahr zu sein.

»Geht das, Kartoffeleintopf?«, fragt sie sachlich.

Er nickt, hockt sich auf einen nicht vorhandenen Schemel am Küchentisch, schält wieder Kartoffeln und schnitzt sie klein. Die Stückchen lässt er in kaltes Wasser fallen. Lisbeth denkt nach. Solch kleine Kartoffelstücke werden zu einem Mus zerfallen. Sie setzt sich zu ihm, schält, schnippelt und bald ist der Kessel voll. Sie gibt die Huhn- und Speckreste dazu, auch Petersilienwurzel und Sellerie. Der Indianer schreitet Küche und Vorratsraum ab, reicht Lisbeth Salz, getrockneten Liebstöckel, etwas Senfsaat und Sahne. Sie würzt, schmeckt ab. Wunderbar! Trotz der vielen Kartoffeln!

»Aber es wird ihnen wieder an Fleisch fehlen«, seufzt sie. »Und ich hab keins. Morgen werden sie mir gewiss die letzten Hühner nehmen! Es ist hoffnungslos!«

»How«, sagt der Indianer und hebt die Hände wie der Pfarrer beim Segen, kniet nieder und trommelt mit den Fingerkuppen eine unbekannte Melodie.

Da tut sich ein Spalt im Boden auf, deutlich erscheint der Keller vor Lisbeths Augen. Der Keller mit dem Vorratsschrank, den Bierfässern, dem alten Pferdehalfter, das Lisbeth schon lange flicken lassen will, dem Eichenstuhl mit den eingeritzten Runen, dem ein Bein fehlt ... Weiter und weiter trommelt der Indianer, da bricht an der rückwärtigen Wand der Kellerboden auf. Darunter ist das Loch! Das kalte, stockfinstere Loch. Wie eine Höhle ist es in einen Fels eingelassen und mit einer Klappe aus Eisen verschlossen. Die Vorfahren des Ochsenwirts sollen dort ihre Vorräte vor plündernden Soldaten versteckt haben. Vor Jahren lag da noch ein Branntweinfässchen zerborsten am Boden, ein paar Kohlen häuften sich in der Ecke, Asseln krochen umher. Denn der Ochsenwirt wusste eine besondere Verwendung dafür. Er sperrte Lisbeth nackt darin ein, als Strafe, wenn sie ihm nicht gefügig war. Wenn sie einen Krug zerbrochen hatte. Wenn sie zum Strümpfestopfen einen zu langen Faden verwendet hatte. Viele Stunden musste Lisbeth in dem Loch bleiben. Bei den Asseln, die ihr über die Haut krochen, die ihr in die Körperöffnungen krochen, so fühlte es sich an ... Und Lisbeth schlug um sich und schrie und schrie, aber niemand hörte sie.

Als der Ochsenwirt gebrechlich und blind geworden war, hat Lisbeth den Keller ausgeräumt, gesäubert und abgeschlossen, den Schlüssel gut versteckt. Jetzt sind keine Kohlen mehr in dem Loch, kein Fass, keine Asseln. Nur Lisbeths Geheimnis, Lisbeths stockfinsteres Geheimnis.

»Woher weißt du das?«, schreit Lisbeth. Ihr Herz rast. »Bist der Satan! Ja, bist der Satan!«

Der Indianer richtet sich auf, verschränkt die Arme vor dem Brustkorb und schüttelt seinen Kopfputz, dass die Federn flattern. Wie eine Rauchwolke verblasst er vor Lisbeths Augen. Eine kleine Feder schwebt auf ihren Schoß nieder.

Lisbeth betrachtet sie aufmerksam. Es ist eine Bussardfeder. Sie schimmert samten im Kerzenschein. Bussardfedern bringen Glück.

5 Jost

Aus den Aufzeichnungen eines fahrenden Barbiers, datiert vom Dezember 1755, entdeckt 1792 in einer Erdhöhle im Reichswald zu Kleve.

DIENSTAG, 9. DEZEMBER

Der Müller ist gar kein solcher Depp, wie ich anfangs gedacht hab, denn er humpelt nur zum Schein und kann in Wahrheit rennen wie ein Jagdhund, wenn es drauf ankommt. Das hätt einer von den preußischen Häschern sehen sollen, wie er vorige Nacht, als nach heftigem Regenguss der Mühlenweiher anschwoll, mit seinem angeblich lahmen Fuß hinauswetzte, zur Schleuse hinauf und alles dicht machte mit baumstammdicken Pfosten, die er aus dem Schober herangeschleppt hat, als wären es Stecken! Die Häscher, die hätten ihn ohne Federlesens in die Schützengräben von Schlesien gesteckt und hätten ihn jetzt, wo dort doch alle naselang Krieg ist, gar nicht mehr herausgelassen, eh ihn die Österreicher erschossen hätten. Der Müller weiß das ganz genau und verstellt sich. Ich weiß das jetzt auch, aber ich sag es niemandem, denn der Willem ist mein Freund und zu einem Freund halt ich, auch wenn er alle Welt verarscht, weil ich ja versteh, warum.

MITTWOCH, 10. DEZEMBER

Auch bei den Weibern zeigt er sich gar nicht dusselig, der Willem, hat die schöne Ochsenwirtin im Aug, die mir vor einer Weile auf dem Wochenmarkt begegnet ist und mich nach den Indianern ausgefragt hat. Und wenn sie in der Kirch hockt, wie vorigen Sonntag, da gafft er sie verstohlen an und träumt vom Himmelreich, aber einem ganz anderen als dem, was der Pastor meint.

Dass es beim Träumen bleibt, des ist er gewiss, sagt Willem, weil sie schön und vermögend wär, er aber nur ein Krüppel und Pachtmüller, der zwar sein Auskommen hat, aber ihr nix bieten könnt. So jammert er nun manchen Abend und säuft sich zu, bis er heulend ins Bett fällt, und ich kann ihn nicht trösten, denn es könnt schon sein, dass sie andere Pläne hat, als einen Pachtmüller zu ehelichen, weil seit einiger Zeit viele preußische Gäste zu ihr zum Essen kommen, hohe Militärs vor allem, aber auch Kreisbedienstete, die erzählen, dass ihre Küche vortrefflich wär und speziell eine Suppe aus Kartoffeln wär köstlich, was aber keiner am Ort glauben will, und es heißt, sie würd lügen und was anderes an die Suppe tun, irgendeinen Zauber, sodass die Preußen alleweil davon essen wollen.

Wer die Ochsenwirtin erringt, der hat jedenfalls ausgesorgt für sein Leben, denn sie hat keine männlichen Anverwandten, sodass das Wirtshaus ihr ganz allein gehört mitsamt einem großen Garten und eigenem Brunnen.

Und sie selber ist wahrhaftig ansehnlich, mag ein gutes Dezennium älter sein als ich, hat aber ein zartes und ebenmäßiges Angesicht und noch alle Zähne. Was Wunder, sie würd mir auch gefallen, wenn sie nicht so ernst dreinblickte aus ihren verhangenen steingrauen Augen, dass mir manchmal das Lachen gefriert. Sie würd nur deshalb so dreinschauen, weil ihr Mann jetzt tot wär, sagt der Müller, und weil sie ihren Mann gewiss lieb gehabt hätt. Die Hassumer glauben das aber nicht, sondern sagen, sie würd deshalb so traurig dreinschaun, weil sie Angst hätt, man könnt ihr den Gasthof wegnehmen, denn sie wär dem alten Wirt ohne Mitgift, sogar gegen ein Brautgeld verheiratet worden, wär also bloß sein

Muntweib gewesen, das nach altem Brauch von den Dorfoberen vertrieben gehört. Der Müller aber lacht über solches Geseire und behauptet, es sei eben ein Wesenszug der Niederrheiner, dass sie an sich nix wissen, wohl aber alles erklären können.

FREITAG, 12. DEZEMBER

Die Niederrheiner lassen sich aber auch gern was erklären, wenn sie nix wissen, sodass ich von Einzelheiten des großen Unglücks in Lissabon berichten kann, denn die Gazetten sind voll davon und so mancher, der weder lesen noch sich selber was ausdenken kann, freut sich, wenn ich sage, ich wär dort gewesen, hätt die Nacht zu Allerheiligen in einer vornehmen Herberge am Hafen verbracht, wär vom Beben geweckt worden, wär vor Schreck hinausgelaufen, hätt die Feuersbrunst mit eigenen Augen gesehen und die turmhohen Wellen wären auf mich zugerollt, und da hätt ich die Beine unter die Arme genommen, wär um mein Leben gerannt, und zwar hinauf in den Teil von Lissabon, der Alfama heißt, und so wär ich gerettet worden, blieb doch ausgerechnet die Alfama unzerstört, der Sündenpfuhl der sonst ehrwürdigen und rechtgläubigen Stadt.

Wie ich so rasch von Lissabon an den Niederrhein gekommen bin, fragt mich keiner, aber weshalb Gott der Herr ausgerechnet die Alfama verschont hat, wo Piraten, Räuber und Dirnen fröhliche Urständ feiern, das will ein jeder hören. Und so berichte ich, was heidnisches Volk sich gern erzählt, nämlich dass die Alfama einst von Odysseus, dem Seefahrer, gegründet worden wär und seither von allen Göttern Athens in Obhut genommen würd, sodass auch kein Christengott dreinschlagen könne, so wie in Sodom und Gomorrha. Das alles zu erzählen beschert mir ein gutes Zusatzgeschäft mit meinen selbst geschmiedeten eisernen Drudenfüßen, die ich an Lederbändchen für um den Hals zu tragen feilhalte, und zwar im Dutzend billiger.

SAMSTAG, 13. DEZEMBER

Es wär wohl an der Zeit, dass ich mich jetzt aufmach nach Trier, wo Schwester und Schwager wohnen, damit ich zum Lichtfest dort bin. Es dauert mich abzureisen, denn diese Nester am Niederrhein gefallen mir, ebenso die Menschen, welche auf die eine Art lustig und unbedarft sind, auf die andere Art still und weise, sodass ich gedenke, bald wiederzukommen und eine Barbierstube in Goch zu eröffnen, was vielleicht gelingen kann, da selbst gut gestellte Gocher Bürger ebenso wie preußische Militärs tagelang unrasiert herumlaufen und man den Vorteil von einem glatten Kinn hier nur einmal publik machen müsst, um ihn trefflich zu nutzen.

6 Lisbeth

Die Preußenfahne und das Gatter vor dem Wirtshaus sind nichts Ungewöhnliches mehr. Wenn die Herren Offiziere, die Amtspersonen und hochwohlgeborenen Herrschaften zu Lisbeth kommen, um Kartoffelsuppe zu essen, darf kein niederes Volk herein. Doch heute treiben die Preußen noch mehr Aufwand als sonst, errichten seit den Morgenstunden eine blickdichte Barriere rund um Haus und Hof, scheuchen mehr als ein Dutzend Dragoner hin und her, damit diese die Fronten zur Straße, zum Wald, zum Feldrand bewachen sollen. Lisbeth beobachtet das Geschehen vom Fenster aus, fühlt sich, als wäre sie bei sich selbst zu Gast. Angesagt ist eine junge Comtesse aus Hannover mit Gesellschafterin. Zweifellos eine Ehre und Lisbeths Herz flattert vor Aufregung. Doch warum muss eine Grafentochter aus dem Hannoveranischen derart um Leib und Leben fürchten?

Als die Kutsche vorfährt, stehen augenblicklich alle Dragoner und höhere wie niedere Militärs stramm. Dabei ist es nur eine schlichte Postkutsche ohne Wappen, die vor dem Wirthaus hält. Ein Puppengesicht, umhüllt von einer blauen Kapuze, lächelt heraus. Vom Kutschbock steigt eine Uniform mit Froschmaul. Major Kreutzer! Er postiert sich dicht bei der Türe des Gefährts. Doch erst als eine zweite Kutsche in den Hof rumpelt und sechs Soldaten mit Bajonetten herausspringen, lässt sich das Puppengesicht aus dem Wagen helfen. Der Kreutzer und die Burschen umringen die kleine Person sogleich wie die Zähne einer Mausefalle das darin ausgelegte Käsestückchen und geleiten sie sorgsam zur Wirtshaustür. Hinterdrein geht schutzlos eine zweite Frauengestalt. Die jungen Soldaten – Lisbeth erkennt sie sofort – gehören zur Leibgarde! Zur Leibgarde der Prinzessin!

Lisbeth ist fassungslos. Das Blut kribbelt heiß und kalt zugleich in ihren Adern. Amalie von Preußen! Die jüngste Schwester des Preußenkönigs. Das muss sie sein. Und sie kommt zu Lisbeth! Wegen der Kartoffelsuppe? Das wäre doch – verrückt wäre das!

Mit mildem Lächeln nickt die Prinzessin ihren Bewachern zu und huscht in die Gaststube. In einen samtenen blauen Mantel ist sie gehüllt, aus dem ein eierschalenweißes Seidenkleid herausblitzt. Sie riecht wie ein einziger Maiglöckchenstrauß. Mit der bloßen Hand streicht sie über die blanken Fensterscheiben, die weiß gehobelten Tische, flaniert durch die Gaststube, als handele es sich um einen prächtig angelegten Garten. Ihre Reifröcke rascheln. Lächelnd betrachtet sie die tönernen Kuchenformen auf dem Sims, die grob geschmiedeten Gerätschaften am Ofen.

»Enlevé!«, jubelt sie und nickt ihrer Gesellschafterin zu, die neben Major Kreutzer am Eingang wartet. »Bien arrangé! Propre!«

Andächtig verharrt sie vor dem Ölgemälde an der langen Wandseite, das die heilige Irmgard von Aspel bei der Speisung armer und kranker Wanderer zeigt – im Hintergrund der Kölner Dom.

»Und Ihr arrangiert dieses Maison allein?«, fragt sie, schickt Lisbeth ein Lächeln quer durch die Gaststube.

Lisbeth senkt sofort den Blick und fällt in einen tiefen Knicks. Es schickt sich nicht, eine Prinzessin anzustarren, auch wenn sie sich noch so seltsam benimmt. »Ja, Majestät, allein! Mein Mann ist kürzlich gestorben.«

»Ach, mein Beileid! Kinder?«

»Leider nein, Majestät.«

»Grämt Euch nicht! Sagt doch der Volksmund, dass Kinder zuerst dem Rücken wehtun und hernach dem Herzen.« Aufseufzend, als wisse sie genau, wovon sie spricht, nimmt die Prinzessin am kleinsten Tisch Platz, legt ein perlenbesticktes Beutelchen neben sich ab und faltet die weißen Hände. »Nun wäre es mir kommod, mich von Eurer Cuisine zu überzeugen, liebe Frau Wirtin. Seid Ihr bereit, mir eine Tasse Eurer viel gepriesenen Soupe de Tartüffel zu servieren?«

Lisbeth braucht keinen Hahnenschrei lang, um sich die Frage zu übersetzen, sie wiederholt ihren Knicks und eilt in die Küche. *Liebe Frau Wirtin* hat die Prinzessin gesagt. Und *Ihr* anstatt *sie* oder *du.* Nicht nur aus Versehen, immerzu sagt sie *Ihr* und *Euch!*

Stimmt es womöglich, was der Müller immer erzählt? Dass nämlich der neue König befunden habe, vor Gott seien alle Menschen gleich? Weshalb sogar ein Adliger den Ärmsten der Armen mit Respekt begegnen müsse? Ein französischer Gelehrter, mit dem der König gut Freund ist, soll es so gesagt haben. Sogar aufgeschrieben soll er es haben. In einem Buch!

Das silberhelle Lachen der Prinzessin dringt aus der Gaststube, dann ein gekünsteltes Kichern. Das wird die Gesellschafterin sein.

Lisbeth hievt den vorbereiteten Gusseisentopf aus der Kühlkammer und hängt ihn an den Haken über dem Herd. –

Oder ist es nur so eine Mode, sich mit dem einfachen Volk abzugeben? Mit seiner Art zu wohnen und zu essen? So wie sich viele hochwohlgeborene und vermögende Menschen neuerdings mit Käfern und Spinnen abgeben und sie als ›Wunderwerke der Natur‹ preisen.

Ja, so wird es sein! Und gewiss ist es keinesfalls von Vorteil, wenn der Adel sein Augenmerk auf einen richtet. Man muss auf der Hut sein. Die Spinnen und Käfer spießen sie bei lebendigem Leib auf, lassen sie durch ein Gift erstarren und hängen sie in Bilderrahmen an die Wand. Lisbeths Ergriffenheit macht einem stillen Zorn Platz.

Sie bückt sich zum Feuer, bläst in die Flammen, dass sie auflodern, spuckt in die Suppe. Spuckt noch einmal. Preußen bleiben Preußen, auch wenn sie nach Maiglöckchen riechen und *Ihr* und *Euch* zu einem sagen.

Da fällt ein monströser Schatten auf die Wand hinter dem Herd. Lisbeth fährt herum. Hinter ihr steht Major Kreutzer, zieht sein Froschmaul bis zu den Ohren und lässt seinen Blick an Lisbeths Gestalt auf und ab wandern.

»Mir ist aufgetragen, die Abfälle zu inspizieren«, sagt er. Sein Blick ist friedfertiger als bei ihrer letzten Begegnung.

Lisbeth dreht sich wieder zur Kochstelle. Sie hat verstanden. Eine preußische Prinzessin ist keine Hannoveraner Comtesse. Sie muss wahrhaftig um Leib und Leben fürchten, vor allem am Niederrhein. Lisbeth ergreift den Eimer mit den Kartoffelschalen, leert ihn über der Anrichte aus und lässt den Major damit allein. Sie wischt ihre Hände an der Schürze ab und wendet sich wieder der Suppe zu, deren Fettkruste sich unter der Hitze verflüssigt und eine sämige Masse offenbart.

Der Major brummt. Es klingt, als sei er zufrieden. Was

auch sonst! Lisbeth hat alle giftigen Keime sorgsam aus den Kartoffeln herausgepult.

»Nun das Fleisch«, sagte der Kreutzer, schürzt sein Froschmaul und kommt wieder näher. Er riecht nach Sandelholz.

Lisbeth hasst Sandelholz. »Das Fleisch ist all verwertet«, versichert sie, »die Knochen ausgekocht. Die hab ich hernach zerhackt und im Misthaufen vergraben – dass sie mir keine Ratten locken.«

»Zerhackt? Im Misthaufen?«

»Wollt Ihr, Herr, dass ich die Knochenteile heraussuche, damit Ihr sie beschauen könnt?«

Der Major widmet sich der klein geschnittenen Petersilie, die auf dem Schneidbrett wartet. »Lassen wir's dabei bewenden!«

Lisbeth greift den Löffel, rührt im Topf, lässt die Petersilie hineinrieseln. Das Feuer lodert, Schwaden aus Rauch und Dampf füllen den Raum. Der Kerl nähert sich schon wieder von hinten! Als sie sich umdreht, grinst er ihr ins Gesicht.

»Mir ist aufgetragen, die Suppe vorzukosten.« Aus dem Froschmaul sickert ein Speicheltropfen.

Lisbeth wendet sich zum Tellerbord, füllt dem Kreutzer eine kleine Schale voll, reicht ihm einen Löffel. »Bitte, Herr Major!«

Er pustet, löffelt vorsichtig, schlürft schließlich die Schale aus und wischt sich über den verschmierten Bart.

Lisbeth fragt sich schon seit einiger Zeit, wozu die Vorkoster gut sein sollen, die manche der Herrschaften mitbringen. Das meiste Gift, das man einer Speise zugeben könnte, wirkt so langsam, dass ein Vorkoster erst krank wird, wenn die Speise nicht mehr frisch ist und neu gekocht werden müsste. – Erwartet Amalie von Preußen, dass ihre möglichen Widersacher ein Gift wählen, bei dem man binnen Augenblicken tot umfällt? Sei's drum! Lisbeth muss sich darum nicht den Kopf zerbrechen!

»Ist die Suppe so in Ordnung?«, fragt sie.

Der Kreutzer nickt stumm.

Lisbeth lässt ihn stehen, sucht einen der glasierten Teller mit dem blauen Schleifenmuster aus, gießt Suppe hinein und trägt ihn zur Prinzessin hinaus, die sie überschwänglich begrüßt.

»Ahh, wie das duftet!«

***Kartoffelmussuppe** (für 4 Personen)*

Gebe reichlich 2 Pfund zerkleinertes Rindfleisch mit Knochen in kaltes Wasser, dass es bedeckt ist. Erhitze das Wasser allmählich und füge, sobald es kocht, etwas Salz hinzu. Den entstehenden Schaum schöpfe stetig ab. Gebe ein halbes Pfund Möhren, ein halbes Pfund Lauch und eine kleine Sellerieknolle zerkleinert hinzu. Halbiere zwei Zwiebeln, brate sie mit der Schnittfläche nach unten in wenig Öl an, bis sie leicht braun sind. Gebe nun auch die Zwiebeln und zwei Lorbeerblätter zur Suppe und lasse alles 2–3 Stunden köcheln. Hernach hebe die Fleischstücke heraus und kläre die Brühe unter Zuhilfenahme eines Siebes. Löse das Fleisch von den Knochen und schneide es in kleine Würfel. Die Gemüsereste kannst du zusammen mit dem abgeseihten Schaum dem Schwein verfüttern, so du eines im Stall hast.

Wasche 2 Pfund Kartoffeln, schäle sie und schneide die Keimansätze sowie alle grünen Stellen heraus, lege sie sodann bis zur Verwendung in kaltes Wasser. Hernach reibe sie oder gebe sie sehr klein geschnitten in die fertige Fleischbrühe. Fülle so viel Wasser nach, dass die Kartof-

feln gut bedeckt sind, und lasse die Brühe etwa eine halbe Stunde köcheln. Wenn die Kartoffeln zu einer feinen Krem zerfallen sind, gebe die Fleischstücke und die klein geschnittene Petersilie hinzu, wenn nötig noch etwas heißes Wasser. Würze mit Salz und Muskatnuss. Serviere sodann die Kartoffelmussuppe mit einem herben Weißwein.

Aus Franz Vincent Müllers Kochbrevier *Die gute Volksküche,*
erschienen zu Hamburg im Jahre 1802

So langsam hat Lisbeth noch niemanden essen sehen.

»Délicieux«, ruft die Prinzessin nach jedem Löffel, spitzt die Lippen, schließt die Augen, als küsse sie einen Liebhaber, mustert von Zeit zu Zeit den Teller, den Zinnlöffel mit dem rund geschmiedeten Stiel, erbittet schließlich eine zweite Portion für ihre Gesellschafterin.

Die verbeugt sich, setzt sich, löffelt schweigend ihren Teller leer und lässt das holprige Französisch ihrer Herrin über sich ergehen wie einen warmen Regen. Sie mag so alt sein wie Lisbeth. Gewiss sehr hoher Adel, sonst würde sie kaum Amalie von Preußen Gesellschaft leisten dürfen. Gewiss unverheiratet. Hat eine allzu spitze Nase und zudem einen Damenbart, sodass sie keinem Mann recht gefallen wird. Und doch mag dies ein annehmbares Schicksal sein, befindet Lisbeth. Allemal besser als ein Eheleben. Solches Glück genießen heutzutage indes nur Französinnen. Der deutsche Adel liebt es, sich mit deren Sprache zu umgeben. Es heißt, beim Preußenkönig müssen alleweil sogar die Stallknechte Franzosen sein.

»Wie viel bin ich schuldig?«, unterbricht die Prinzessin Lisbeths Gedanken und tupft ihre geröteten Lippen mit einem schneeweißen Batisttüchlein ab.

»Einen halben Gulden, wenn's recht ist, Eure Majestät«, sagt Lisbeth. So viel hätte der Ochsenwirt auch verlangt.

»Oh, das ist preiswert!«, lacht die Prinzessin. »Gib er ihr einen Taler«, kommandiert sie mit einem Wink zum Major hin, der unterdessen seinen Platz neben der Tür wieder eingenommen hat. Die neue Höflichkeit des Adels gilt offenbar nicht gegenüber dem Militär.

Der Kreutzer schlägt die Hacken zusammen, dass sein Wanst wabbelt, zieht eine Kassette aus dem Reisegepäck und fummelt mit einem winzigen Schlüssel daran herum.

»Attends!«, ruft die Prinzessin, hebt die Hand, als wolle sie einer Armee Einhalt gebieten, sinniert vor sich hin, verzieht ihr Mündchen zu einem Engelslächeln. »Wäre es möglich, Madame, en retour wieder bei Euch vorbeizukommen, zu Drei König vielleicht? Und meine liebe Freundin Margarete von Hannover mitzubringen? Auch sie liebt die ländliche Cuisine und ich möchte ihr und ihrer Familie ein originelles Präsent machen. Es werden, wie ich schätze, gesamt zehn Personen sein.«

Lisbeth steigt alles Blut in den Kopf. »Sehr gern, Eure Majestät.«

»Doch Ihr werdet absolute Diskretion wahren, nicht wahr? Ihr schwört es bei Gott?«

»Ich schöre es bei Gott!«, versichert Lisbeth und bekreuzigt sich dreimal hintereinander.

»Bon! Ich zahle naturellement im Voraus. Zehn Personen, das wären zehn Taler. Nein, attendez! Vielleicht könntet Ihr noch eine Couverture für den Tisch besorgen? Einfaches Leinen und zwölf passende Servietten? Das Geschirr bitte genauso, wie ich es soeben hatte. Das ist allerliebst.«

»Sehr gern, Majestät!«

»Das möchten gut dreißig Taler sein, nicht wahr?«

Lisbeth schweigt. Nur wer sich dumm stellt, kommt gut durchs Leben, hat die Mutter immer gesagt.

Die Gesellschafterin nickt unbestimmt. Die vier Leibgardisten, die sich entlang der Wand aufgereiht haben, starren auf die Dielen.

»Zahl er sie aus!«

Der Kreutzer öffnet gehorsam die Kassette und zählt laut: »Eins, zwei, drei …« Die Münzen scheppern eine nach der anderen auf die Tischplatte.

»Un, deux, trois …«, die Gesellschafterin muss mitzählen. »Trente«, murmelt sie endlich.

Dreißig Taler! Lisbeth kann ihr Glück kaum fassen.

Noch Stunden nachdem die Gäste abgereist, die Barrikaden mit den preußischen Wimpeln verschwunden sind, mustert Lisbeth die Münzen mit dem bekrönten FR in der Mitte, lässt sie durch die Finger in die Geldschatulle rieseln, nimmt sie wieder heraus, zählt nach. Wirklich, es sind dreißig Taler! Alles für eine Suppe aus schnöden Kartoffeln, ein Tischlaken aus Leinen und ein paar – *Servietten.* Was eine Art Latz sein muss. Amalie von Preußen kennt die Preise nicht und sie kann nicht rechnen.

Aber Lisbeth kann rechnen. Da wird viel Geld übrig bleiben und sie kann sich wieder Hühner kaufen. Viele Hühner und einen Hahn. Sie kann, wenn sie einen billigen Anbieter findet, sogar ein halbes Schwein erstehen. – Andererseits, warum sollte sie? Wäre das Geld nicht besser angelegt, wenn Lisbeth eine der Kammern für vornehme Gäste herrichtete, damit diese nicht nur bei ihr essen, sondern auch nächtigen? Mit Bettwäsche aus Kattun! Doch wer solch vornehme Gäste hat, braucht auch ein würdigeres Witwenkleid als das, was Lisbeth jetzt am Leib hat. Ja, sie wird sich eines beim Schneider in Goch bestellen, schlicht und aus Nessel, aber mit einer Häkelspitze am Ausschnitt. Und Biesen am Saum. – Fleisch für die Suppe hat Lisbeth sowieso genug.

Sie ordnet die Taler auf der Tischplatte zu einem Drudenfuß, zündet eine Kerze an und vertieft sich in das Blinken und Gleißen.

Die Mutter fährt strahlend heraus: »Glückwunsch, mein liebes Kind!«

Sie hat einen guten Freund mitgebracht, Siegfried von Xanten, den mutigen Drachentöter, Eroberer des Nibelungenhorts und Bezwinger der Sachsen. Er lässt sich auf die lange Bank fallen, fasst ächzend an seine Lenden und ordert einen großen Becher Bier. Siegfried ist von jeher ein Riese, aber alt und schwach geworden über die Jahrhunderte. Seine hürnerne Haut knittert wie die einer Echse und die Wunde in seinem Rücken, in der noch Hagen von Tronjes Speerspitze steckt, quält ihn wie sonst einen Greis das Zipperlein quälen mag.

»Bier?« Lisbeth überlegt. Tatsächlich gibt es noch Bier im Schuppen. Die Preußen haben vergessen, das dritte Fass abzuholen. Mag sein, dass sie es bald vermissen, doch wie soll jemand bemerken, dass Lisbeth ein paar Becher für andere Gäste abgezapft hat?

»Gott segne dich, gutes Kind! Ein Bier wäre auch mir willkommen«, sagt der heilige Bartholomäus, der sich unvermittelt aus dem hölzernen Kruzifix in der Ecke herablässt. Das Haupt, das ihm die Türken abgeschlagen haben, trägt er stolz unter dem Arm wie einen Ritterhelm. Der heilige Bartholomäus ist der Schutzpatron des Kohls und der Rüben.

Lisbeth opfert ihm, seit sie denken kann, in jedem Winter einen besonders großen Wirsing. Und erhält dafür reiche Ernte im folgenden Jahr.

»Es ist sogar besser, ein wenig Bier abzulassen, bevor ein strenger Frost kommt«, mahnt die Mutter. »Sonst gefriert das Bier im Fass und bringt es zum Bersten.«

»How!«, sagt der Indianer, der lächelnd aus dem Ofen kriecht.

Da verlässt auch die heilige Irmgard ihre Armen und Kranken, steigt vom Ölgemälde an der langen Wandseite herab und setzt sich schweigend zu der Gesellschaft.

Lisbeth eilt sich, alle zu bedienen.

»Bring dir ruhig auch einen Becher mit, Lisken! Und dann setz dich zu uns!«, ruft ihr die Mutter hinterher.

Lisbeth bringt sechs Bier herein, stößt mit allen an und nimmt einen tiefen Zug. Es schmeckt wunderbar, dieses Gesöff! Süß und herb zugleich. Und es prickelt wonniglich in der Kehle. Lisbeth trinkt und lauscht, was ihre Gäste einander erzählen.

Am lautesten redet Siegfried. Schimpft wie immer auf die Preußen: »Swinefurze! Arsfratzen!« Ganz aufgebracht ist er, weil der Preußenkönig verhindern will, dass das Nibelungenlied in neues Deutsch übertragen wird. Es sei »heidnischer Quatsch« und »keinen Schuss Pulver wert« – so soll der König gesagt haben.

Die Mutter und die heilige Irmgard blicken sich an, schütteln die Köpfe vor Empörung. Der Indianer jault, klopft mit seinen Fingerkuppen auf die Tischkante, dass es klingt wie Kriegsgetrommel. Der heilige Bartholomäus hat sein abgeschlagenes Haupt vor sich auf die Tischkante gesetzt und reibt seinen Heiligenschein blank.

»Der Preußenkönig kann ohnehin nicht richtig Deutsch«, sagt der Mund vom heiligen Bartholomäus und die Schultern zucken belustigt dazu. »Er wird kaum bemerken, wenn es jemand doch übersetzt und drucken lässt.«

Der Gedanke gefällt Siegfried. »Haut em opp de Kopp, datt em de Schnorrbart dawwert!«, singt er.

Der König hat keinen Schnurrbart, will Lisbeth einwenden, doch die anderen singen schon mit, schunkeln und schweben rund um den Tisch mit dem Drudenfuß. Dem Drudenfuß aus lauter glitzernden Talern.

»Haut em opp de Kopp, datt em de Schnorrbart dawwert!«, singt jetzt auch Lisbeth. Heiß ist ihr vor Glück. Nicht nur wegen des Geldes. So viele liebe Gäste hat sie heute – und alle zugleich! Bald hat sie ihren Becher ausgetrunken, darf bei den anderen nippen. Wieder und wieder nippen. Bis auch deren Becher leer sind. Und Lisbeth auf dem Fußboden einschläft.

So fest schläft Lisbeth in dieser Nacht, dass sie nicht merkt, wie die Erde bebt. Mehrmals im Morgengrauen erfasst ein anhaltendes Zittern die Dörfer und Städte an Rhein und Niers, lässt manche Hütte einstürzen, deckt viele Reetdächer ab. Und in Goch, da läuten die Glocken, obwohl kein Pfarrer und kein Küster am Seil zieht! Als Lisbeth von Preußentalern, Scherben und ausgelaufenem Bier umgeben erwacht und aus dem Fenster blinzelt, ist alle Welt unterwegs zur Gocher Kirche.

»Der Pastor will dort predigedn, wegedn dedm Erdbebedn«, ruft der Emilbauer, der vorbeikommt, um Lisbeth auf seinem Fuhrwerk mitzunehmen. Lisbeths Kopf dröhnt, in ihrem Bauch blubbert noch das Bier. Doch sie greift ihren Mantel, zieht ihre Haube über und steigt auf.

7 Der Pastor

Aus den Predigten des Pastors Rumolt Stein (1702–1775)

Liebe Gemeinde in Christo,
ihr alle habt die Zeichen vernommen, die Gott der Herr uns gesandt hat. Die Erde in dieser eurer schönen Stadt hat zu Allerheiligen gebebt und hat in der vergangenen Nacht nun wieder gebebt, als ihr schlieft, als ihr nicht nachdachtet über Tod und Zerstörung, welche solch ein Beben wohl mit sich bringen kann. Es war ein Zeichen, nicht mehr. Denn ihr seid alle verschont worden oder doch glimpflich davongekommen. Was aber will Gott der Herr uns mit diesem Zeichen sagen? Ich will es euch verraten: Unser guter Gott im Himmel ist zornig über sündiges Leben und Trachten und sündige Speise, welche in unseren Tagen allüberall verbreitet wird und unserem Herrn nicht zum Wohlgefallen ist. Denn es steht geschrieben: Sehet, ich habe euch gegeben alle Pflanzen, welche Samen bringen, auf der Erde und alle Bäume mit Früchten, welche Samen bringen, zu eurer Speise. Ist aber in der Heiligen Schrift, so frage ich euch, ihr Christen, von Kartoffeln die Rede? Von Mais? Oder gar von Tabak? Nirgendwo, Christenheit, ist in unserer Bibel von derartigen Pflanzen die Rede. Denn dies sind Gewächse von jenseits des großen Meeres, wo die Heiden leben und nicht wissen von Gott noch von Jesus, sodass sie essen, was sie vorfinden, wie die wilden Tiere es tun. Doch sie alle sind verdammt von Gott dem

Herrn, denn er hat sie unseren Herrn Christus nicht schauen lassen, sodass sie dem Antichristen folgen, denn sie essen vom sündig roten Paradiesapfel, sind nackt und schämen sich nicht darob.

Der Antichrist aber ist nicht nur jenseits des großen Meeres, er ist auch hier, mitten unter uns, ja vielleicht sitzt er ja heute in dieser Kirche, wovor uns Gott der Herr bewahren möge. Besonders hierzulande gelingt es dem Antichristen immer mehr, die Kartoffeln zu verbreiten, diese Früchte der Finsternis.

Ich aber frage euch, was ist an den Kartoffeln? Sie sind giftig in fast allen Teilen der Pflanze, allein die Knolle, so sie nicht bereits auskeimt, ist essbar. Sie schmeckt freilich wie faule Melde, die niedrigste unter den Pflanzen, die Gott für die Hungersnöte vorgesehen hat und zur Strafe für uns Sünder in Zeiten der Dürre. So ist die Kartoffel noch niedriger als die Melde, jedoch der Antichrist glaubt, sie uns schmackhaft machen zu müssen.

Doch selbst wem Kartoffeln schmecken, der soll davon lassen. Denn die Kartoffel ist aus der Spucke des Teufels und dem Leib einer Sünderin entstanden. Sie schafft unreine Wollust und macht den Geist taub für die Lehre Gottes. Die Kartoffel ist die verbotene Frucht der neuen Zeit und die Strafe Gottes wird die Menschen ereilen, er wird sie nochmals von der Welt vertreiben, so wie er Adam und Eva aus dem Paradies vertrieben hat, sodass wir bei den Kartoffeln unter der Erde leben müssen und allzeit uns im Schlamm suhlen wie die Schweine.

Ob wir denn die Kartoffeln, so wir gezwungen werden, sie anzubauen, dem Vieh füttern dürfen, so werde ich oft gefragt. Doch auch das Vieh, das davon frisst, wird unrein. Wir haben landauf, landab gesehen, wie Rinder, Schafe, Rösser und Federvieh nicht von den Kartoffeln essen wollen. Einzig Schweine essen sie freiwillig und suhlen sich dann umso mehr im Schlamm und werden dumm, dass sie sich gegenseitig die Schwänze abbeißen. Und so mag sich ein jeder die Frage selbst beantworten, denn kein Vieh, das uns Gott als Haus- und Nutztier als auch Schlachttier gegeben hat, verträgt die sündigen Früchte.

Wahrlich, ich sage euch, wer Kartoffeln isst, ist Gott dem Herrn ungehorsam, denn er verstößt gegen die Heilige Schrift und kommt niemals in das Himmelsreich.

8 Willem

»Auf, ihr Laaaahmärsche!«, kreischt der Aufseher und wedelt mit der Peitsche. Die zwei Dutzend Männer auf der Baustelle reißen sich zusammen, das Hämmern, Sägen, Schleifen, das Ächzen und Fluchen schwillt an. Schwaden aus heißem Atem steigen aus Nasen und Mündern, verflüchtigen sich in der klaren Winterluft, noch bevor sie den First erreichen.

»Na also«, brummt der Aufseher, schreitet auf und ab. Seine Stiefel klacken auf dem gefrorenen Erdboden.

»Is' doch zum Kotzen«, raunt ein Graubart, der zusammen mit Willem die Bohlen beischafft. Er zieht sich die zerschlissenen Handschuhe ab und haucht auf seine Fingerkuppen. »Im Dezember einen Stall ausbessern! Hätte das denen nicht früher im Jahr einfallen können?«

»Udnd überhaupt Frodndiednst! Ist ja wie bei den Hudnnen. Ziehdn udns so viel Steuerdn ab und lassen udns obedndreidn schuftedn.«

Das sagt der Emil. Hockt auf einem der oberen Querbalken und haut Nägel ein. Noch am Morgen haben die anderen ihn nachgeäfft. »Gib dmir dmal die Zadnge«, haben sie gerufen, oder: »Was für eidnedn kaltedn Widnter wir doch habedn!« Inzwischen scheint ihnen der Ulk vergangen. Sie brummen ungenäselte Zustimmung.

»Und alles, damit es die Gäule vom lieben Herrn Bischof warm und trocken haben! Denen wird's diese Weihnachten besser gehen als uns«, zischt ein Hagerer, den Willem noch nie gesehen hat. Es gibt mehrere auf dem Bau, die er noch nie gesehen hat. Sie kommen aus Dortmund, einem armseligen, halb ausgestorbenen Nest auf der anderen Rheinseite, wo der Bischof ein weiteres Amt hat.

»Gebt dem Bischof, was des Bischofs iiiist, aber gebt dem Voooolk zumindest daaas, was dem Bischof seinen Gäuuuulen iiiist!«, singt Willem in der Art einer Litanei und erntet ein vielstimmiges »Aaaamennn!«, das sich in bärbeißige Fröhlichkeit auflöst.

Der Aufseher reckt den Hals, wirft einen finsteren Blick herüber. »Maul halten und arbeiten!« Ein Peitschenknall beendet das Gelächter.

Hannes, der depperte Sohn des Schäfer-Karls, hat nichts begriffen. »Chahaha, chahaha!«, kräht er, zuckt mit den Schultern, reißt seinen Mund auf, als wollte er damit Fliegen fangen. Man hat ihn abgestellt, den Mörtel im Kessel zu rühren, immerzu zu rühren, damit der nicht fest wird.

Der Aufseher baut sich vor Hannes auf, patscht mit dem Peitschenstiel auf seinen Handschuh. Da springt der Schäfer-Karl mit einem Satz von der Leiter. »Tut ihm nichts, bitte nicht! Ist doch krank im Kopf, aber gutmütig und fleißig!«

Der Baulärm reißt ab. Der Schäfer-Karl packt seinen Sohn bei den Schultern, schüttelt ihn wie einen leeren Mehlsack. »Still! Sei ganz still, hörst du! Und rühr weiter!«

Der Hannes kuscht und wimmert vor sich hin. Rotz und Wasser laufen ihm über die Backen, tropfen in den Mörtelkessel.

Der Aufseher dreht sich angewidert um. »Weitermachen!«, brüllt er und fährt mit der Peitsche durch die Luft, dass es sirrt.

Willem zuckt zusammen, hämmert, was er kann. Vor bald zwanzig Jahren hat er einmal Peitschenhiebe abbekommen. Die hinterließen brennende Striemen auf seiner Haut, die ihn wochenlang gequält haben. Damals beim Ausbau der Kirche zu Kleve schlugen die Aufseher ohne Vorwarnung auf jeden ein. Manche Fronarbeiter brachen zusammen, wurden weggetragen und in die Gosse geworfen wie Abfall. Heute sind die Aufseher milder. Vielleicht ist das eine Order? Es gibt zu wenige kräftige Männer im Land. Fast alle sind bei der Armee. Oder tot. Da ist jeder Krüppel, jeder Greis, jeder Depp für den Frondienst der Bischöfe gefragt. Keiner darf ausfallen, nur weil ein Aufseher über die Stränge schlägt.

Aber schon ein einziger Peitschenhieb schmerzt und eitert lange. Deshalb beißen sich die Männer auf die Lippen und schaffen stumm weiter bis zum Abend. Erst als die Kälte auch die Nasen der Aufseher blau färbt, ist Feierabend. Die Fronarbeiter nächtigen im bischöflichen Heuschober, werden mit Filzdecken und Gerstengrütze versorgt. Manche schnarchen, noch ehe sie aufgegessen haben. Der Emil und ein Hagerer mit Brummstimme, den die Dortmunder Jupp nennen, machen sich über die Reste her. Willem buddelt sich ins Heu und denkt an Lisbeth. Er denkt immer an Lisbeth, bevor er einschläft. Malt sich aus, wie sie ihn anlächelt, wie sich ihr zarter Körper an ihn drängt. Er umarmt ein Bündel Heu und schließt die Augen. Aber diesmal klappt es nicht mit den wonnigen Vorstellungen. Der Frost dringt durch alle Ritzen, die Wölfe heulen vom Reichswald herüber, dazu das Schnarchen und Schmatzen der anderen ringsum. Am meisten stört Willem das hektische Gebrabbel einiger Männer aus Dortmund. Sie reden vom Zehnten, den sie dem Bischof abgeben sollen – sogar für ihre Kartoffeln.

Der Emil ist neugierig. »Was baut ihr dednn auch die Dreckskdnolledn adn, seid ihr dudmm?«

Sie lachen ihn aus. »Dumm bist nur du«, knarrt Jupp. Und der Graubart vom Gerüst, der Michel heißt, lässt sich zu einer Erklärung herab. Natürlich setzen sie ihre Kartoffeln nur auf den Brachacker, also im dritten Jahr, wenn der schon einmal Sommerkorn und einmal Winterkorn getragen hat. So haben sie ein gutes Viehfutter über den Winter und für das Frühjahr.

»Aber idn der Brache dmuss die Erde doch ruhdn«, wendet der Emil ein.

Da hält der Kurt einen langen Vortrag. Es braucht ja immer nur ein paar Kartoffeln in der Erde. »Die wachsen ohne Zutun, wie Unkraut«, behauptet er. Aber mit den neuen Knollen könne man dic Schweine füttern. Das gibt Mist, den man dem Boden wieder eindüngt und zusammen mit dem Kraut von den Kartoffeln unterpflügt. Dann bekommt der Acker Kraft für ein schönes Sommerkorn im Jahr darauf.

Der alte Huberbauer aus Hassum schüttelt den Kopf. »Was ’ne fisselige Arbeit! Da müsst ihr ja erst alle Keime abmachen, dass ihr’s Vieh nicht vergift!«

»Ich dnehdm lieber die Rübedn«, nickt der Emil.

»Aber Kartoffeln sind nahrhafter als Rüben. Die Schweine werden schön fett davon. Und wenn ein Hungerwinter kommt, da hat man zur allergrößten Not noch was in der Erde.«

Willem gähnt. Was geht ihn das an! Er zieht sich die Filzdecke über die Ohren. Aber die Stimmen schwellen kaum ab. Die Dortmunder beraten sich fortwährend über den Zehnten. Dass sie für die Schweine, die sie mehr aufziehen, eine Steuer zahlen müssen, sehen sie ein. Weil das schon immer so gewesen ist. Aber doch nicht noch für die öden Kartoffeln selbst! Die kauft ihnen ja keiner ab.

»Weil sie wie Katzenpisse schmecken!«, sagt der Huberbauer und schüttelt sich.

Da wird Willem munter. Jetzt muss er doch auch was loswerden. Etwas, was ihn schon lange verwundert. »Bei uns im Dorf gibt's eine Wirtin, die soll eine gute Kartoffelsuppe kochen können, so gut, dass lauter Preußen dort einkehren«, erzählt er.

Die Hassumer nicken. Ist ja längst Dorfgespräch, dass im Wirtshaus neuerdings preußische Offiziere, Amtmänner und sogar adlige Frauen ein und aus gehen. Die Lisbeth, so weiß der Emil, kocht ihre Kartoffelsuppe mit einem Ochsenfleisch, das sie in Salzlake eingelegt hat. Aber nur für die Preußen kocht sie Kartoffeln, und das auch nur, weil die es von ihr verlangen und weil sie denen gehorchen muss. Das Rezept will sie keinem verraten.

Weil die Lisbeth halt eine Eigenbrötlerin sei, meint der Huberbauer.

»Nein, sondern weil sie Angst hat, es könnt unserem Herrgott nicht recht sein«, glaubt der Schäfer-Karl. »Hat doch neulich ein Pastor gepredigt, die Kartoffel sei eine verbotene Frucht. Aus dem Körper einer Sünderin und der Spucke des Teufels sei die entstanden!«

Die Dortmunder wiehern vor Lachen. »Also sollen wir dem Bischof für die Spucke des Teufels einen Zehnt zahlen?«

»Da würd ich mir das Geld lieber für den Körper der Sünderin sparen!«

»Zahlt doch dem Bischof seinen Kartoffelzehnt in Naturalien«, murmelt er, weil er endlich schlafen will. »Karrt ihm ein paar Säck Kartoffeln vors Haus.«

Jupp ist begeistert. »Genau! Soll er doch selbst sehen, ob er die essen mag!«

»Hmm, das scheint mir ein guter Vorschlag«, findet auch der Michel. »Aber wir müssten ihm ein Schreiben dazu überreichen, eine Art Erklärung. – Kann einer von euch schreiben?«

»Kann ich«, sagt Willem, »mach ich euch. Wenn ihr jetzt Ruhe gebt!«

Die Dortmunder flüstern nur noch. Willem buddelt sich tief ins Heu und schließt die Augen. In einer Woche ist Weihnachten. Da wird er beim Bruder in Wesel sein. Aber bald nach Drei König ist er wieder daheim. Dann wird er zu Lisbeth hingehen, an einem Freitag, denn dann ist das Wirtshaus zu und Lisbeth hat keine Gäste. Willem wird nämlich nicht als Gast hingehen, sondern als Freund, und er wird Lisbeth ein glückliches neues Jahr wünschen. Wär doch gelacht, wenn sie ihn gleich wieder wegschickt!

An einem frostigen Freitagabend im neuen Jahr sattelt Willem seinen Esel, reitet den schmalen Pfad südlich von Hassum entlang, verharrt unter einer Baumgruppe. Das Wirtshaus steht da wie im Traum. Ein fast voller Mond strahlt, als wollte er Willem den Weg weisen. Tausend Sternchen umringen das Wirtshausdach und in einem der oberen Zimmer blinkt ein Lichtlein. Dort wird Lisbeth jetzt sitzen. Willems Herz hüpft wie wild. Er hat auf dem Markt in Wesel ein Stückchen Seife erstanden. Das riecht nach lauter Rosen. Er hat es in ein feines weißes Papier eingewickelt und ein silberfarbenes Band darum gebunden. Heute will er Lisbeth das

Päckchen geben. Hat sich genau überlegt, was er sagen will. Ich wünsch dir ein frohes neues Jahr, Lisbeth, will er sagen. Und: Ich wär so froh, wenn du wieder froh sein könntest. Und: Das Leben geht weiter, Lisbeth, und es ist zu kurz, um lange unglücklich zu sein. Dann wird sie ihn hereinbitten und er wird warten, bis sie das Päckchen öffnet. Sie wird ihre putzige kleine Nase an die Seife halten und tief einatmen. Und der Duft nach Rosen wird ausströmen, wird durch den Raum ziehen und Lisbeth wird lächeln und Willem voller Dankbarkeit anblicken. Und zittern wird sie vor Erregung, so wie Willem jetzt zittert. Da wird er ihre Hand nehmen, wird sie zu sich heranziehen und –

Pferdegetrampel zerreißt die Stille. Der Reiter hält auf Willem zu. Jedenfalls kann der Kerl nicht frieren, ist wie ein Neugeborenes in Schaffelle eingemummelt.

»Willedm? Was dmachst du dednn hier?« Der Emil hat Mühe, seine alte Mähre anzuhalten.

»Ich reit nur so herum, und du?«

»Auch!«

»Das ist aber ein Witz. Ausritte sind bloß für Adlige. Und für uns Pachtmüller, die wir im Winter wenig zu tun haben. Ein reicher Bauer wie du hat dafür keine Zeit!«

»Dna ja«, der Emil lenkt sein Pferd dichter heran, reckt die fehlende Nase. »Besuch heut die Lisbeth, weil die so alleidn jetzt ist.«

Der Müller hält den Atem an. »Erwartet sie dich?«

»Das dnicht. Hab aber eine Kalbslednde dabei für eidn Bratedn«, erklärt der Emil.

»Da wird sie sich sicher freuen!«

Der Emil zieht die Stirn kraus. »Gib's dnur zu, du willst auch zur Lisbeth!«

»Nein! Nicht wirklich. Hab kein Lendchen. Auch nichts Vergleichbares.«

»Aber was adnderes? Eidn Geschednk?«

»Na ja, ein Stückchen Seife!«

»Seife? Was soll sie dadmit? Zudm Waschedn vodn der Tischwäsche für die blödedn Preußedn?« Der Emil lacht. Setzt sich aufrecht hin auf seinem Gaul, überragt den auf dem Esel hockenden Willem um fast eine Elle.

Willem schweigt.

»Lass gut seidn, Willem! Die Lisbeth braucht einen reichedn Bauerdn als Madnn. Dadnn hat sie Fleisch udnd gutes Gedmüse für ihr Wirtshaus. Als Pachtdmüller kadnnst du ihr ja dnix bietedn.«

»Wir können ja zusammen hinreiten. Und sehen, worüber die Lisbeth sich mehr freut, über das Fleisch oder die Seife.«

Damit ist der Emil gar nicht einverstanden. »So eidne kleidne Kalbslednde reicht dnur für zwei.«

Willem gibt nicht so rasch auf. Zumindest will er verhindern, dass der Emil heute Abend mit der Lisbeth allein ist. »Bei den Männern mag die Liebe ja durch den Magen gehen, wie die Leute sagen, aber bei den Frauen geht sie durch die Nase«, behauptet Willem und erzählt von einem Doktor in Paris, der jetzt ein Parfüm macht und damit reich wird, weil alle vornehmen Frauen es kaufen wollen.

Der Emil wird ganz zappelig. Was Nasen angeht, kann er nicht mitreden. »Geh fort dmit deidner Seif!«, schimpft er.

Da bricht der Schattenriss eines Gefährts aus der Wegkurve und wackelt ohne Eile die Landstraße entlang – ein Zweispänner! Vorm Wirtshaus hält er an. Eine untersetzte Gestalt springt ab, macht die Pferde am Zaun fest, zieht seinen Hut, kämmt seinen Schopf und zupft seinen Rock zurecht.

»Das ist doch – das ist der Kreutzer!«, stammelt Willem.

Die Gestalt stolziert zur Wirtshaustür und pocht. Pocht noch einmal. Das Licht verschwindet aus dem oberen Fenster, erscheint in der offenen Tür. Die Tür klappt zu, der Kreutzer ist drinnen.

»Das glaub ich jetzt dnicht!«, sagt der Emil bitter.

Willem schweigt. Ein Stich fährt ihm durch die Brust, der Kopf wird schwer wie Blei, sackt ihm zwischen die Schultern.

»Dna ja, ist halt eidn Major«, seufzt der Emil nach langem Schweigen und lenkt seine Mähre herum, die ausnahmsweise gehorcht. »Kodmm, Willedm! Tridnkedn wir eidnedn zusadmmedn!«

Aber Willem reitet nicht mit, wartet. Vielleicht will Lisbeth den Kreutzer ja gar nicht, vielleicht tut der ihr ja Gewalt an. Willem muss sie doch beschützen vor so einem.

Er lässt den Esel stehen, kraucht durch die Baumgruppe und die Buchenhecke zum Wirtshaus hin, schleicht drum herum wie ein Räuber und lauscht. Lauscht auf Schreie, Hilferufe, Schläge. Wenn er nur irgendwas hört, irgendwas überhaupt, dann kann der sich auf was gefasst machen, der Kreutzer! Dann wird Willem einen Krawall machen, wird Lisbeths Namen kreischen, dass es bis ins Dorf zu hören ist. An die Tür wird er bollern. Er wird sie eintreten, die Tür – und später wieder ausbessern. Türen ausbessern kann er. Und das wird Eindruck auf Lisbeth machen. Schau, Lisbeth, ich bin mutig, ich bin geschickt … Aber Willem hört nichts. Das Lichtlein erscheint im oberen Stockwerk. Und erlischt.

Willem gibt auf, reitet heim. Tränen laufen ihm über die Backen und frieren ihm im Stoppelbart fest.

9 Lisbeth

Dreck! Das ganze Leben ist ein Dreck! Lisbeth gabelt das stinkende Stroh vom Stallboden auf, wuchtet es im hohen Bogen auf den Misthaufen. Egal, wenn was danebenfällt. Wenn das ganze Leben ein Dreck ist, dann kann auch der Hof danach aussehen. Lisbeth hat sich alles selbst eingebrockt. Hat alles falsch gemacht. Wie sollen die Heiligen ihr helfen, wie sollen die Lavendelsträuße, die Mistelzweige und der Drudenfuß sie schützen, wenn sie so erbärmlich dumm und ungeschickt ist!

Sie hätte den Kreutzer einfach nicht hereinlassen dürfen. Hätte sagen sollen, dass das Wirtshaus geschlossen sei. Weil sie einkaufen müsse, das Essen vorbereiten müsse für irgendwelche angekündigten Gäste. Sie hätte behaupten können, dass sie just eine Fuhre frisches Heu für die Pferde erwarte. Oder Pottasche fürs Wäschewaschen. Oder was weiß ich! Dann wäre er gewiss wieder fortgeritten und vielleicht nie wiedergekommen, der Drecksack.

Lisbeth kehrt den Stall aus. Nasse, verschmutzte Strohhalme bleiben im Besen hängen. Im neuen Besen! Jetzt stinkt der auch. Sie hätte den alten nehmen sollen. Lisbeth macht halt alles falsch. Hat der Ochsenwirt schon immer gewusst. *Dummes, nichtsnutziges Aas*, hat er gesagt.

Hatte völlig recht damit. Lisbeth ist so dumm! Hat den

Kreutzer hereingelassen, weil er freundlich zu ihr sprach. Weil er rasiert war. Weil er kein Gewehr dabeihatte. Weil er sagte, dass er Hunger habe und sich mit einer einfachen Suppe ohne Fleisch, ja, mit einer Graupensuppe gern begnügen wolle. Und damit ihm die Zeit nicht lang wurde, hat Lisbeth ihm ein Bier eingeschenkt. Wie dumm!

Lisbeth wirft die Heugabel in die Ecke, beruhigt ihre Mähre, die mit den Hufen scharrt, geht frisches Wasser vom Brunnen für sie holen.

Graupensuppe mit Gemüse *(für 4 Personen)*
Koche eine Tasse Graupen in gesalzenem Wasser gar. Schneide unterdessen zwei Stangen Sellerie, zwei Stangen Lauch, zwei Möhren, zwei Zwiebeln klein und vier äußere Weißkohlblätter in feine Scheiben, gebe sie in eine große Pfanne und schmore sie in wenig heißem Öl, bis sie fast weich sind. Gebe das Gemüse zu den Graupen, fülle Wasser nach und lasse alles zusammen noch eine kleine Weile köcheln. Schmecke die Suppe mit Salz und Muskatnuss ab. Gebe vor dem Servieren einen Klacks Sauerrahm mit auf die Teller.

Aus Franz Vincent Müllers Kochbrevier *Die gute Volksküche*, erschienen zu Hamburg im Jahre 1802

Und als der Kreutzer die sechseinhalb Gulden auf den Tisch legte, obwohl sie nur einen halben Gulden verlangt hatte, da hätte Lisbeth das Geld nicht einfach nehmen dürfen. Sie hätte sagen müssen, dass es viel zu viel ist. So aber hat sie gedacht, es würde ihn inzwischen reuen, dass er ihr für die Verpflegung der Leibgardisten sechs Gulden vorenthalten hatte. Und er wäre vielleicht doch ein guter Mensch. Sie hat das Geld ohne ein Wort genommen. Hat sich ihm damit selbst ausgeliefert!

Lisbeth lässt den Eimer in den Brunnen, zieht am Seil. Mit dem Wasser steigt auch die Wut herauf. Der Eimer kippt, als sie danach greift. Lisbeths Rock wird ganz nass. Zum Teufel!

Und als er zudringlich wurde, der Kreutzer, und sich nicht einmal von dem Hinweis, dass sie doch eben erst verwitwet sei und Trauer trage, abhalten ließ und als er lachte und sie neckte, da hätte sie nicht auch lachen dürfen. Hat sie aber! Hat die Mundwinkel gehoben und gekichert, weil es unfreundlich ist, keine Miene zu verziehen, wenn jemand einen Scherz macht. Da hat er wohl gedacht, dass sie so viel Keuschheit nur vortäuscht, dass sie sich ziert. Lisbeth ist selbst schuld!

Sie kippt das Wasser in den Trog. Doch die Mähre mag es nicht trinken. Es ist zu kalt. Lisbeth beginnt, sie zu striegeln. Immer vom Rist zum Bauch! Jetzt darf Lisbeth nichts falsch machen. Ein Tier ist kein Ding. Sondern fast wie ein Mensch. Es leidet, wenn jemand ihm wehtut.

Als sie dann vor dem Kreutzer in ihre Kammer geflohen war und die Türe abgeschlossen hatte, hätte sie unbedingt warten müssen, bis er aufgab und wegritt. Aber Lisbeth ließ sich überreden, schloss wieder auf und trat heraus. Weil er sagte, dass es jetzt gut sei und dass er ihr nichts tun würde und dass er ja nur noch ein Bier wolle. Doch kaum war sie ihm die Treppe hinunter gefolgt und hatte ihm das Bier gebracht, da packte er sie bei den Haaren, trat ihr in den Bauch, prügelte mit seiner Reitgerte auf sie ein, bis sie wimmernd in der Ecke lag. Er sei ein gutmütiger Mensch, brüllte er, aber wenn man versuche, ihn zu foppen, da könne er sehr ungemütlich werden, *seeehr ungemütlich.* Dann trank er das

Bier in einem Zug aus, ergriff Lisbeth am Hals, schob ihr die Röcke hoch und verging sich an ihr.

Die Mähre schüttelt sich, wiehert, tritt aus. Lisbeth hat schon wieder was falsch gemacht. Lisbeth ist schuld. Ein Tier ist kein Ding. Es leidet. Lisbeth striegelt sich selbst, striegelt mit der rechten Hand ihren linken Arm, bis zum Ellbogen hinauf. Immer wieder, bis es blutet. Lisbeth heult auf vor Schmerz. Sie lässt den Striegel fallen, rennt ins Haus, setzt sich an den warmen Ofen, verbindet sich den Arm mit einem Fetzen Nessel.

Die heilige Irmgard blinzelt vom Ölbildnis an der Wand zu Lisbeth herab. Einer der Bettler, die sie speist, hat ein mit weißem Tuch verbundenes Bein. Das dürre, nachlässig umwickelte Bein des Bettlers sieht fast so aus wie Lisbeths Arm. Im Hintergrund leuchten die bunten Fenster des Kölner Doms. So etwas Schönes wie den Kölner Dom gibt es nirgendwo sonst auf der Welt. Nur in Köln.

Am Sonntag darauf ist der Kreutzer wiedergekommen, hat Schlehenzweige mitgebracht. Er wolle keine Suppe und kein Schäferstündchen, sagte er. Ja, wirklich, *Schäferstündchen* nannte er das. Nur einen Becher Bier wolle er. Und dass sie sich einmal kurz zu ihm setze. Da erklärte er ihr, dass sie ihn vorigen Freitag übervorteilt habe. Sechseinhalb Gulden für eine Suppe! Dass sie vordem sogar die allerhochwürdigste Prinzessin Amalie von Preußen völlig übervorteilt habe! Er sei ja dabei gewesen! Er sei Zeuge. Und es gebe noch mehr Zeugen! Das würde Lisbeth gewiss viel Schererei und eine Rückzahlung einbringen. Sie habe überdies ein Fass Bier einbehalten, das ihr von der Kreismeisterei für die Leibgarde der Prinzessin zur Verfügung gestellt worden war. Dieses Fass in der Scheune versteckt und nicht zurückgegeben zu haben, sei aber Betrug an seiner allerhöchsten Majestät. Und würde Konsequenzen nach sich ziehen, welche er, der Kreutzer, sich gar nicht ausmalen könne! Allein, dass sie Bier ausschenke, obwohl sie keine Schankgenehmigung habe, könne ihre völlige Enteignung bedeuten.

Sagte er und trank seinen Becher leer.

Wenn sie ihm aber von nun an einmal die Woche zu Willen sein und sich nicht länger zieren und verstellen werde, ja, er sagte *verstellen,* dann wolle er die sechseinhalb Gulden vergessen. Ebenso das, was sie Prinzessin Amalie abgenommen habe. Dann werde er bei der Kreismeisterei bewirken, dass sie das restliche Fass Bier zur freien Verfügung erhalte. Und werde sogar dafür sorgen, dass sie künftig eine Schankerlaubnis erhalte, was gewiss einträglich wäre für das Wirtshaus und was sie sich gut überlegen solle.

Als ob sie die Wahl hätte! Lisbeth sitzt am Ofen und starrt ins Feuer, wischt sich die Tränen ab.

Schon sitzt die Mutter mitten in der Gaststube und häkelt an einem Spitzendeckchen.

»Eigentlich ist es nicht so schlimm, Mutter! Bin ja dran gewöhnt.«

Die Mutter petzt die Lippen zusammen, häkelt lauter feste Maschen.

»Erst mein Bruder, der Einhart ...«

»Das Dreckschwein! War noch übler als sein Vater. Die Schwester schänden, die Mutter aus dem Haus jagen ...«

»Dann der Ochsenwirt. Jahrelang der Ochsenwirt. Irgendwann tut es nicht mehr weh, man hält ihnen halt den Unterleib hin, bis es vorbei ist. Dann steht man auf, wäscht sich mit viel Wasser. – Der Kreutzer ekelt mich so, Mutter! Ekelt mich noch mehr als der Ochsenwirt, weil er so fett ist und nach Sandelholz stinkt. Und dabei verlangt er, dass ich juchze, als ob es mir gefallen würde.«

»Versuch, an was Schönes zu denken«, rät die Mutter, »hab ich auch immer gemacht. Stell dir vor, du wärst eine Fee. Du trügst goldene Schuhe und gingst damit durch die Welt. Du hättest einen Zauberstab. Und was immer du damit berührst, wird schön und strahlend …«

»Und jeder Mann, den ich damit berühre, fällt tot um.«

»Oder so«, nickt die Mutter.

Von draußen ein Rascheln. Wie von dem trockenen Laub, das noch immer in der Buchenhecke hängt.

Lisbeth springt auf. »Warte, Mutter, da ist was!«

Sie öffnet das Fenster, schiebt den Riegel zurück, der die Ladenflügel zusammenhält, und späht durch die Ritze. Stockfinstere Nacht, nur der Abglanz dichten Schnees lässt ausmachen, wo ein Busch und wo ein Baum steht. Wieder das Rascheln. Lisbeths Herz klopft bis zum Hals. Es könnte ein Fuchs sein, der die jungen Hühner gerochen hat. Dann muss sie hinaus und ihn vertreiben. Es könnte aber auch ein Räuber sein! Man hört jetzt so viel von Halunken, die aus den Städten rechts des Rheins herüberkommen. Und einbrechen! Überfallen! Morden! Da wäre es besser, sich mit einer Bratpfanne bewaffnet im Haus zu verschanzen.

»Wer da?«, ruft Lisbeth zum Fenster hinaus. Ihre Stimme scharrt wie ein Blechlöffel im leeren Topf.

Keine Antwort. Lisbeth zittert vor Kälte und Aufregung. Einen Vorteil hat es eben doch, einen Mann im Haus zu haben. Der will seiner Frau wenigstens nicht ans Leben. – Vielleicht sollte Lisbeth sich einen Hund zulegen. Einen großen Wolfshund, wie man sie sich für die Fuchsjagd hält. So einer würde unerwünschte Gäste vertreiben. Vielleicht sogar den Kreutzer einschüchtern.

Schon bei dem bloßen Gedanken daran wächst Lisbeths Mut.

»Hau bloß ab, sonst lass ich meinen Hund los!«, brüllt sie in die Dunkelheit.

Nichts rührt sich, kein Laut.

»Gut, ich hab dich gewarnt, Spitzbube. Jetzt lass ich ihn von der Kette. Der beißt dir die Kehle durch!«

Da! Endlich bewegt sich was am Boden. Lisbeth fährt vor Schreck zusammen, als aus der Buchenhecke ein Schatten auf vier Beinen kraucht, sich beim Kirschbaum halb aufrichtet, in den Winterheckenzwiebeln verheddert, ins Beet plumpst und liegen bleibt.

»Nicht den Hund!«, greint der Schatten. »Ich bin kein Spitzbube, ich tu nix!«

Lisbeth stutzt, fasst sich ein Herz und öffnet den Fensterladen, leuchtet mit der Kerze hinaus. Zwischen den mit Schneehäubchen bedeckten Winterzwiebeln kauert ein schmutziges Bündel und zittert zum Gotterbarmen.

»Bist du verletzt?«

Keine Antwort. Lisbeth wickelt sich den Wollschal um den Leib, steigt in die Klompen und geht hinaus. Das Bündel richtet sich auf, ein Kindergesicht starrt sie aus zerschlissenen Kleidern an.

Lisbeth reicht dem Kind die Hand, um ihm aufzuhelfen. »Na, komm mit rein! Bist ja ganz durchgefroren.«

Ein Leichtgewicht ist es nicht, das Kind. Einen guten Kopf größer als Lisbeth und nicht gerade mager. Dafür schlapp wie ein Heusack. Lisbeth hievt sich seinen Arm über die Schulter und so wanken sie ins Haus, wo die Mutter und die heilige Irmgard schon bei der Ofenbank warten.

Lisbeth bettet das Riesenkind darauf, schiebt ihm ein Kissen unter den Schopf und gibt ihm einen Schluck warme Milch. Es ist ein Bub, zwölf oder dreizehn Jahre alt. Verletzt ist er nicht, aber sein Gesicht ist kalkweiß vor Angst, seine Hände und Füße heidelbeerblau vor Kälte.

»Hunger wird er haben«, stellt die heilige Irmgard fest.

Lisbeth greift in den Brotkorb, ein Krapfen vom Vortag ist noch übrig.

»Heile, heile Gänsken, ist bald widder guuut ...«, singt die Mutter, wie sie früher immer gesungen hat, wenn Lisbeth sich die Knie aufgeschlagen oder einen Dorn in den Fuß geholt hat.

»Heile, heile Gänsken ...«, wiederholt Lisbeth und streichelt dem Kind das nussbraune Haar aus dem Gesicht. Die heilige Irmgard zieht sich in ihr Gemälde zurück, die Mutter verblasst im Kerzenschein, während der Bub erzählt und erzählt, derweil ihm Rotz und Tränen übers Gesicht rinnen und der Krapfen, den er zu essen versucht, in Brocken wieder aus dem Mund quillt.

Er heißt Vincent und kommt aus Krefeld, wo es gleich nach Drei König ein Fieber gab, an dem beide Eltern und ein kleiner Bruder gestorben sind. Er, der Vincent und seine Schwester Hannegret, wurden in ein Waisenhaus gesteckt. Nur für ein paar Tage, so hieß es, weil eine Tante aus Herzogenbusch sie zu sich holen sollte. Aber die hat nur das Hannken mitgenommen. Und ihn nicht. Ein paar Tage später kamen Soldaten ins Waisenhaus und holten alle großen Buben heraus. Auch ihn, den Vincent. Sie sollten nach Berlin, um auch Soldaten zu werden. Aber Vincent will nicht Soldat werden, sondern Bäcker wie sein Vater. Oder Käser wie sein Onkel in Herzogenbusch. Zu dem will er jetzt hingehen. Vielleicht nimmt der ihn ja doch auf. Und Herzogenbusch, das soll gar nicht weit sein. Nur dass Vincent jetzt so kalte Füße hat und nicht mehr laufen kann.

Armer Kerl! Lisbeth holt eine Schüssel mit Wasser, wäscht ihm Nässe und Staub vom Gesicht, lässt ihn weitererzählen, von seiner Mama, seinem Papa und wie sie gestorben sind. Auch von der Hannegret, die noch ganz klein und dusselig ist und auf die er aufpassen muss. Lisbeth hört nur mit halbem Ohr zu. Wenn er den Soldaten davongelaufen ist, dann ist er ein Deserteur und wird sofort erschossen, wenn man ihn schnappt. Herzogenbusch liegt in Holland, und wenn er womöglich an der Grenze erwischt wird, dann ist er ein Vaterlandsverräter und wird nicht sofort erschossen. Sondern später. Zuvor werden sie ihn peinlich befragen, um herauszufinden, ob er einem feindlichen Bund angehört. Werden ihn so lange quälen, bis er irgendwas sagt. Dabei ist er noch ein Kind! Also ist es nicht recht, wenn ihn die Häscher holen. Wenn es überhaupt recht ist, dass sie einen holen, der nicht Soldat werden will.

»Bleibst erst mal da, bis dich besser fühlst!«, sagt Lisbeth.

Der Vincent nickt und hört endlich auf zu greinen.

Lisbeth richtet ihm eine Bettstatt in der kleinen Speicherkammer. Die hat ein schräges Dach, sodass Vincent nur drin liegen, sitzen oder kauern kann. Aber sie grenzt an den Schornstein, der von der Kochstelle zum Dach führt. Deshalb ist es hier im Winter leidlich warm. In der Speicherkammer türmen sich all die alten Filzdecken und die zerschlissenen Laken, die Lisbeth schon längst ins Waisenhaus in Kleve hat bringen wollen. Jetzt ist ein Waisenkind zu ihr gekommen. Wenn das kein Wink von der heiligen Irmgard ist!

»Musst immer ganz leise sein«, mahnt Lisbeth, »in der Wirtsstube sind abends oft Leute, auch Soldaten. Und manchmal kommt ein Major und bleibt die Nacht in der Schlafkammer. Der darf dich nicht erwischen, sonst …« Lisbeth stockt, als sie in die weit aufgerissenen Augen über den Pausbacken blickt, »… sonst nehmen sie dich mit und dann musst du doch noch Soldat werden.«

»Bin ganz still!«, verspricht der Vincent, schnieft noch ein paarmal und schläft ein.

Die Häscher lassen nicht lang auf sich warten. Am folgenden Nachmittag brechen sie durchs Gatter, als verfolgten sie Jan Frithoff, den Höllenhund. Denn obwohl der längst tot ist, schneidet er angeblich aus bloßer Mordlust fortwährend Bauern und Bürgern die Kehlen durch. Leutnant von Diest tritt – begleitet von zwei Füsilieren – dicht vor Lisbeth hin, so dicht, dass sie die Sprenkel in seinen schönen blauen Augen zählen kann, fragt nach einem Deserteur, recht jung, aber groß und kräftig gewachsen, mit braunen Haaren. Ob Lisbeth so einen gesehen hat, gestern vielleicht – oder heute?

Lisbeth schüttelt den Kopf. Sie hat keinen gesehen, der ein Deserteur hätte sein können.

Von Diest lächelt dünn. Man werde nachsehen. Die Füsiliere stapfen ins Haus, der eine nach links, sucht halbherzig unter der langen Bank, der andere nach rechts, verschwindet in der Küche, dreht Pötte und Pfannen um.

»Nichts, Herr Leutnant!«, melden sie.

»Weitersuchen!«

Sie poltern die Treppe hinauf, Türen werden aufgerissen, es rappelt und rumpelt. Lisbeth lauscht angespannt. Die kleine Stiege zur Speicherkammer knackt laut und hell, wenn jemand sie betritt. Doch das Geräusch bleibt aus. Die Stiege ist vom Flur aus nicht sichtbar, zeigt sich erst, wenn man aus der hinteren Schlafstube heraustritt und scharf nach links schaut. Großer Gott, was ist, wenn sie ihn entdecken!

Von Diest gibt sich höflich, erkundigt sich nach Lisbeths wertem Befinden, erzählt von den Strapazen des militärischen Dienstes und inspiziert dabei die Vorratsräume im Keller.

Er stutzt. »Der Schrank da, der stand vordem anderswo! Wieso jetzt hier?«

»Hab ein wenig umgeräumt, Herr! Ist mir bequemer so«, erklärt Lisbeth, macht eine wegwerfende Handbewegung und hält den Atem an.

»Zuuur Stell!«, ruft von Diest.

Die Füsiliere poltern die Treppe herunter, dringen in den Keller und mit »Haaabt acht!« stehen sie stramm.

Sie sollen den Schrank bewegen, damit man dahinter sehen kann.

Die Soldaten setzen an: »Hauuu-ruck!« Der Schrank ist aus Eichenholz und mannshoch. Er bewegt sich keinen Zoll von der Stelle.

»Öffnen und ausräumen!«, kommandiert von Diest, nimmt unterdessen auf einem Schemel Platz.

Die Füsiliere reißen die Türen auf, das eiserne Schloss bricht aus dem Holz. Eine der Bohlen splittert, ein ellenlanger Riss!

Lisbeth schlägt die Hände vors Gesicht. »Ich hätt doch den Schlüssel geholt«, sagt sie leise.

»Bedaure außerordentlich, Frau Wirtin!« Von Diest legt ein Bein übers andere und weist seine Gefolgschaft zurecht: »Etwas umsichtiger jetzt! Macht mir ja keine Scherben!«

Die Ermahnung scheint unnötig. Behutsam, fast feierlich ergreifen die Soldaten die Gläser mit den Gurken in Salz-Dill-Lake, mit dem milchsauer einlegten Portulak-Möhren-Kompott, den Pastinakenschnetzen in Sahnekrem, den Kirschen in Zimthonig, der Zwetschgenlatwerge ... Ein Glas nach dem anderen nehmen sie von den Regalbrettern, werfen andächtige Blicke ins Innere, stapeln alles vorsichtig zu einem Altar in der Ecke auf.

Bis der Schrank leer ist – fast leer. Hinter einem Klappfach am Boden duckt sich noch eine riesige tönerne Schüssel. Ihr Deckel ist sorgfältig mit Wachs verklebt.

»Und was ist das?« Der Leutnant nähert sich.

Lisbeth jagt ein Schauer über den Rücken. Sie schlägt die Augen nieder und schickt dem heiligen Bartholomäus ein Stoßgebet. Sie haben den Vincent nicht gefunden. Bitte auch das nicht!

»Ist Fleisch, Herr«, sagt sie dann mit fester Stimme, »Rippchen vom Schwein. Die hab ich für den Herrn Major Kreutzer eingelegt, weil er sie so gern isst.«

»So? Für den Kreutzer?« Von Diest muss nachdenken. Aber nicht lange. Rippchen gebe es ja wohl mehrere. Und der Kreutzer ist ihm noch einen Gefallen schuldig.

»Aaaaaufmachen!«, kommandiert er.

Das Fleisch glitzert golden in einer Soße aus Senf und Öl, umringt von Lorbeerblatt, Piment und Wacholderbeeren. Die Füsiliere schielen von oben in die offene Terrine und schlucken hörbar ihren Speichel.

Von Diest lässt den Schrank vorrücken, wirft noch einen halbherzigen Blick dahinter, übersieht die anderthalb Ellen breite Klappe im Fußboden, beschließt, dass die Suche nach dem Deserteur nunmehr abzubrechen sei. Und dass es höchste Zeit sei für eine kleine Brotzeit. Er zieht sein Messer und spießt drei Rippchen aus der Tonterrine, die noch immer am Boden steht. Die soll Lisbeth ihnen mal rasch heiß braten. Und dazu Salzgürkchen und Essigmöhrchen reichen. Und Bier vom Fass. Als Nachspeise dann das Brombeerkompott. Man wird Lisbeth selbstverständlich auszahlen. Morgen. Sie soll schon einmal die Rechnung stellen.

Die Soldaten fressen bis zum Abend und saufen bis Mitternacht, grölen, dass es bis ins Dorf zu hören sein muss. »Bier her, Bier her, oder ich fall um, juchee …« Ob der Vincent schlafen kann bei dem Lärm? Lisbeth traut sich nicht nachzusehen.

Erst als die drei endlich auf ihre Gäule klettern und davonschaukeln, fasst sie sich und steigt zur Kammer hinauf. Der Bub schnarcht. Fast wie ein Mann. Lisbeth stellt ihm eine Schale mit Rotweinbirnen hin. Wenn er vor Hunger aufwacht, wird er zulangen. Und gleich weiterschlafen. Besser so.

Lisbeth schließt die Tür von außen ab, sicherheitshalber, dann sinkt sie auf die Knie, jubelt. Danke, lieber heiliger Bartholomäus, dass dieser Kelch … Doch dann seufzt sie und beißt sich vor Wut auf die Lippen. Die ganzen schönen Rippchen! Gurken! Möhren! Die werden keinen Groschen dafür zahlen.

Damit behält sie recht. Leutnant von Diest rückt am nächsten Morgen erneut an, doch nicht um die Rechnung zu begleichen, sondern weil ihm eingefallen ist, weshalb er am Vortag überhaupt bei ihr war: Er hat nämlich Fußspuren gesehen. Fußspuren, die in Lisbeths Garten führen, aber nicht wieder hinaus. Die will er sich noch mal ganz genau ansehen.

»Das war ich, Herr«, behauptet Lisbeth. »Hab im Wäldchen Schlehen gesucht und bin beim Heimkommen durch den Garten.«

»So große Füße hat sie?«

»Wenn Schnee liegt, trag ich die alten Galoschen von meinem verstorbenen Mann«, haspelt Lisbeth. »Um meine Schuh nicht schmutzig zu machen.«

Leutnant von Diest will die Galoschen sehen, will prüfen, ob sie in die Sohlenabdrücke passen. Will auch die Schlehen sehen. Die zieht Lisbeth rasch aus dem Abfalleimer, drapiert sie wie zum Trocknen über dem Herd. Aber die Schuhe vom Ochsenwirt hat Lisbeth schon längst im Moor versenkt. Die Schuhe von Bösewichten muss man im Moor versenken. Daran weiden sich dann die Moorhexen.

»Müssen hier irgendwo sein«, versichert Lisbeth mit klopfendem Herzen und tut, als ob sie suche, hinter der Tür, unter dem Schemel, zwischen den Holzscheiten …

Der Leutnant blickt ungerührt aus seinen schönen blauen Augen, wechselt ein paarmal das Standbein. Da bricht ein heftiges Niesen in die Stille. Zweimal, dreimal …

Von Diests starre Miene entgleist für eine Sekunde, eine zynische Fratze grinst Lisbeth an. Gemessenen Schritts geht er zur Treppe, schreitet hinauf und folgt dem oberen Flur, durchkämmt alle Schlafstuben, auch die hintere – Lisbeth schleicht hinterher. Die Gedanken rasen durch ihren Kopf. Soll sie Vincent als einen Neffen ausgeben? Oder als ständigen Gehilfen? Das dürfte keinen Zweck haben. Dazu war die Beschreibung allzu deutlich: *recht jung, aber groß und kräftig gewachsen, mit braunen Haaren.* Nein, der Bub war nicht zu retten. Jetzt konnte es nur noch um die eigene Haut gehen. Sie würde überrascht tun. *Dieses Kind,* würde sie sagen und sie würde das Wort *Kind* betonen, habe sich heimlich hier eingeschlichen. Sie habe es ja noch gar nicht bemerkt …

»Im Namen den Königs! Aufmachen!«, brüllt der Leutnant. Er hat die verschlossene kleine Kammer entdeckt, baut sich davor auf, zieht ein silbernes Ding aus der Tasche, dreht daran, äugt hinein.

»Was ist das?«, fragt Lisbeth unwillkürlich.

»Eine Pistole!«, sagt von Diest und reckt das Kinn, ohne Lisbeth anzusehen. Er klopft mit ausholender Geste gegen die Tür.

Lisbeth staunt. Herren von Stande nehmen Pistolen, wenn sie sich um eine Frau duellieren. Soldaten haben eigentlich Schießgewehre. – Egal, mit beidem schießt man auf Menschen. Vielleicht wäre es das Vernünftigste, jetzt in Ohnmacht zu fallen? Das Einzige, was Frauen in jeder Lebenslage tun dürfen.

»Aufmachen, sonst komm ich rein!«, droht der Leutnant. Seine Wangen laufen rot an, seine blauen Augen strahlen, während er mit der Faust gegen die Türe hämmert.

Es muss ihm Spaß machen, Menschen zu jagen, Menschen zu ängstigen, fährt es Lisbeth durch den Kopf. Das ist Hoffärtigkeit. Und eine Todsünde! Darauf steht die ewige Verdammnis.

Aus der Kammer dringt kein Laut. Von Diest nimmt Anlauf, wirft sich gegen die Tür. Die knackt und knirscht in den Fugen.

Heiliger Bartholomäus, denkt Lisbeth, schick mir bitte eine Ohnmacht. Vielleicht kennt diese Drecksau ja doch so was wie Ehrgefühl und schießt wenigstens nicht auf eine bewusstlose Frau.

Da! Das Stoßgebet wird erhört! Lisbeth hält sich, um

nicht allzu hart auf den Boden zu schlagen, am Treppenpfosten fest, seufzt gedehnt, sinkt in die Knie und schließt die Lider. Horcht darauf, dass der Leutnant zu ihr eilt, sich zu ihr herabbeugt, ihr die Wange tätschelt. Nichts dergleichen. Stattdessen Getrappel und Gepolter, die Kammertür kracht auf, dann ein leises Schniefen.

»Hände hoch«, sagt Leutnant von Diest so sanft, dass Lisbeth in Gedanken ein ›Bitte!‹ mithört. Sie blinzelt vorsichtig. Da stehen sie voreinander, der Leutnant, fast einen halben Kopf kleiner als Vincent, hält diesem seine blinkende Pistole vor die Brust.

Vincent starrt an sich hinunter, seine Stirn legt sich ebenso in Falten wie sein mächtiges Kinn. »Was ist das?«

»Eine Pistole!«

»Ach«, sagt Vincent, »sind die so klein!« Er greift nach der Waffe, nimmt sie dem verdutzten Leutnant aus der Hand, besieht sich Rohr und Kolben.

»Gib sie mir zurück! Die ist doch geladen! Voooorsicht!«

Vincent wehrt den Leutnant ab, verpasst ihm einen Stoß gegen die Schulter, dass er stürzt. Dabei fällt ein Schuss. Ein unglaublich lauter Schuss.

Lisbeth hält den Atem an, öffnet ein Auge. Die Pistolenkugel hat ein Loch in die Dielen gebohrt. Direkt vor Lisbeths Nase. Es stinkt nach verbranntem Holz. Vincent steht wie versteinert, lässt die Pistole fallen. Von Diest fängt sie auf, erhebt sich, doch Vincent springt schon die Treppe hinunter.

Von Diest hechtet durch den Flur, ruft: »Halt! Stehen bleiben! Im Namen des Königs!« Er greift in seine Brusttasche, steckt ein graues Etwas in die Pistole, es klackt blechern …

Lisbeth, immer noch am Boden, sieht von Diests Stiefel blinken. Die treten an die oberste Treppenstufe heran. Der linke Stiefel senkt sich zur nächsten Stufe. Da greift Lisbeth mit beiden Händen durchs Geländer, krallt ihre Hände ins schwarze Leder.

Gepolter, dann Stille. Völlige Stille. Lisbeth rappelt sich auf. Am Fuß der Treppe liegt der Leutnant und rührt sich nicht. Neben ihm sein linker Stiefel. Eine Wollsocke lugt heraus. Weit ab die Pistole. Lisbeth reibt sich die schmerzenden Handgelenke. Wartet. Überlegt. Vielleicht verstellt er sich nur, so wie Lisbeth sich eben noch verstellt hat. Sie holt den alten Schürhaken, den sie unter ihrem Bett verstaut hat für den Fall, dass nachts die Räuber kommen. Oder besoffene Dragoner. Sie greift den Haken, schwingt ihn wie eine Keule und geht die Treppe hinab, Stufe für Stufe, von Diest und seine Pistole stetig im Blick.

»Ist der jetzt tot?«, fragt Vincent. Wie ein Erzengel steht er in der offenen Wirtshaustür.

Lisbeth betrachtet den Leutnant aufmerksam. Seine Augenlider sind geschlossen, aus seinem Schädel sickert Blut. Er atmet flach, aber er atmet.

»Beinah«, sagt Lisbeth, »schnell, komm rein und schließ ab! Hat dich einer gesehen?«

Vincent schüttelt den Kopf. »Bestimmt kommen sie her, sobald sie ihn vermissen!«

»Wir tragen ihn in den Keller«, beschließt Lisbeth.

Vincent nimmt den reglosen Körper des Leutnants unter den Arm und trägt ihn wie ein Bündel Reisig davon. Lisbeth geht mit dem Schürhaken bewaffnet hinterdrein. Der nackte linke Fuß des Leutnants scharrt über die Kellertreppen. »Uaaaach«, stöhnt der. Vincent fasst nach, wirft sich den schlaffen Körper wie einen Sack über die Schulter und geht weiter. Lisbeth erschrickt. Der Leutnant sieht kopfüber hängend wie ein Dämon aus. Die blauen Augen verschwinden hinter den Brauen, die Lippen öffnen sich. Sagen aber nichts. Stattdessen zappelt der Leutnant unvermittelt los, tritt um sich, greift nach Vincents Haarschopf.

»Huch!«, sagt Vincent und lässt von Diest fallen. Der schlägt mit der Stirn auf dem gepflasterten Kellerboden auf, krümmt sich wie eine Made und rührt sich nicht mehr.

»Aber jetzt ist er tot«, flüstert Vincent.

»Sieht so aus.«

Ein Klopfen an der Wirtshaustür lässt beide vor Schreck zusammenfahren.

»Schnell«, raunt Lisbeth, »versteck dich wieder oben!«

Vincent saust los, Lisbeth richtet sich auf, ordnet ihr Kleid, ihre Haube.

Da stöhnt der Leutnant auf, zerrt an Lisbeths Rock. »Das bringt dich aufs Schafott, das bringt dich aufs Schafott«, gurgelt er, lauscht auf das erneute Klopfen an der Tür, lächelt und holt tief Luft, setzt zu einem Schrei an.

Lisbeth starrt an sich hinab. Ihre Schürze glänzt auf einmal schneeweiß, darunter leuchten goldene Klompen. Lisbeth hat sich in eine Fee verwandelt! Und der Schürhaken ist ihr Zauberstab. Damit berührt sie den Leutnant an der Schläfe. Noch mal und noch mal. Der Schrei erstickt, die schönen blauen Augen starren ins Leere, füllen sich langsam mit Blut.

»Jaaaa, der Leutnant war hier«, sagt Lisbeth den beiden Soldaten, die vor der Tür stehen. Ihre Stimme zittert vor Aufregung. »Er hat mich mit einer Pistole bedroht«, stottert sie,

»wollte unbedingt die Galoschen von meinem verstorbenen Mann haben.«

»Rock und Hose auch?«

»Hat alle Schränke durchsucht.«

Einer der Soldaten weist auf Lisbeths verbundenen Arm. »Hat er das gemacht?«

Lisbeth schluchzt und schweigt. Ein guter Christ soll nur dann lügen, wenn es sich gar nicht vermeiden lässt.

»Und wo ist er jetzt?«

»Weg, einfach weg!«

»Etwa desertiert?«

»Ein Deserteur? Ja, ein Deserteur!« Lisbeth laufen Tränen der Erleichterung über die Wangen. Die Soldaten versuchen vergeblich, sie zu trösten.

10 Jost

Aus den Aufzeichnungen eines fahrenden Barbiers, datiert vom Februar 1756, entdeckt 1792 in einer Erdhöhle im Reichswald zu Kleve.

SAMSTAG, 7. FEBRUAR

Es mag jeden verwundern, am meisten verwundert es mich ja selbst, dass es mich, kaum dass der Winter mild geworden ist, weg aus dem altehrwürdigen Trier hierher in diese schmucklosen Nester am oberen Niederrhein zurückzieht, wo ich wieder umsonst bei meinem Freund Willem wohnen kann. Eine feste Bleibe in Goch aber wär mein größter Wunsch, sodass ich eine Eingabe gemacht habe bei der Kreisverwaltung, dass man mir erlauben möge, mich niederzulassen mit einer Barbierstube im Peerensträßchen, welches nahe beim Marktplatz gelegen ist und wo ein Ladenraum frei steht. Wie ich die Herren vom Rat kennengelernt hab, wird diese Bewilligung einige Zeit dauern, doch in einstweiliger Verfügung wird man mir hoffentlich vorläufig einen steten Stand am Markplatz zuweisen, denn ein hiesigenorts stationierter preußischer Major, dem ich regelmäßig den Bart rasier und die Perücke pfleg, ihn mit einem Duftwasser aus Sandelholz besprüh, hat mir bedeutet, dass er für eine Zubilligung sorgen kann, dass dies freilich ganz geheim bleiben muss.

Er ist ein Mann von hohem Stand, dieser Major, der sich recht herrisch und eingebildet geriert wie ein Gockel und doch stets kuscht, wenn ich ihm um den Bart geh. Da zeigt sich, dass er im Grunde ein armer Wicht ist, weil man ihn hier am Niederrhein verpflichtet hat, viele Tagesreisen von Potsdam entfernt, wo seine Familie wohnt, was eine Freifrau ist nebst zwei Söhnchen, welche Zwillinge von etwa vierzehn Jahren sind. Seiner allerhöchsten Majestät, dem König von Preußen, aber hat es gefallen, ihn hier am Niederrhein zu postieren in wichtiger Ordre, so erzählt er, hier das Vaterland zu schützen, denn der Major ist ein Major ehrenhalber, hat gekämpft bei Mollwitz, Olmütz und Chotusitz, wurde schwer verwundet in der glorreichen Schlacht bei Kesselsdorf und hat nun, in fortgeschrittenem Alter, er dürfte Mitte fünfzig sein, diesen hohen und wichtigen Posten bei den Kreismeistereien von Kleve und Wesel erhalten, damit er für Ruhe und Ordnung sorgt und damit sich der Preußenkönig der Liebe seiner hiesigen Untertanen sicher sein kann, so sagt er, zumal die Region immerzu bedroht ist von den Ambitionen der Franzosen, Belgier, Spanier und Holländer. Doch seine Freifrau mit den Zwillingen hat dem Major nicht bis hierher folgen wollen, da Potsdam ein besonders schöner Aufenthalt ist auf Erden und in seiner Eleganz nicht einmal mit Trier oder Speyer vergleichbar.

MITTWOCH, 11. FEBRUAR

Er könnt mir indes zumindest ein Trinkgeld lassen, der Herr Major, für die Rasur, für das viele Sandelholzduftwasser und dafür, dass er mir das Herz wortreich ausschüttet, denn seit er verkündet hat, sich für mich bei der Kreisverwaltung zu verwenden, kommt er an zwei Tagen in der Woche zu mir, zahlt mir aber keinen Groschen, sodass ich recht erleichtert bin, ihn ab März für eine Weile los zu sein. Er hat die hohe Aufgabe erhalten, einen frisch angeworbenen französischen Küchenmeister, welcher derzeit in Kleve zu Gast ist, über Hannover nach Berlin zu geleiten, was eine Weile in Anspruch nehmen dürfte.

SAMSTAG, 14. FEBRUAR

Meine Geschäfte gehen ansonsten gut, denn ich hab viele und angesehene Kunden, auch von Adel, die mich zu sich für eine Rasur bestellen oder ihre Perücken bei mir in Pflege geben. Auch verkauf ich meine Tinkturen, die die Manneskraft stärken sollen, und meine Schönheitspillen überraschend gut. Hab mir unterdessen einen neuen Mantel aus Kuhfell besorgt, der mich wärmt bis zum Fuß. Er ist recht buntscheckig, sodass die Menschen stehen bleiben, lachen und gern bei mir kaufen, vor allem meinen Tropfen gegen die Schwermut, die ich ihnen mit viel witzigen Sprüchen empfehl und sie mir also gern glauben, dass die Tropfen fröhlich machen.

Bei meinem Müller aber wollen die Tropfen nicht recht helfen, denn der ist dieser Tage voller Kummer, weil seine angebetete Witwe anscheinend nichts von ihm wissen will und einen anderen hätt, so sagt der Müller. Sie spiele im Dorf die trauernde Witwe, sei kurz angebunden zu allen Leuten, besonders zu ihm, dem Müller, aber sie empfange ihren preußischen Liebhaber heimlich, sodass er, Willem, ihr nun gänzlich entsagen will, doch er mag nicht über die Sache reden, besonders über die Wirtin will er nicht mehr reden und er schaut sich auch in der Kirche nicht mehr nach ihr um, sondern starrt nur vor sich hin auf seine Füße und macht ein mürrisches Gesicht, wenn sie ihm einen guten Tag wünscht, und so scheint er mir völlig verbittert, der arme Mann!

Gottlob hat er viel Arbeit, weil die Fastnacht bevorsteht und alle Welt frisches Mehl für Brezeln und Küchlein braucht, sodass ein Müller tagaus, tagein arbeiten muss, wenn nur der Bach keinen Frost hat, sondern zügig rinnt, und wie alle harte Arbeit macht das Mehlmahlen genügsam und froh und heilt dem Müller vielleicht bald die verletzte Seele.

MONTAG, 16. FEBRUAR

Nun mach ich mir noch mehr Sorgen um den Müller, denn er ist schon vor Wochen in die Gesellschaft von Aufrührern geraten, welche gegen den Bischof opponieren, und will ihnen helfen, ein Schreiben zu verfassen, welches eine Protestnote wider den Kartoffelzehnt sein soll. Die Aufrührer kommen aus Dortmund, wo man noch nicht das Schreiben gelernt hat, aber dafür Kartoffeln anbaut, weil die Not so groß ist und die Knollen in den Armenküchen verteilt und an das Vieh verfüttert werden, wenn keine andere Speise mehr da ist. Dieses aber macht kein Einkommen für die Bauern, weshalb sie also keinen Zehnt abgeben wollen.

So möchten sich die Aufrührer dieser Tage mit dem Müller treffen und die Schrift aufsetzen und kommen dazu eigens aus Dortmund gefahren, denn einer von ihnen hat Pferde und einen Wagen. Ich sag dem Willem immer, dass es nicht gut ist, solche Nähe zu den Aufrührern, denn das ist ein politischer Akt und ein Vergehen vor der Obrigkeit. Doch der Müller lacht mich aus und sagt, man lebe hier schließlich unter dem Preußenkönig, der selbst keinen Zehnt für den Kartoffelanbau verlangt, sondern im Gegenteil Kartoffeln säckeweise verschenkt, damit die armen Leute sie nehmen und in die Erde setzen. Auch habe der Bischof am Niederrhein gar nichts mehr zu sagen, weil hier ja auch viele Protestanten, Hugenotten und Juden wohnen.

Ich aber weiß wohl, dass der König und die Kirche sich ab und an streiten, zur allgemeinen Verwunderung ihrer Untertanen, die dann ratlos sind und sich, sofern sie gescheit sind, nicht dazu äußern. Denn wo Aufrührer sind, da verbünden sich die Herren recht plötzlich miteinander und sind ganz eins.

MITTWOCH, 18. FEBRUAR

Heute habe ich die schöne Wirtin wiedergetroffen und sie war gar nicht so kühl und verschlossen, wie der Müller behauptet, sondern freundlich und leutselig. Sie war recht gefällig angetan mit einem neuen schwarzen Kleid mit gehäkelten Litzen und einer dazu passenden Haube. Ihr Wirtshaus scheint ihr recht viel einzubringen, denn sie hat auf dem Markt weißes Kattun gekauft für Bettwäsche, wie sie sagt. Ich wollte ihr erneut von den Indianern erzählen, doch da hat sie abgewunken und gesagt, dass sie inzwischen genau Bescheid weiß. Dafür fragte sie mich diesmal nach den Holländern aus, als seien die ihr ein noch größeres Rätsel als die Indianer, und speziell nach einer Stadt namens Herzogenbusch hat sie gefragt, welche ich nicht kenne, von der ich ihr aber dennoch viel erzählt habe, denn warum sollte es dort anders sein als anderswo?

Sie glaubt, dass sie dort eine Base wohnen hat, die sie gar zu gerne besuchen würde, was aber nicht erlaubt ist, weil es Feindesland ist. Ich habe ihr versprochen, meinen Passierschein zu verwenden und hinüberzufahren und der Base einen Brief zu überreichen und die Antwort mitzubringen. Die Wirtin tut dabei geheimnisvoll und hat mich beim heiligen Bartholomäus schwören lassen, dass ich niemandem davon erzähle, denn sie möchte nicht, dass die Leute darüber reden, dass sie Verwandtschaft in Holland hat.

Die Base sei gewiss jung und sehr schön von Gestalt und von Angesicht, hat die Ochsenwirtin vermutet, sodass ich mich bereit erklärt hab, dieses Herzogenbusch beizeiten zu bereisen und die Base zu suchen, die vielleicht ja Ähnlichkeit mit der Wirtin hat und damit schon schön genug für mich wäre.

SONNTAG, 29. FEBRUAR

Sie ist mir schon ein Rätsel, die Frau Wirtin! Hab meinen Auftrag rasch erledigt, bin nach Herzogenbusch gereist, welches nicht weit ist, hab die Base gefunden, welche zwar jung, aber nicht schön ist, sondern eine Kokotte mit falschem Haar, und hab ihr den Brief überreicht und auf Antwort gewartet. Bei der ganzen Handelsreise hab ich zwei Kanister Met nach Holland gebracht, wovon ich einen dem Zoll lassen musst, hab mir von dem schwachen Erlös zwei Laib Käs einkauft, von denen ich auf der Rückreise wieder einen dem Zoll lassen musst, sodass meine Geschäfte nun ganz umsonst waren, denn den Met hätte ich hierzulande leichter losgeschlagen als den Käse, der sich als labbrig und fade erweist.

Was aber passiert, als ich meiner Auftraggeberin den Antwortbrief überreich und sie die Zeilen entziffert? Sie guckt erst ungläubig drein, wird sodann leichenblass, schlägt die Hände vors Gesicht und schaut mich an, als sei ich ein Bote des leibhaftigen Satans. Bekreuzigt sich, zahlt mir stolze fünf Taler für meine Müh, schwebt dünn und blass wie ein Gespenst von dannen und verschanzt sich in ihrem Gasthof, sodass niemand mehr hineinkommt. – Ich sollt versuchen, mit ihr zu reden. Vielleicht erfahr ich noch das eine oder andere. Wenn's nötig ist, schwör ich gern wieder beim heiligen Bartholomäus, dass ich nichts sag, zumal das unverbindlich wäre, weil der, soweit ich weiß, weder für Barbiere noch für fahrende Händler zuständig ist.

11 Willem

Schon fast Abend. Willem hat sich den Mehlstaub von den Händen und aus dem Gesicht gewaschen, hat es sich auf einem Strohsack bequem gemacht und liest in einer zerfledderten alten Gazette, die ihm die Dortmunder zugesteckt haben. Da ist von einem Pachtmüller namens Arnold aus Züllichau die Rede. Dem hat der eigene Pachtherr das Wasser abgegraben, um sich einen Fischteich anzulegen, aber die Pacht weiter eingefordert. Dagegen klagte der Müller vor Gericht, bekam aber nicht sein Recht und schrieb eine Petition an Friedrich II. Der hat daraufhin nicht nur dem Müller zu einer trefflichen Entschädigung verholfen, sondern auch die Richter abgesetzt und einsperren lassen, weil sie nicht nach dem Gesetz entschieden hätten, sondern nach bloßem Standesdenken. Willem ist ergriffen. Was für einen guten und gerechten König wir doch haben! Willem braut sich zum Feierabend einen heißen Pfefferminzsud, kippt einen Branntwein dazu, will ihn just trinken, da nähert sich noch ein Gefährt.

Ker-lipp, ker-lopp, ker-lipp, ker-lopp, man könnte meinen, der Gaul schämt sich für die Verspätung. Willem rappelt sich von seinem Strohsack auf. Auch Nachzügler muss er bedienen. Wenigstens muss er das Korn annehmen und zusagen, es am Morgen als Erstes durch die Mühle zu jagen.

Willem späht durchs Fenster. Eine dick eingemummelte Frauengestalt hantiert am Wagen, bindet ihren Gaul am Gatter fest. Dann wendet sie sich der Karre zu, hilft einem nicht minder dick eingekleideten Kerl heraus. Willem wundert sich, so kalt ist es heute doch gar nicht. Der Kerl hält ein Öllämpchen unbeholfen in die Höhe, hebt das Gesicht, betrachtet die Mühle. Willem hat ihn noch nie gesehen. Den Gaul schon, wem gehört der doch gleich? Jetzt dreht sich das Weib um, ihr Näschen erscheint als Schattenriss.

Das ist Lisbeth! Willems Herz setzt einen Takt aus. Stell dich schlafend, sagt seine gekränkte Seele. Was wird sie wollen?, meldet sich die Neugier. Dann verstummen alle Gedanken. Wie ein Schlafwandler tappt Willem die Stiege hinunter, geht zur Tür und schiebt den Riegel zurück.

»Grüß dich, Müller«, sagt Lisbeth.

Willem sackt das Herz in die Hose. Immer nennt sie ihn *Müller.* Und nicht *Willem.* Kennen sie sich nicht schon ewig? Ist er nicht immer freundlich zu ihr gewesen? Einen Freund nennt man nicht beim Nachnamen. *Guten Abend, Ochsenwirtin,* will er sagen, doch er kriegt nur ein knappes »'n Abend« über die Lippen und blickt beharrlich an ihrem Gesicht vorbei.

»Ich wollt fragen …«, sagt Lisbeth. Fragt aber nichts. Zieht stattdessen den Kerl aus dem Dunkel, schiebt ihn durchs Türblatt, postiert ihn vor Willems Nase. Ein Halbwüchsiger. Steht da wie ein Fragezeichen.

»Mein Neffe Franz«, sagt Lisbeth und gibt dem Bub einen Schubs, damit er einen Diener macht. »Er will nämlich Müller werden. Und da hab ich mir gedacht …«

Wieder redet sie nicht weiter, schweigt, als ob klar wäre, was sie sich so denkt. Was in dem Fall immerhin stimmt.

Willem überlegt. Einen Knappen könnte er gebrauchen. Der Bub scheint noch etwas jung, aber kräftig genug. Allein wenn er die Kornsäcke die Stufen hinauf zum Steigseil wuchten könnte, wäre er eine Hilfe.

»Geht klar!«, sagt Willem und versucht einen strengen Blick. »Er kann Montag anfangen. Gegen Kost und Bett. Bis ich sehe, was er kann!«

Der Bub nickt und will schon aus der Tür. Aber Lisbeth druckst herum. Montag sei doch erst in fünf Tagen. Ob er nicht vielleicht schon morgen – er sei so eifrig, der Bub, so klug, und sie könnt ihn nichts lehren. Und ihr Bruder, der ja der Vater sei, würde gern auch ein Lehrgeld zahlen.

So viel hat Willem die Lisbeth noch nie am Stück reden hören. Haspelt alles herunter, als hätte sie es auswendig gelernt. Der Franz zieht den Kopf ein.

Er ist ihr ein ungelegener Besuch, schätzt Willem die Sache ein. Ist im Weg, wenn der Major zu ihr kommt. Sie will halt keinen dahaben, der ihrer Verwandtschaft erzählen kann, mit wem sie das Bett teilt.

Nein!, will Willem sagen, zuckt aber nur missmutig die Achseln.

»Danke, Müller!«, Lisbeths Augen strahlen wie selten.

Willem steigt ein altbekannter Schmerz zwischen die Rippen. Die Strahlenäuglein gelten dem Major, nicht ihm! Der Schmerz zieht bis hinab in die Lenden und bis hinauf zu den Haarwurzeln. Dabei hat er gedacht, er wär schon drüber weg! Er hilft, die Habseligkeiten des Burschen ins Haus zu tragen, verspricht, ihm das Bett zu richten. Ja, er will alles allein erledigen, damit sie nur endlich wieder geht! Und atmet erst auf, als er den Karren davonfahren hört.

Nach ein paar Tagen zeigt sich, dass der Franz recht anstellig ist. Und allmählich taut er auf, erzählt von Krefeld, wo er herkommt, und von seiner Schwester Hannegret, die eine ziemliche Kratzbürste sei, aber immer so lustige Sachen sage, dass man lachen muss. Dabei wischt sich der Bub schnell eine Träne aus dem Augwinkel. Von seinen Eltern erzählt er gar nichts, schüttelt nur den Kopf, wenn Willem nach ihnen fragt.

Ob er Heimweh habe, will Willem wissen.

Da schüttelt der Franz seine Pausbacken so arg, dass man fürchten könnte, die fallen gleich herunter von dem ansonsten recht schmal geschnittenen Gesicht. Er wär ja froh, dass er jetzt hier wär, denn er wolle so gerne Müller werden. Manchmal sagt er *Bäcker* statt *Müller* und verbessert sich nur halbherzig, als sei das fast das Gleiche.

Aber arbeiten kann er! Wie ein Pferd schuftet er, hebt die schweren Säcke, leert sie über der Schütte aus, schleppt die Pfosten für die Schleuse her und hin.

Drei Wochen später mag Willem ihn schon gar nicht mehr missen. Und deshalb legt er sich zurecht, was er Lisbeth alles vorschlagen will, damit der Franz als Mühlknappe bei ihm in die Lehre gehen kann. Er wird dem Vater ein Angebot machen, ein gutes Angebot, sobald Lisbeth kommt, ihn abzuholen.

Aber Lisbeth kommt nicht. Stattdessen steht eines Abends Jost, der fahrende Barbier, vor der Tür. Hat sich einen komischen neuen Mantel zugelegt. Wie ein Bajazzo sieht er aus, schaut freilich nicht so lustig drein. Schaut vielmehr aus wie einer, dem die Welt ein einziges Jammertal ist.

Willem zieht ihn ins Haus, haut ihm auf die Schulter: »Na, warst eine Weile unterwegs? Erzähl mal! Wie geht's dir?«

Aber der Jost will ausnahmsweise nichts erzählen, tut im Gegenteil geheimnisvoll. Es gebe einen schwierigen Sachverhalt, über den er sich mit Willem beraten müsse, aber erst, wenn der Franz im Bett liege.

Was an diesem Abend nicht lange dauert. Der Bub gähnt viel und sagt, er sei müde, isst das Doppelte wie sonst und geht in seine Kammer.

»Der fühlt sich bei mir schon wie daheim«, prahlt Willem.

Jost schweigt, holt eine Flasche Korn aus seinem Beutel, schenkt sich und Willem die Zinkbecher voll und beginnt im Tonfall eines Moritatensängers und in allen Einzelheiten zu erzählen: Nicht Franz, sondern Vincent heißt der Bub, hat keine Eltern mehr. Und Lisbeth ist keine Tante von ihm, sondern hat ihn in einer eisigen Nacht vor dem Erfrieren gerettet und vor dem sicheren Hungertod …

»Mir doch egal, ob er mit der Lisbeth verwandt ist«, brummt Willem. »Der Franz oder Vincent oder wie er heißt, kann bleiben, wenn er mag. Und ich glaub, dass er mag! Wenn er ein Waisenjunge ist, nehm ich ihn gern an Kindes statt an, geh ich eben zur Kreisverwaltung und –«

»Herr im Himmel, bloß nicht! Die suchen den doch! Ist ein Deserteur, geflohen von einer frisch angeworbenen Truppe aus Krefeld.«

Willem zuckt zusammen. Bei dem Wort *Deserteur* zuckt er immer zusammen. Dann besinnt er sich und prustet los. »So 'n Blödsinn! Deserteur! Der ist ja nicht mal durch den Stimmbruch!«

»Du lässt einen ja nie ausreden«, schimpft der Jost, schluckt seinen Korn runter, gießt sich noch einen ein. Dazu erzählt er lang und breit, wie der Vincent aus dem Krefelder Waisenhaus geholt wurde, abgehauen und von Lisbeth in ihrem Garten gefunden worden ist. Und dann erzählt er von dem Schwesterchen, der Hannegret, die jetzt bei einer sogenannten Tante in Herzogenbusch in Holland ist, aber beileibe nicht in guter Obhut, sondern als heimliche Attraktion eines Freudenhauses mit anschaffen muss und trotz ihrer fünf Jahre den zahlenden Männern ihr *Mösje,* wie Jost es nennt, hinhalten muss. Und dann heult er los, der Jost, weil die Welt so schlecht ist. Und weil er schon sturzbesoffen ist.

Da muss sich Willem auch noch einen Korn einschenken. Und dann noch einen, weil er jetzt erst versteht, weshalb der Franz oder Vincent immerzu nach dem Ort Herzogenbusch gefragt hat, wie weit das denn wär. Und wieso er wissen wollte, ob an der Grenze zu Holland ein Moor ist. Und ob man wirklich im Moor ertrinkt, auch wenn man schwimmen kann, und all solche Dinge. Der arme Bub will womöglich allein über die Grenze. Das muss er ihm unbedingt ausreden, gleich morgen früh!

In der Früh fühlt sich Willems Kopf an wie ein Triesel. Kaum, dass er ihn aus den Kissen hebt, dreht sich die Welt. Doch dem Jost scheint es noch ärger zu gehen. Ohne ein Wort zu sprechen, löffeln sie ihre Hafergrütze.

»Wo ist eigentlich der Bub?«, fragt Jost nach einer Weile.

Da schießt Willem das Blut in den Schädel. »Der steht immer mit den Hühnern auf und schreibt dann irgendwas auf, in so eine Kladde. – Aber sobald ich mit dem Kessel klappere, ist er da.«

»Fränzken, Frühstück!«, kreischt Willem und lauscht atemlos auf Antwort.

»Was schreibt er denn da rein, in seine Kladde?«, fragt Jost matt. »Führt er womöglich ein Tagebuch?«

Willem antwortet nicht. Heiß überfällt ihn die Ahnung, dass es zu spät ist. Er stürzt die Treppe zur Schlafkammer rauf – verdammt, der Bub ist wirklich weg! Weg mit Sack und Pack. Und mit der Kladde!

Sie schwingen sich auf Josts Gaul, galoppieren zur Nette hinüber, die sich gemächlich wie eine alte Viper durchs Grenzland schlängelt, rufen ein ums andere Mal: »Fraaaanz«, dann auch: »Viiiiiincent«, bis Willem einfällt, dass es sowieso Unsinn ist, denn wenn der Bub weg will, will er weg und wird sich von ihrem Gegröle nicht beeindrucken lassen. Sie müssen es anders anfangen.

»Sag mal, beginnt hier nicht schon das Mooooor?«, ruft Willem theatralisch aus.

Jost hat verstanden. »Aber ja, wir müssen aufpassen, dass wir da nicht reingeraten. Das Moor ist seeehr gefährlich.« Dazu hebt er den Zeigefinger wie ein Pastor, der mit Tod und Teufel droht.

»Da sind schon viele ertrunken, obwohl sie guuut schwimmen konnten!«

»Erst neulich ein Bäckergeselle! Und ein junges Mädchen, das er bald heiraten wollte. Wie traaaagisch das ist!«

Willem weiß noch was Besseres, erzählt lauthals von Moorhexen, die einen ins Bein beißen und hinabziehen. Dazu fallen Jost grüngesichtige Trolle ein, die junge Männer für ihre Armee suchen, um gegen die Werwölfe in den Krieg zu ziehen. Vergeblich!

Als die Sonne den Zenit überklettert, trotten sie heim zur Mühle, wo die Bauern mit ihren Fuhrwerken schon Schlange stehen.

»Buuuhhh!«, empfangen sie Willem, schimpfen ihn einen Faulsack und Hundsfott.

»Wenn du nicht den feinsten Mühlstein hier herunten hättst, Willem, da würd ich dir ab heut den Rücken kehren!«, pladdert ein Bäcker aus Hassum.

Willem ist zu bedrückt, um zu antworten, hilft, die Säcke vor der Rampe aufzureihen, Weizen links, Roggen rechts, wie immer. Dann lädt er sich einen Sack nach dem anderen auf den Buckel, schleppt sie zum Aufzugseil. Und vermisst den Bub schon doppelt.

Den Jost scheinen die Hexen, Trolle und Werwölfe weiter zu beschäftigen. Brabbelt den aufgebrachten Bauern den Mund zu, erzählt von einem verwunschenen Gaul, der mit ihm durchgegangen wär, von einer Moorhexe, die ihn gebissen, und dem tapferen Willem, der ihn gerettet hätte.

»Gerade der Willedm mit seidnedm schlidmmedn Beidn?« Der Emil will das anfangs gar nicht glauben.

»Doch, doch!«, versichert der Jost. Sein Leben habe der Willem riskiert. Für ihn, den Jost, seinen guten Freund!

Da sind die Männer ganz ergriffen, schleppen allein ihre Säcke bis zum Aufzug und sehen zu, dass dieser mutige Müller aus Hommersum mit all seiner Arbeit noch am selben Nachmittag fertig wird.

Willem bedankt sich artig für die Unterstützung, lächelt tapfer. Das Kopfweh, das tagsüber wie weggeblasen schien, kehrt wieder. Nicht bloß im Schädel spürt er jetzt den Kater, auch in allen Gliedern. Am schlimmsten aber ist der Schmerz in seinem Herzen. Laut heulen würde er am liebsten, weil der Franz oder Vincent vielleicht im Moor ersoffen ist. Und weil er, der Willem, an allem schuld ist. Hätte er doch gleich merken müssen, dass mit dem Bub was nicht stimmt! Hätte ihn dringlicher befragen müssen, hätte ihm Hilfe anbieten müssen! Und der Jost, der kann heute palavern, wie er will, der Willem ist schuld und lässt sich das nicht ausreden.

Am Abend hängen sie beide auf ihren Strohsäcken, als hätten sie den ganzen Tag in der eisernen Jungfrau zugebracht, wollen weder reden noch saufen, nur schlafen.

Da nähert sich ein Karren, holpert hinter dem dran zerrenden Gaul her. Das ist Lisbeth!

»Die haben den Vincent eingefangen«, japst sie. »Jetzt hockt er im Gefängnis! In Geldern!«

12 von Wolzogen

Im Vestibül des Neuen Flügels von Schloss Charlottenburg hat sich seit den Morgenstunden ein strenger Duft breitgemacht. Ein Dutzend Kamele, Geschenk eines osmanischen Sultans an Se. Majestät den König von Preußen, erwarten im hinteren Teil der Außenanlagen ihren Umzug in die Menagerie. Die Tiere wanken über die Beete, fressen die austreibenden Porreepflanzen, die Hofgärtner Christian Ludwig Krause mittels viel Fleiß und Substrat angelegt hat, entlassen eine unglaubliche Menge an Gasen – aber auch an Haarflusen, welche in Schwaden von ihren Höckern herabsinken, um sich am Boden mit ihren Exkrementen zu mischen und in Krusten wieder an ihren Bäuchen festzukleben.

Giselher von Wolzogen hält die Luft an, versucht jeden Blick aus dem Fenster zu meiden. Er ist in Friedrichstadt, dem vornehmsten Viertel Berlins, aufgewachsen und kennt solchen Gestank nicht, ganz zu schweigen von solchem Anblick. Er müht sich, seine Gedanken auf ein Schreiben zu richten, welches ihm von Jakob Friedrich Freiherr von Bielfeld übersandt worden ist und das nun samt blau-weiß-roter Banderole auf seinem Schoß liegt. Darin wird er beauftragt, den erkrankten Legationsrat würdigst zu vertreten, indem er die heutige Unterredung Sr. Majestät mit dero Herren Ministern und General- sowie Flügeladjutanten begleitet und hernach zu Protokoll bringt. Dies ist eine hohe Ehre, ganz zweifellos, die ihn freilich verlegen macht, da er nicht recht weiß, wie sie ihm eingedenk seiner Jugend – er hat vor wenigen Tagen seinen 21. Geburtstag gefeiert – zufallen konnte.

Vor Stunden hat er nebst vielen hohen Herren in den eleganten Fauteuils der Eingangshalle Platz genommen, wo schon diverse Personen gewartet haben müssen, denn die samtenen, mit geschweiften Ornamenten versehenen Polster muten von Wolzogen etwas fadenscheinig, um nicht zu sagen malträtiert an.

Prinz August Wilhelm von Preußen, der jüngere Bruder Sr. Majestät, fläzt sich in seinem Sitz, tauscht mit Generalmajor Friedrich Wilhelm von Seydlitz Zoten aus. Kriegsminister Heinrich Graf von Podewils blättert mit zitternden Händen in einer der zur Lektüre bereitliegenden Gazetten. Die anderen sinnieren schweigend vor sich hin.

Die Porzellanuhr mit den vergoldeten Ziffern und Zeigern schnarrt, klingelt vier Mal in markerschütternder Lautstärke, worauf elf düstere Schläge folgen. Wiewohl die Unterredung gegen neun Uhr hätte beginnen sollen, ist Er noch nicht erschienen.

Er pflegt, wie man sich erzählt, mit dem ersten Hahnenschrei aufzustehen, sich sodann spärlich zu waschen, um hernach umso ausführlicher zu frühstücken und sich dem Flötenspiel zu widmen. Anschließend geruht Er regelmäßig seine Zeit mit den Belangen von Bauern, Handwerkern und Pauvres zu füllen, mit Unmengen von Petitionen, die sich auf seinem Arbeitstisch einfinden, da quer durchs Land die Kunde geht, dass dieser König ein freigeistiger und gerechter Mann sei, ein neuer König Salomo, welcher sich als bloßer erster Diener seines Reiches etikettiert hat und ein

Freund seiner Untertanen sein will. Somit dauert es täglich eine Weile, ehe es Ihm beliebt, sich seinen Ministern und Adjutanten in Staatsgeschäften zu widmen, mochten diese noch so dringlich erscheinen.

Die Uhr schlägt halb, da bricht die Tür zur Straßenfront auf und ein schmalschultriger Mann in nachlässiger Kluft und ohne Perücke stürmt herein wie ein Laufbursche, der sich verspätet hat, gefolgt einzig von den wehenden Schößen seines verfärbten Militärrocks.

Ist Er das? Ohne Ankündigung, ohne Begleitung? So muss es sein, denn die Anwesenden erheben sich prompt aus ihren Fauteuils und senken ihre Häupter. Von Wolzogen springt auf, um sein Zögern wettzumachen, und vollführt eine französische Kratzfußvariante, die er am Vortag eingeübt hat.

Se. Majestät verzichtet darauf, jedem der Anwesenden die Hand zum Kuss zu reichen, unterbreitet stattdessen den Vorschlag, wegen der vorgerückten Stunde zusammen ein zweites Frühstück einzunehmen – und zwar in seiner geliebten Konzertkammer. Man möge Ihm folgen, sagt Er und schreitet voran. Vier Lakaien eilen sogleich herbei, um die Prozession hoher Herren eine gewundene Treppe hinauf in die erste Etage zu führen, wo fahnenschwingende Engel vom Deckengewölbe grüßen. Nun stößt Se. Majestät höchstderoselbst eine Flügeltüre auf, durchmisst ohne jeden Aufenthalt einen ungewöhnlich hellen, mit roséfarbenem Stuckmarmor verkleideten und von korinthischen Pilastern gegliederten Raum, dessen augenfälligstes Schmuckwerk ein farbiges Deckenfresko aus Muschelornamenten darstellt. Die nächste Flügeltür führt in einen lebhafter und prächtiger gestalteten Saal in zartgrünem Marmor, mit reichem Golddekor im Stil des Rokoko ausgelegt. Doch auch hier möchte Se. Majestät offenkundig nicht verweilen. Erst im dritten Zimmer, einem nahezu schmucklos klassizistischen Raum von der Größe eines Privatgemachs findet die Versammlung eine Tafel nebst einem Dutzend Sessel vor. Der König setzt sich wortlos ans Kopfende, sein Geheimer Kammerier Michael Gabriel Fredersdorf rechts neben ihn. Sonst ist offenbar keine Sitzordnung vorgesehen und so dauert es eine Weile, bis die Herren sich mittels höflicher Worte und Gesten über die Platzierung verständigt haben. Von Wolzogen kommt am rechten Fußende der Tafel zu sitzen und gewinnt somit einen steten Blick auf die Galerie gewiss erhabener Malerei entlang der Kaminwand.

»Ici!«, ruft Se. Majestät und klatscht in die Hände, was aufgrund seiner speckigen Glacéhandschuhe kaum ein Geräusch verursacht.

Gleichwohl strömen Lakaien aus beiden Seitentüren, tragen geblümtes Porzellangeschirr nebst feinen silbernen Gabeln auf, sodann versilberte Kannen mit Kaffee und Sahne sowie zu Würfeln gepressten und in feines, fast durchscheinendes Papier gewickelten Zucker. Weiß gekleidetes Küchenpersonal balanciert Teller mit kandiertem Obst, gebuttertem Rosinenbrot und bunt glasierten Biskuitküchlein herein, während Kammerdiener Wilsnack persönlich einige Schälchen mit weißem Senf, Meerrettich und eingelegten Pfefferkörnern vor Se. Majestät platziert.

»Voilà!« Se. Majestät nickt zufrieden und bedeutet den Anwesenden, sich selbst zu bedienen. Die Dienerschaft steht in den Ecken stramm.

Von Wolzogen mustert die zierliche Gabel mit dem ziselierten Rosenmuster am Griff, die sein Tellerchen flankiert.

Er hat bereits ähnliche Instrumente in einigen Adelshäusern gesehen, wo sie nach französischem Vorbild gemeinsam mit Messern und Löffeln gereicht werden. Freilich hatte von Wolzogen bislang noch keine Gelegenheit zu studieren, was damit zu geschehen hat. Die Gesellschaft entlang der Tafel weiß es offenbar ebenso wenig. General Hans Joachim von Zieten pickt eine kandierte Birnenhälfte damit auf, steckt die Frucht in den Mund, um sie in seinen nun zum Platzen vollen Backen hin- und herzuschieben. Prinz August Wilhelm hebelt mittels der Kante des Geräts seinen Biskuitkuchen in Stücke, spießt eines auf, doch das Gebäck beliebt auseinanderzufallen und zurück auf seinen Teller zu bröseln. Se. Majestät belegt ein gebuttertes Rosinenbrot mit einigen Pfefferkörnern und verzehrt es ungerührt aus der Hand. Giselher von Wolzogen beschließt, sich mit einer Tasse Schokolade zu begnügen.

Se. Majestät parliert nicht lange. Es werde bald einen Krieg geben, verkündet Er, gibt etwas weißen Senf in seinen Kaffee und rührt bedächtig um.

»Ach?«, entfährt es von Wolzogen. »Schon wieder?« Worauf die Versammelten zusammenzucken, ihrerseits in ihren Kaffeetassen rühren, als sei der Befehl dazu ergangen. Der König indes blickt mit seinen stahlblauen, von dunklen Schatten untermalten Glupschaugen zu von Wolzogen herüber.

»Es ist besser zuvorzukommen, als zuvorkommen zu lassen!«

Die Versammlung lacht artig.

Von Wolzogen springt auf, schlägt die Hacken zusammen, wie er es in der Kadettenschule gelernt hat. »Gewiss, Ihro Majestät!«

»Behalt er nur Platz! Sein Engagement für den Frieden ist mir durchaus begreiflich. Er befindet sich dabei übrigens in bester Gesellschaft mit meinem geschätzten Kriegsminister!«

Von Podewils vermeidet jeden Blickkontakt, nestelt nervös an der Papierhülle eines Zuckerwürfels.

Die Glupschaugen dagegen entspannen sich, betrachten von Wolzogen aufmerksam. »Auch Uns ist der Frieden in Europa ein hohes Gut, doch die neue Koalition dieser Matronen aus Österreich und Russland lässt Uns keine Wahl, als à temps zu parieren.«

»Gewiss, Ihro Majestät haben völlig recht.« Von Wolzogen wiederholt seinen französischen Kratzfuß und nimmt, wie geheißen, Platz.

»Zumal Kaiserin und Zarin nunmehr ihre Fühler weiter ausstrecken, um in einer einflussreichen französischen Kokotte eine Dritte in ihrem Bunde zu gewinnen«, pflichtet Flügeladjutant Karl Wilhelm Finck Graf von Finckenstein erklärend bei.

Was auch für den Rest der Versammlung eine Neuigkeit sein muss, denn das Klappern der Tassen, der Löffel und Gabeln verstummt für einen Moment und lässt ein anschwellendes Raunen vernehmen: »Was? Die Pompadour?«

Von Wolzogen schießt alles Blut in die Wangen. Hat nicht sein Herr Vater kürzlich unter Einfluss von etwas zu viel rotem Burgunder prophezeit: Solange Schlesien nicht endgültig preußisch ist, würden die Fritzen in Berlin keine Ruhe geben. Und sein Oheim, der gute alte von Randow, hatte beigepflichtet, hatte sogar gemutmaßt, dass der Rest Europas sich vermutlich bald gegen die Ambitionen Preußens verbrüdern werde.

Se. Majestät aber scheint nicht länger über seine Beweggründe für die bevorstehende Offensive räsonieren zu wollen und modifiziert unvermittelt das Thema, äußert mit einem Seitenblick auf von Wolzogen den Verdacht, dass auch seinem Volk ein neuer Krieg vielleicht noch nicht recht kommod wäre.

Von Wolzogen petzt die Lippen zusammen, kritzelt geschäftig in sein Büchlein, als habe er allerlei Dinge zu notieren, die zuvor gesagt wurden.

Wie könne all das Marschieren und Säbelrasseln dem Volk auch kommod sein, wirft der König selbst ein, als seine Berater schweigen, sei es Ihm doch selbst sein halbes Leben lang ganz inkommod gewesen.

Wieder lacht die Versammlung einmütig und von Wolzogen lacht mit. Wie sehr Se. Majestät als Kind unter der Kasernenhoferziehung durch seinen Vater gelitten hat, ist landauf, landab bekannt.

»Nur dass der alte Friedrich Wilhelm, den sie posthum den Soldatenkönig nennen, den Krieg bloß gespielt hat«, so hört Giselher von Wolzogen im Geiste seinen Oheim schimpfen, »der Sohn nun aber blutig ausficht, wovon all seine Ahnherren immer nur geträumt haben.«

»Es ist äußerst schwer geworden, Sire, die Männer im Land für den Soldatendienst zu akquirieren«, meldet Graf von Finckenstein. Von Freiwilligkeit, fährt er fort, könne kaum eine Rede sein. Jeder drücke sich, wo er kann.

»Und wie schätzt unser junger Pazifist die Lage ein?«

Die Frage Sr. Majestät trifft von Wolzogen gänzlich unvorbereitet. Die Kakaotasse, die er gerade zum Mund führen will, kippelt zwischen Daumen und Mittelfinger, der Inhalt droht zu verschwappen. Flugs setzt er sie ab und sieht auf.

Die Glupschaugen sind auf ihn gerichtet, umgeben sich mit Schmunzelfältchen.

»Es ist – ist vielleicht und nur ganz verschiedentlich – bekannt geworden, dass Se. Majestät strenge Formen der Soldatenwerbung vermeiden und Milde gegenüber Verweigerern zeigen«, haspelt von Wolzogen in der Hoffnung, den ersten Eindruck eines kriegsmüden Zauderers wettzumachen. »Dies ermuntert möglicherweise einzelne Subjekte, sich dem Dienst für das Königreich zu verweigern, was sich wiederum nachteilig auf die gesamte militärische Räson auswirkt.«

Se. Majestät kaut nachdenklich an einer kandierten Aprikose, legt die Hand unters Kinn und sagt endlich, nachdem Er den königlichen Mund geleert hat: »Vraiment, dies seynd eine treffliche Beobachtung!«

Graf von Finckenstein erhebt sich, schlägt die Hacken zusammen und referiert, wo es zu Fällen offenen Desertierens gekommen ist: Stettin, Züllichau-Schwiebus, vor allem aber in den Provinzen am Niederrhein. Im Kreis Kleve seien just innert nur einer Woche ein frisch Rekrutierter sowie ein hoher Offizier adeligen Standes geflohen – vermutlich nach Holland.

Die königliche Miene verdüstert sich. »Wir werden verfügen, dass speziell am Niederrhein kein Mann zum Dienste in Preußens Armee mehr angeworben werden soll. Die dortige Bevölkerung taugt nicht zum Kriegsdienst. Sie ist schlaff und weichlich, und wenn ein Klever von zu Hause fortgeht, kriegt er Heimweh.«

Giselher von Wolzogen entspannt sich, greift beherzt zu einem Stück Rosinenbrot.

Wieder wechselt Se. Majestät abrupt das Thema. Man müsse das Volk, dem die jungen und kräftigen Männer fehlen werden, im Vorfeld wappnen für die unvermeidbaren Kriegshärten. Sr. Majestät Untertanen seien alles andere als zahlreich, sodass sie nicht wieder um ein Viertel aussterben dürften wie damals, im Hungerwinter 1739/40. Man müsse für den Fall, dass strenger Frost eintritt, Vorsorge hinsichtlich der Nahrung für Mensch und Vieh treffen. Dazu eigne sich vortrefflich diese Tartoffel, die Er dem Bauernstande schon seit vielen Jahren ans Herz lege. – Ob die Felder im Land damit nun hinreichend bestellt seien, will Se. Majestät en detail von Flügeladjutant und Agrarkommissar Sebastian von Sydow wissen.

Der betagte Herr mit Allongeperücke und Monokel, dem von Wolzogen bis zu diesem Augenblick keine Beachtung geschenkt hat, erhebt sich träge. »Der feldmäßige Anbau kommt durchaus voran, Sire, freilich nicht in dem Maße, wie Sire es wohl erhoffen.«

»Sind nicht rings um Berlin die königlichen Felder mit den Tartoffeln bestellt, wie bereits im vorigen Jahr von Uns instruiert?«

»Gewiss, Sire! Und die Bauern wurden, wie von Eurer Majestät empfohlen, mit einer List dafür interessieret«, erwidert von Sydow und lächelt angestrengt. Die Anpflanzungen seien dergestalt aufwendig von Feldschützen bewacht worden, dass sie den Anrainern als besondere Delikatesse erscheinen mussten. Und so seien nächtens denn auch plangemäß einige Pflanzen entwendet worden.

»Haha«, General von Zieten klatscht in die Hände, »eine vorzügliche List Eurer Majestät!«

»… die übrigens von einem französischen Agronom, einem gewissen Parmentier, kopiert wurde«, beeilt sich Generalmajor von Seydlitz zu ergänzen.

Die lichten Brauen über den Glupschaugen heben sich gelangweilt. »Zu viel der Akklamation! Erwähnter Parmentier hat bereits vor Jahren Ähnliches versucht, wie Uns von Unserem Freund Voltaire zugetragen wurde. Es war diese Narration, die Uns zu ähnlicher Methode inspiriert hat. – Jedoch mit mäßigem Erfolg, wie Wir nun vernehmen müssen.«

»Es sind sehr wohl Tartoffelpflanzen entwendet worden«, wiederholt von Sydow, doch seien die Bauern von der ergatterten Kostprobe anscheinend nicht recht überzeugt gewesen. Weder um Berlin noch um Potsdam sei der Tartoffelanbau gebührend vorangeschritten. Bei Paris übrigens auch nicht, zumal es von Madame Pompadour heiße, sie halte sich die Tartoffelpflanzen im Hofgarten nur, um mit den hübschen Blüten ihre Perücke zu schmücken.

Daher habe man, fährt Generalmajor von Seydlitz fort, im vorigen Jahr damit begonnen, in Brandenburg die Tartoffeln per Instruction zu vertreiben und ihren Anbau zwangsweise anzuordnen. Es seien rund hundert Morgen Land bepflanzt worden – unter der Aufsicht königlicher Kavallerie. Den Widerstand habe man mit den gebotenen Sanktionen brechen können.

Se. Majestät horcht auf. »Sanktionen welcher Art?«

»Nur Androhung von Stockschlägen, Sire, nur Androhung. Und bei erwiesener Sabotage drei Tage Arrest. Es ging doucement zu, wie von Sr. Majestät befohlen.«

Der König reibt sich das Kinn und schweigt.

Doch die Bauern hätten sich als undankbar erwiesen, hätten über Sommer die Knollen heimlich wieder ausgegraben, berichtet von Sydow, was bei einem Teil der Versammelten schenkelschlagende Heiterkeit erregt.

Die Glupschaugen verdüstern sich, die flächige Stirn

schnurrt unter einem Netz aus Längs- und Querfalten zusammen. Und doch kommt das schrille Stakkato so überraschend, dass selbst die Lakaien entlang der Wand erzittern: »Ich muss schlecht von Euch informieret worden seyndt oder Ihr seid ein Esel und Windbeutel, der sich um nichts kümmert. Da muss mit Ernst nachgesehen werden, und wo die Räte nicht Blei im Hintern haben, muss der Triebsamste hingeschickt werden, um die Arbeit zu accellerieren.«

Von Sydow versucht Se. Majestät sogleich zu besänftigen: »Es heißt doch, Sire, was der Bauer nicht kennt, das frisst er nicht. Vielleicht sind einfach noch etwas Geduld und Nachsicht vonnöten.«

»Nonsens!«, kreischt der König. »Haben sich nicht auch die welschen Bohnensorten durchgesetzt? Sauft mein Volk nicht derart viel Kaffee, frisst es nicht so viel Pfeffer, dass unsere Handelsbilanz außer Rand und Band zu geraten droht?«

»Die Tartoffel, so scheint es, mundet dem Volk nicht recht«, wagt Prinz August Wilhelm zu bemerken.

»So?« Se. Majestät lehnt sich weit über den Tisch, schickt einen hämischen Blick in die Runde. »Mein spartanischer Herr Vater hat wohl ein Volk von Gourmets herangezogen. Oder wie erklären wir Uns, dass die Tartoffeln in der Pfalz und am Mittelrhein volontairement angenommen und goutieret werden? Und in Preußen nicht?«

»So ganz freiwillig geschieht dies auch anderswo kaum, Sire«, versichert von Sydow. Oft sei es nur die Sorge vor übergroßer Armut und der Erlass von Steuern, was den Anbau vorantreibe. »Dabei kann man keinesfalls gewiss sein, dass es sich bei den Pflanzen auf all den Tartoffelfeldern auch wirklich um Tartoffeln handelt.«

Se. Majestät stöhnt. »Was soll Uns jetzt das? Sind die Regenten und Instructeure so dumm, dass das Bauernvolk sie an der Nase herumführt?«

Von Sydow tupft sich die Lippen mit seiner Serviette, richtet sich auf und fährt unbeirrt fort. »Es wird ein anderes Erdgewächs aus Amerika goutieret, das der Tartoffel in der Frucht ähnlich, dabei aber recht schmackhaft ist. Das Problem ist, dass sie vielerorts ebenso wie die Tartoffel Erdapfel, Erdbirne oder auch Grumbeere genannt wird, was in Protokollen und amtlichen Schriften zu Verwechslungen führt, zumal die Instructeure, da sie selbst keine Tartoffeln essen, den Unterschied nicht recht erkennen können.«

»Et alors?« Se. Majestät lässt sich in seinen Fauteuil zurückfallen. »Was spricht dagegen, wenn das Volk eine neue Sorte bevorzugt? Wenn sie denn so schmackhaft ist, möchte ich sie selbst kennenlernen. Wilsnack, geben Sie dem Hofküchenmeister entsprechende Instruction.«

»Gern, Sire!«

»Mit Verlaub, Sire, es handelt sich um keine neue Sorte, sondern um ein botanisch völlig differentes Gewächs. Bei dieser Topinambur, wie die Franzosen sie nennen, schießt alle Kraft ins Kraut, das bis zu vier Ellen hoch wächst und wie eine viel gefächerte Sonnenblume erblüht.«

Die Versammlung hört es mit Staunen, von Wolzogen beeilt sich, diesem Umstand im Protokoll gebührend Gewicht zu geben.

Zur Sättigung, führt von Sydow weiter aus, sei sie jedoch nicht viel nutze, nicht mehr als Weiß- oder Rotkohl, denn das meiste darin seien Nässe und Zellfaser. Leider wachse die Topinambur, so sie einmal gesetzt sei, im nächsten Jahr wie Unkraut und verdränge die Tartoffel. Vielerorts mähten daher die Bauern die Pflanze noch vor der Blüte ab, um deren Identität zu verbergen. Die Pflanze treibe aber unterirdisch weiter.

»Die Bauern«, ergänzt von Sydow mit neckischem Augenaufschlag, »tun unschuldig, so man sie ertappt, und behaupten, das tückische Kraut habe sich selbst vermehrt und die Tartoffeln nicht wachsen lassen.«

»Soll das etwa heißen, dass wir nirgends – auch in unserem Königreich nicht – genau wissen, was da angepflanzt wird?«

»So ist es wohl leider, Sire!«

Der König ächzt, als habe Er eine entscheidende Schlacht verloren, erhebt sich, rennt durch die nächstgelegene Flügeltüre hinaus und schließt sie hinter sich. Von Wolzogen blickt sich um. Was ist davon zu halten? Wie soll er dieses Geschehnis zu Protokoll bringen? Die Versammelten scheinen nicht weiter irritiert, bedienen sich selbst mit Kaffee, Schokolade, Obst und Kuchen.

»Greifen Sie ruhig zu, junger Mann! Solche Einladungen wie diese genießen wir nicht alle Tage«, raunt ihm sein Tischnachbar von Zieten zu.

Von Wolzogen nimmt gehorsam eine kandierte Aprikose und beißt ohne Appetit darauf herum. Sein Blick wandert die Gemäldegalerie entlang und bleibt an dem größten Exponat hängen. Ein rätselhaftes Bild, mittig durchteilt und sorgsam wieder verleimt. Das Motiv stellt wohl eine Art Handelskontor dar, in der Gemälde und allerlei andere Wohnaccessoires verkauft werden. Links im Bild packen Männer ein Ölbildnis des Franzosenkönigs Louis XIV. in eine schlichte, mit Stroh ausgelegte Holzkiste, wobei das Objekt lieblos gekippt wird, um weiteren Gemälden Platz zu machen. Rechts demonstriert eine Händlerin einen offenbar wertvollen Spiegel, doch ihre Kunden scheinen eher sich selbst darin zu betrachten, als den kunstvollen Rahmen zu würdigen. Im Hintergrund kniet ein Herr mit Allongeperücke vor einer Darstellung barocker Nacktheiten und studiert die Details mit einem Lorgnon. Von Wolzogen ist verwirrt. Was für ein dreistes Bild!

»Gefällt Ihnen der Watteau?«, fragt von Zieten und schmunzelt, als habe er einen derben Witz erzählt.

»Das ist von Watteau? Mir scheint, er macht sich ein wenig über sein Publikum lustig.«

»Nicht schlecht beobachtet! Es war übrigens ursprünglich ein Türschild. Watteau hat es im Auftrag eines Pariser Kunsthändlers gemalt, der es begreiflicherweise nicht verwenden wollte. Seine Majestät hat es gekauft und vor der Zerstörung bewahrt. Er hat Humor, unser König, nicht wahr?«

Von Wolzogen nickt und versucht ein Lächeln, wendet sich schließlich dem Stillleben an der Schmalseite des Zimmers zu, einer unverfänglichen Darstellung diverser Früchte in einer Porzellanschale.

Nach einer Viertelstunde kehrt Se. Majestat in bester Laune zurück und verkündet der strammstehenden Versammlung, man werde diese Topinambur vor Ort bekämpfen, wo immer sie auftrete, sie aber weder öffentlich benennen noch verbieten. Denn dies würde nur die Neugier der Untertanen erhöhen und für die Weiterverbreitung der Frucht sorgen.

»Die Topinambur seyndt totzuschweigen«, fasst Se. Majestät zusammen.

Alle Anwesenden müssen geloben, hierüber Stillschweigen zu bewahren. Dieser Teil der Unterredung soll nicht ins Protokoll!

»Jawoll, Sire!«, ruft Giselher von Wolzogen und malt, nicht ohne Bedauern, einen breiten Strich quer über die letzten beiden Seiten seiner Notizen.

Die Tartoffel aber, so verkünden Se. Majestät weiter, soll nun erst recht als ein in den meisten deutschen Landen hochgeschätztes Gewächs sowie als Delikatesse propagiert werden. Sie soll auf den königlichen Feldern in großem Stil angebaut werden, auf dass ihre lila Blüten weithin leuchten.

Die hohen Herren salutieren und dürfen sich wieder setzen, denn die Tafel ist noch keineswegs leer gegessen.

»Vielleicht«, wirft von Wolzogen zwischen zwei Schluck Schokolade ein, »könnten Eure Majestät den Anbau in den Provinzen doch noch ein wenig forcieren?«

Von Sydow lächelt, als habe ein Kind gesprochen.

Auch Se. Majestät schmunzelt. »Wenn Ihr mir eine Methode consellieren könnt.«

Von Wolzogen wirft sich ins Zeug: »Mittels in den Regionen angeworbener einfacher Dragonerheere, Sire, die die Milde Sr. Majestät nicht recht kennen und nicht darauf eingeschworen sind. Sie werden sich ohne spezielle Instruction lediglich den Zielen Eurer Majestät verpflichtet fühlen und könnten, da sie unter nur regionaler Aufsicht sind, mit angemessener Strenge gegenüber den Bauern operieren.«

»Das ist kein dummer Vorschlag!« Der König beißt in ein mit Senf bestrichenes Rosinenbrötchen, kaut lange und spült mit einem Schluck Kaffee nach. »Sagt nicht der Volksmund, dass der Zweck die Mittel heiligt? Unsere Landdragoner werden dies am besten wissen! Und auch Wir müssen Uns in dieser neuen Situation mit einem ehernen Herzen wappnen, um alle Empfindsamkeiten loszuwerden.«

Das Klappern der Tassen, Teller und Bestecke verstummt

für einen Augenblick. Nur von Wolzogens eifrige Feder zerkratzt die Stille.

Schließlich räuspert sich Sebastian von Sydow. »Se. Majestät könnten eine Circular-Order ergehen lassen!«, sagt er. »Zu verteilen an sämtliche Land- und Steuerräte, an Magistrate und Beamte. Darin würden sie aufgefordert, mit eigenen Maßnahmen dafür zu sorgen, dass der Anbau der Tartoffel erfolgt.«

»Wie gut Ihr verstanden habt, General«, spöttelt Se. Majestät und überträgt ihm die weitere Protokollführung, während ihm der »junge Pazifist« bei der Ausarbeitung der Ordre behilflich sein solle.

»Champagner für alle!«, verlangt der König schließlich, spricht ein Prosit auf die Tartoffel aus und überlässt die hohen Herren sich selbst. Nur von Sydow und von Wolzogen bestimmt Er zu sich in ein benachbartes Kabinett, wo ein Schreibpult aus gedrechseltem Palisanderholz bereitsteht nebst Papier und Feder.

Von Sydow ziert sich: »Meine Rechtschreibung, Sire, ist vielleicht nicht ausreichend.«

Doch Se. Majestät winkt ab. Er lege, wie sich gewiss schon herumgesprochen habe, ohnehin keinen Wert auf die normierte Schreibweise, die eine unnötige Fickfackerei sei. Sogleich hebt Er an zu diktieren und von Wolzogen schaut von Sydow über die Schulter, während dieser auf die Papierrolle in krakeligen Lettern schreibt: *Es ist von Uns in höchster Person in Unsern Provintzien die Anpflantzung der so genannten Tartoffeln, ernstlich anbefohlen. Wo nur ein leerer Platz zu finden ist, soll die Tartoffel angebaut werden!*

»Vielleicht, Sire«, meldet sich von Wolzogen, »sollten Eure Majestät die Action an dieser Stelle noch mehr mit Argumentation firmieren. Etwa so: … *der so genannten Tartoffeln, als ein nützliches und so wohl für Menschen als auch Vieh auf sehr vielfache Art dienliches Erd Gewächse, ernstlich anbefohlen.*«

Von Sydow blickt über sein Monokel hinweg zwischen beiden hin und her.

»Excellent!« Se. Majestät zieht eine winzige Tabatiere mit goldumrahmtem Porträt seiner selbst aus der Rocktasche und diktiert weiter: *»Wo ein leerer Platz zu finden ist, soll die Tartoffel angebaut werden, da diese Frucht nicht allein sehr nützlich zu gebrauchen, sondern auch dergestalt ergiebig ist, dass die darauf verwendete Mühe sehr gut belohnt wird.«*

Der König atmet auf, widmet sich mit einem vergnügten »C'est ça!« erneut der Tabatiere, betätigt den Öffner mit der Zeigefingerkuppe.

»Übrigens«, beeilt sich von Wolzogen vorzuschlagen, »könnten wir bereits in der Ordre selbst einen eindringlichen Satz zur Exekutive anfügen, dass es beim Bekanntmachen der Ordre nicht bleiben darf, sondern dass sie gebührend überwacht wird.«

Se. Majestät nickt und platziert eine Prise Schnupftabak auf seinem Handrücken: *»… übrigens müsst ihr es beym bloßen Bekanntwerden der Instruction nicht bewenden, sondern durch die Land-Dragoner und andere Creißbediente revidieren lassen, ob auch Fleiß bey der Anpflantzung gebraucht werden.«*

Se. Majestät teilt den Tabak in zwei kleine Häuflein, ruft »Très bien, mon chèr von Wolzogen!« und zieht die Krümel mit leisem Schniefen in beide Nasenlöcher ein.

»Vielleicht macht es auch Sinn, die Empfänger Eurer Ordre in die Kontrolle einzubeziehen.«

»Ah, mon Dieu!« Se. Majestät atmet schwer, von Sydow taucht die Feder erneut ins Fass und streift die Tinte umständlich ab: »... *wie Ihr denn auch selbst bey Euren Bereysungen ... untersuchen müsset, ob man sich deren Anpflantzung angelegen seyn lasse* – Haaaatschi!«

»Wohlsein, Sire«, ruft von Wolzogen und schlägt die Hacken zusammen.

Die Glupschaugen weiten sich, strahlen von Wolzogen direkt ins Antlitz. Der rechte Glacéhandschuh Sr. Majestät wedelt mit einem weißen Schnupftüchlein und lässt es wie unabsichtlich fallen.

»Messieurs!« Der König verlässt das Kabinett durch ein niederes, kaum mit den Augen auszumachendes Türchen in der Zimmerecke. Von Sydow rollt seine ›Ordre‹ nachlässig zusammen, setzt sein Monokel ab und geht zurück in die Konzertkammer.

Von Wolzogen ist verwirrt, hebt das Tüchlein auf. Es ist aus feinstem Batist. Ein geschwungenes FR aus Silberfäden ist in die Ecke eingestickt. Er eilt hinaus, überreicht es Kammerdiener Wilsnack.

»Se. königliche Majestät hat dieses Textil verloren!«

Wilsnack legt den Kopf schief, nimmt das Tüchlein wortlos entgegen. Ein Anflug von Spott umspielt seine Lippen.

Von Wolzogen verabschiedet sich von der noch immer tafelnden Runde hoher Herren und wendet sich zum Gehen. Er wird das Gefühl nicht los, etwas ganz Entscheidendes falsch gemacht zu haben.

13 Jost

Aus den Aufzeichnungen eines unbekannten fahrenden Händlers, undatiert, entdeckt 1812 in einer Ruine nahe Goch.

DONNERSTAG
Immer wenn ich lange allein umhergereist bin, ohne ein stetes und wärmendes Knäuel von Menschen um mich herum, denke ich darüber nach, ob es nicht doch richtiger wäre, mir ein Weib zu nehmen und Kinder zu machen, damit sie mir eine liebe Familie sind und mir eine Heimat für mein Herz geben. Doch wenn ich jetzt erleben muss, was mein Freund W. mit dem Weib durchlebt, in das er sich verguckt hat, und mit dem Bub, der bloß ihr Neffe sein soll und es nicht einmal ist, dann bin ich doch wieder froh um meine Wahl, im Junggesellenstande geblieben zu sein.

Den ganzen Abend hat W. gezetert, weil sie ihn belogen hätt und weil sie ihm nicht vertraut hätt und so weiter, denn natürlich würde er keinen Menschen je an die Geier von der Kreismeisterei verpfeifen, schon gar nicht so einen jungen Burschen, es sei denn, er wär ein Mörder oder Gewalttäter. Aber der Bub, der wär ja ein ganz lieber Bub und nur den Häschern davongelaufen, was sein gutes Recht wär, so jung, wie er wär! Und wenn das alles unser König wüsst, der große und gerechte Friedrich, dann würd der aber dreinschlagen, dass die ganze Bagage in der Kreismeisterei und der Garnison ausgetauscht würd, und es gäb eine Degradierung und ein Spießrutenlaufen für alle. So quatscht der gute W. in einem fort und ich kann seine wilde Empörung ja zu gut verstehen, weil ich weiß, dass er ganz vernarrt ist in sie und beleidigt ist, weil sie einen andern erhört, einen von den preußischen Militärs, wie es scheint. Und weil er seit Jahren nicht weiß, wohin mit all seinen Säften, spuckt er sie halt mit seinem Gezeter aus, dass in der Stube die Fensterscheiben beschlagen. Und was macht die Schöne? Hockt da, blickt ihn an wie ein waidwundes Reh einen männchenmachenden Wildeber, schweigt, wendet sich ab und starrt ins Feuer. Was eine komische Szene ist, weil doch sonst die Weiber wortgewaltig zu zetern pflegen und die Männer dazu schweigen und in die Flammen gucken.

Das Komischste an der Sache aber ist, dass die beiden sich benehmen, als stünden sie schon unterm Galgen, bloß weil sie den Bub eine kleine Weile beherbergt haben. Selbst wenn der Bursche jetzt so dumm ist und bei der Kreismeisterei seinen richtigen Namen sagt und wenn er so überkandidelt deppert ist, sein Tagebuch nicht ordentlich zu verstecken, wie ich das immer mache, sodass es nämlich niemals jemand findet, und wenn doch, die Orte, Zeiten und Personen nicht auszumachen sind, dann werden seine beiden Schutzhelfer wohl wirklich von der Kreismeisterei vernommen und man droht ihnen vielleicht die Eiserne Jungfrau an, was aber müßig wäre, weil der König sie längst verboten hat und jeder das weiß. Also können sie steif und fest dazu stehen, nicht gewusst zu haben, dass der Bub ein Deserteur ist.

Aber den beiden beliebt es, sterbenstraurig auf ihren gepackten Bündeln zu hocken und zu warten, dass die Tür aufgeht, die Häscher hereinkommen und sie festnehmen. W. hat mir geraten, noch vor der Nacht zu verschwinden, fast befohlen hat er es mir, damit ich nicht auch noch in die vermaledeite Scheiße hineingerate, was ich gar nicht fürchte, aber ich denk, dass er gern mit ihr allein sein will und dass er, wenn er schon sein letztes Stündlein für geschlagen hält, noch mal rauf will auf sie, weil er ja doch ganz spitz ist auf sie, obwohl er alles verdirbt, wenn er andauernd mit ihr zetert. Ich nächtige also wieder einmal auf meinem Wagen, wie ich es oft tue, bleibe aber in der Nähe und beobachte das Haus, wie es traulich unter dem hellen Mondlicht glitzert.

FREITAG

Die Häscher haben sich nicht blicken lassen, die ganze Nacht nicht und den frühen Morgen auch nicht. Stattdessen hat sich viel kreischende Kundschaft eingefunden, sodass ich dem W. wieder einmal helfen muss, zumal ihm der Bub fehlt, und ich muss den Bauern immerzu von den Moorhexen erzählen, die mich bezirzen wollten, was die Menschen hier am Niederrhein bestens unterhält. Unsere liebe L. indes hat beschlossen, uns eine Brotzeit für den späten Abend zu richten, wobei wir uns beraten wollen, wie wir den Bub aus der Gefangenschaft bekommen, ohne uns in Gefahr zu bringen, und ebenso das Schwesterchen aus dem Bordell holen, denn dies mag ein amüsanter Ort für einen fahrenden Sänger sein, aber nicht für ein so kleines Kind, und so zermartere ich mir schon vorab den Detz, was wir alles erzählen und lügen könnten, um für den Bub und das Mädelchen freies Geleit zu kriegen.

14 Willem

Wenn man den Jost reden hört, ist alles ganz einfach. »Dass die Gendarmerie nicht auftaucht, ist doch ein gutes Zeichen«, sagt er und zieht an seinem Pfeifchen, dass der Tabak darin aufglimmt. »Denn dann hat der Vincent ihnen nix erzählt und sein Tagebuch gut versteckelt – was auch immer er da reingeschrieben hat! Ooooder …«, und dazu grinst der Jost und hebt den Zeigefinger wie ein Bajazzo auf der Kirmes, »… sie haben die Kladde gefunden, können aber nicht in ihr lesen! Weil sie nämlich kein Schriftdeutsch entziffern können, die Herren Gendarmen.«

Willem ist nicht nach Spott zumute. »Möglich«, sagt er. »Aber auch in dem Fall wär's besser, wir beeilen uns, bevor sie auf die Idee kommen, sich einen zu holen, der's kann.«

»So schnell passiert da nix«, glaubt Jost, »wer gibt schon zu, dass er die Hochsprache nicht richtig lesen kann! Wird doch ein jeder in eurem vornehmen Königreich für Monate in eine Schule gesteckt. Und bei wem's nix fruchtet, der gilt als strohdumm.«

Willem wiegt den Kopf.

Es stimmt ja, dass in den Schulen kaum einer was lernt. Außer dem Eid auf die preußische Fahne und dem Vaterunser haben sie kaum was Gedrucktes in ausreichender Menge. Die meisten Lehrer sind abgehalfterte Offiziere, die selbst kaum das vollständige Alphabet kennen. Und sich dafür schämen.

»Trotzdem müssen wir rasch was machen«, beharrt er. Willem verlässt sich ungern auf sein bloßes Glück.

Lisbeth schweigt. Wie immer. Starrt in die lodernde Öllampe, als wär darin alle Weisheit der Welt verborgen.

Aber der Jost hat schon einen Vorschlag: Einer von ihnen müsse bei der Gendarmerie in Geldern anklopfen und seinen Neffen namens Franz als vermisst melden. Am besten ihn ungefähr beschreiben, bloß nicht zu genau. Zwölf Jahr alt, braune Haare. Mehr nicht. Dann würde man ja hören, was sie sagen. »Man könnt ihnen zum Beispiel erzählen«, überlegt der Jost, »man hätt den Bub für ein paar Wochen in Obhut. Weil seine arme Mutter sterbenskrank wär und sein Vater in Diensten für seine Majestät den König für Wochen unterwegs …«

»Mach ich!«, unterbricht Lisbeth mit Leidensbittermiene.

Willem schüttelt den Kopf. »Nein, besser ich. Hab so viel Verwandtschaft, dass sowieso keiner durchblickt und es auf einen Neffen mehr oder weniger nicht ankommt.«

»Aber ich bin schuld«, beharrt Lisbeth.

»Nein, ich!«

Der Jost zieht die Augenbrauen hoch. »Wenn ihr euch nicht einigen könnt, dann geh ich halt. – Und im Ernst, ich glaub, das wär das Richtige. Ich bin geübter im Lügen. Und ich bin *nicht* schuld! Ich kann kreuzfidel bei denen auftreten und mach mich nicht verdächtig.« Und dann fantasiert der Jost, was er der Gendarmerie alles erzählen würde, nämlich was sein Neffe Franz für ein Gernegroß wär, wie er nämlich die Tinktur, die die Manneskraft stärkt, eingeworfen hätt, eigentlich nur, um die anderen Buben im Dorf verprügeln zu können, wie er dann aber auf die Weiber losgegangen wär, egal ob alt oder jung, und er, der Jost, ihm eine Tracht Prügel verabreichen musste, bis –

»Glaubt dir keiner!«, sagt Lisbeth frostig.

Da muss der Jost so doll schlucken, dass man seine Gurgel hüpfen sieht. Weil sie recht hat. Ein fahrender Barbier ist den Beamten nicht geheuer. Und selbst wenn mancher Dummsack von Gendarm ihm unter der Hand seine Tinktur zur Förderung der Manneskraft gern abkauft – mit der Geschichte vom feurig gewordenen Bub darf er denen denn doch nicht kommen.

»Also ich«, beschließt Willem. Und muss eine Weile auf Lisbeth einreden. Bei ihr, der Lisbeth, wären die Häscher ja gewesen, erklärt er. Sodass sie's hätte wissen können, dass der Vincent als Deserteur gilt. Aber bei ihm, dem Willem, war keiner. Ihm kann also keiner so leicht einen Vorwurf machen. Nein, da hilft es nichts, wenn die Lisbeth sich bockig anstellt. Zur Gendarmerie in Geldern geht er, der Willem! Lisbeth soll sich derweil in der Mühle verstecken und tun, als wär sie verreist.

»Besser, sie versteckt sich bei mir im Planwagen«, schlägt Jost vor. »Und wir warten hinterm Geldener Stadttor, nachdem wir dich hingefahren und abgesetzt haben. Falls sie den Vincent doch als Deserteur erkannt und ausgeliefert haben, ist Lisbeth bei mir besser aufgehoben.«

Damit ist Lisbeth endlich einverstanden. In der Nacht zum nächsten Montag schnürt sie sich ein Bündel, versorgt die Mähre, die Hühner, die Katzen und verschließt das Gasthaus. Willem hisst die Fahne mit dem Querkreuz auf dem First seiner Mühle, was weithin heißt ›Kein Betrieb heute‹, und in Josts Planwagen fahren sie am frühen Morgen eilig nach Geldern, wo die Tore zwar streng bewacht, aber für einen amtlich bestellten Pachtmüller aus Hommersum ohne Verzug geöffnet werden.

Die Gendarmerie ist in einem ausgedienten Wachturm gleich neben der Stadtmauer untergebracht und beherbergt in den oberen Stockwerken ein kleines Gefängnis. Bis zum Dach hinauf sind die Fenster mit Eisenstäben vergittert. Als könnte aus solcher Höhe jemand abhauen, denkt Willem und verkneift sich ein Kopfschütteln.

Am Eingang, vor der schweren Eisentür mit dem Stadtwappen, wartet ein gutes Dutzend Leute, alle mit einem Papier in der Hand und einem missmutigen Blick ins Leere. Ein hagerer, ganz in Schwarz gekleideter Knilch mit laffen Backen und etwas zu großem Dreispitz kommt von Zeit und Zeit heraus, brüllt: »Der Nächste!«, worauf er den Vordersten in der Reihe wie einen Strafgefangenen abführt und die Türe hinter sich zudonnert.

Die Gestalten in der Warteschlange stehen geduckt, reden wenig, und wenn, dann Holländisch. Willem würde sich mit seiner Klever Mundart spitze Bemerkungen einhandeln. Also schweigt er und lächelt so gleichmütig, wie es eben geht, bis er an der Reihe ist.

Die Laffbacke greift endlich auch ihn am Arm, führt ihn durch einen abgedunkelten Flur in ein karges, nach ranzigem Öl stinkendes Zimmer. Über eine der Wände erstreckt sich eine Täfelung mit vier winzigen Fensterchen, die sind alle mit einem Tuch verhängt, wie Beichtstühle, sodass man hineinsprechen kann. An einem einzigen Fensterchen ist das Tuch zur Seite gezogen.

»Wird's bald!« Die Laffbacke schubst Willem hin.

Auf einem kunstvoll gedrechselten Holzstuhl mit Arm

lehnen thront ein graugesichtiges Männlein in preußischer Uniform.

»Womit kann ich dienen?«, brabbelt es, ohne Willem anzusehen.

Womit er *dienen* kann? Willem staunt. Komische Frage!

»Womit kann ich dienen?«, wiederholt das Männlein, lauter und strenger.

Da fällt Willem ein, dass der Preußenkönig gesagt haben soll, er sei der erste *Diener* seines Staates. Vielleicht hat der seltsame Ausdruck damit zu tun? Oft ist es ja so, dass ein Wort nicht genau das trifft, was es sagt.

Also besinnt sich Willem und haspelt herunter, was er sich schon in der Nacht zurechtgelegt hat: »Ich hab gehört, dass im Geldener Gebiet ein Bub aufgegriffen worden sei. Und ich wüsst gern, ob das mein Neffe Franz Müller aus Trier ist, denn den hat mir meine Schwester in Obhut gegeben. Und vor ein paar Tagen ist er mir abgehauen.« Willem atmet erst mal durch, nachdem er so viele Unwahrheiten über die Lippen gebracht hat, ergänzt dann rasch, was wirklich stimmt, nämlich eine kurze Beschreibung von Vincent.

Da wird das Männlein beinahe fröhlich. »Wir haben hier einen Bub, einen ganz verstockten, der den Mund nicht aufkriegt. Aber für Dreie frisst. Wenn das dein Neffe ist, kannst ihn gleich mitnehmen! – Schorsch, bring mal den Vielfraß runter!«

Schorsch lässt sich Zeit, das Männlein greift unterdessen nach einem Stempel, wischt mit einem schmutzigen Sacktuch den runden Holzgriff blank, gähnt, hängt den Stempel an seine staubige Halterung zurück. Endlich öffnet sich ein Türchen an der Rückwand und herein wird Vincent geführt, mit Eisenketten an den Füßen, zerlumpt und mit merklich eingesunkenen Pausbacken. Um seinen Hals hängt eine Tafel mit der Nummer GE/19/1756.

»Heißt du Franz Müller?«, fragt das dienende Männlein.

Vincent hebt den Kopf, erkennt Willem und nickt.

»Dein Onkel kommt dich holen!«

Vincents Miene entspannt sich. Er rennt Willem entgegen, die Ketten um seine Füße schlurren über den Fliesenboden.

»Haaalt!«, brüllt die Laffbacke. »Die Kette bleibt da!«

Willem nimmt allen Mut zusammen. »Hast nicht noch was dabeigehabt? Ein Bündel vielleicht?«

Vincent nickt wieder, hilft der Laffbacke, die Ketten von seinen Füßen zu pfriemeln.

»GE/19/1756«, murmelt das Männlein im Beichtstuhl, rappelt sich auf und zieht eine Schublade aus dem rückwärtigen Holzregal. Mit spitzen Fingern greift es hinein, sortiert ein paar Gegenstände sorgfältig nebeneinander auf das Pult: einen Hornkamm mit zehn Zinken, ein Sacktuch aus Nessel, verschmutzt, ein Stück Zwirn, einen hölzernen Rührlöffel, einen Bleistift mit winzigem Spitzmesser und zuletzt – die Kladde.

Willem stockt der Atem. Die Kladde ist offen. Eine Schnur, die das Papier zusammenhält, hängt in Kringeln herunter. Jost hat also recht, sie können nicht lesen. Doch dann greift das Männlein zu einem vorgedruckten Papier, auf dem fein säuberlich alle Habseligkeiten Vincents mit Tinte aufgeschrieben sind. Willem muss unterzeichnen, dass er alles bekommen hat. Dann muss er noch unterschreiben, dass ein Bub namens Franz Müller sein Neffe ist, für den er sich hiermit verbürgt.

Und dass der Bub für sein Schweigen bei der Gendarmerie und für seine Gefräßigkeit jeweils eine Ohrfeige extra vom Willem bekommt, das muss er dem Männlein auch zusichern. Damit sind sie entlassen. Willem nimmt Vincent sanft in den

Schwitzkasten, deutet ein paar Tritte gegen sein Schienbein an, humpelt mit ihm hinaus, humpelt wortlos mit ihm durchs Stadttor und zum Planwagen unter den Weiden.

Jost streckt den Kopf heraus und grinst. »Hab ich's nicht gesagt!«

Kaum unter die Plane gekrochen, weint der Vincent Freudentränen. Willem tätschelt ihm die eingesunkenen Backen. »Das sind die Ohrfeigen, die ich dir geben soll.«

Vincent fällt ihm stumm um den Hals, dann der Lisbeth, die still dasitzt und den Blick zum Planwagendach richtet, als könnte sie's nicht glauben.

»Hüaaaaah!«, jubelt Jost und sein Gaul bringt alle zum Wirtshaus, wo Lisbeth unter tätiger Mithilfe von Vincent einen schnellen Griesbrei mit Äpfeln kocht.

***Griesbrei mit Apfelkompott** (für 5 Personen)*
Gebe fünf Tassen feinen Dinkelgrieß in vier Tassen erhitzte Milch und lasse beides unter Rühren einmal kurz aufkochen. Nimm sogleich den Topf vom Herd und lasse den Gries eine Viertelstunde in der heißen Milch zusammen mit vier Esslöffeln Honig stehen. Rühre immer wieder um und lege einen Deckel auf den Topf. Schäle unterdessen vier Äpfel und schneide sie in kleine Stücke, gebe eine Handvoll Rosinen dazu und erhitze beides auf dem Herd, bis die Apfelstücke zerfallen, würze mit Zimt und Honig. Gebe zuletzt eine Tasse Quark zu dem etwas abgekühlten Gries, rühre kräftig um. Serviere den Gries in flachen Tellern unter einer Haube aus Apfelkompott. Dieses Gericht kannst du kalt oder auch warm verzehren.

Aus Franz Vincent Müllers Kochbrevier *Die gute Volksküche,*
erschienen zu Hamburg im Jahre 1802

Der Bub schaufelt eine doppelte Portion in sich hinein, trinkt ein ganzes Maß gezuckertes Bier dazu, erzählt und erzählt, will sich über seinen neuen Namen kaputtlachen: Franz Vincent Müller. Dazu schreibt ihm der Jost eine Urkunde mit richtiger Tinte auf Papier, malt eine Unterschrift darunter und setzt einen Stempel drauf.

»Das ist ein amtlicher Stempel der Stadt Trier«, sagt Jost ernst. Den Stempel hat er vor vielen Jahren einem Ganoven aus Krefeld gegen einen falschen Schnurrbart abgehandelt. Wusste wohl, dass er ihn irgendwann würde brauchen können.

Beim Stichwort Krefeld wird der Bub wieder traurig. Er will zur Hannegret. Weil er auf sie aufpassen muss.

»Wir holen sie dir her«, verspricht Jost. »Mit so einem Stempel lässt sich viel erreichen!«

Der frischgebackene Franz Vincent Müller hat daran keinen Zweifel, lässt sich von Lisbeth in eine der oberen Kammern betten und schläft ein.

Darauf hat Willem gewartet. »Wenn ich jetzt sein Onkel und Schutzbefohlener bin, dann muss ich auch nachsehen, was er sich immer so aufschreibt.«

»Bestimmt ist ihm das nicht recht!«, sagt Lisbeth erschrocken, greift nach der Kladde und drückt sie fest an sich.

»Komm, Lisbeth, gib sie her! Wenn was über dich drinsteht, müssen wir die Seiten rausreißen. Er wird das verstehen. Er ist ein kluges Kerlchen, hat bei den Geldernern kein Wort geredet. Auch nicht, als sie ihm Schläge angedroht haben.«

Lisbeth schüttelt stumm den Kopf, krallt ihre Finger ins Papier.

»Was da drinsteht, kann auch dem Willem Schwierigkeiten machen«, sagt Jost und zieht ihr die in zwei Pappdeckel eingefassten Blätter mit sanfter Gewalt aus dem Schoß.

Lisbeth seufzt, hält sich beide Hände vors Gesicht, doch Jost schlägt ungerührt die Kladde auf, blättert darin. Fährt mit dem Finger langsam über die Seiten, macht dazu Mundbewegungen, reißt die Augenbrauen in die Höhe und lacht laut auf, blättert weiter, lacht noch lauter.

Da hält es Willem nicht mehr aus, rutscht an Josts Seite, steckt den Kopf mit ins Papier, prustet vor Vergnügen und liest vor: »Rosinenbrot. Nehme frisch gemahlenen Weizen, siebe die grobe Kleie ab, gieße Milch dazu – knete den Teig gut durch und lasse ihn an einem kühlen Ort … – Unglaublich! Ganz genau hat er aufgeschrieben, wie Rosinenkuchen geht. Oder hier: Steckrübeneintopf. Lisbeth, ich glaub, das ist von dir! Schneide drei Pfund Steckrüben und ebenso viel Möhren in Stücke, gebe sie mit einem kleinen Strunk Lauch in siedendes Salzwasser … – Das sind Kochrezepte, Lisbeth! Alles Kochrezepte!«

15 Jost

Aus den Aufzeichnungen eines unbekannten fahrenden Gauklers, gefunden 1910 in den unterirdischen Gängen einer Ruine bei Xanten, Entstehen geschätzt auf Mitte des 18. Jh. irgendwo im deutschen Sprachraum.

Was ist ein Name? Was uns Rose heißt, wie es auch hieße, würde lieblich duften. Diese vortreffliche Weisheit stammt von einem Dichter aus England, einem gewissen Shakespeare, der, obgleich tot und begraben, in deutschen Landen sehr in Mode ist, seit die Gelehrtenwelt befunden hat, dass er seiner Zeit voraus und ein Aufklärer gewesen sei, was immer das heißen mag, denn was sich hierzulande Aufklärer nennt, ist fast immer ein Schaumschläger und Hundsfott. Woraus man ersieht, dass auch die edelsten Rosen nicht sicher sein können, unter anderem Namen – wie beispielsweise Pissnelke – gepriesen zu werden, wenn es deren Bewunderern so gefällt, da mögen sie duften, wie sie wollen, es wird ihnen nichts fruchten.

Also habe ich beschlossen, jenem Dichter aus England nachzueifern, da er wie ich lange umherreiste, mal als Gaukler, mal als Schausteller, bevor es ihm vergönnt war, mit der hohen Kunst des Verseschmiedens seinen Lebensunterhalt zu bestreiten, und so soll er mir Vorbild sein, zumal auch er in unsicheren Zeiten unter wechselndem oder auch ohne jeglichen Namen seine Kunstwerke schuf, als da sind Komödien wie Tragödien wie zotige Sprüche.

Wenn ich meinem Fahrtenbuch nicht nur den eigenen Namen verschweig, sondern auch jene meiner Verwandten und Wahlverwandten, so ist es mir freilich nicht nur um die Nähe mit jenem englischen Dichter zu tun, sondern um den handfesten Grund, dass ich dieser Tage, Gott sei es geklagt, Dinge tue, welche zwar nicht verwerflich, wohl aber strafbar sind nach Maßgabe des hohen Rates dieser Stadt und mich für einige Jahre hinter Gitter bringen könnten und meine Auftraggeber desgleichen, wenn nicht aufs Schafott.

Nein, mich rührt kein schlechtes Gewissen dabei an, denn es ist keineswegs Sünde, was ich tue, und beim Sündigen kenn ich mich vortrefflich aus. Nein, es wär Sünde, nicht zu tun, was ich tue, obgleich es strafbar ist. Vielleicht vermögen einfältige Geister, welche diese Zeilen durch bedauerliche Umstände zu lesen bekommen, den Sinn meiner Ausführung nicht begreifen, zumal die meisten Amtspersonen dieser Region einfältigen Geistes sind. Doch so diese Blätter eines fernen Tages einem weisen Menschen in die Hände fallen, so mög er selbst urteilen, ob ich denn einen Frevel begangen oder aber einen weit übleren Frevel bereinigt habe.

In unerlaubter Mission hab ich ein Mädchen, nicht größer als zwei Ellen und nicht älter als fünf Lenze, welches aus solider Handwerkerfamilie ist, aber verwaist, aus einem Freudenhaus jenseits der Landesgrenze geholt, wo es nebst anderen Frauen und Mädchen in unsäglicher Umgebung zahlenden Gästen zur Unterhaltung nach Belieben überlassen wurd, was keinem menschlich gesonnenen Wesen egal sein kann, selbst wenn er selbst ein häufiger Gast in Freudenhäusern sein mag. Doch wenn eine Dirne es freiwillig beschließt, ihren Leib darzubieten, so ist dies eines, wenn ein Kind gezwungen wird, dies zu tun, dann ein anderes. Ich bin ohnedies beschämt, da ich nur eines dieser Mädchen habe retten können, weil mir dazu der Verhandlungsauftrag erteilt und mit einer hohen Summe Geldes im Gepäck erleichtert wurde.

Es ist ein großes Glück, dass man für ein so kleines Mädchen keine Papiere und keinen Pass braucht, sodass ich ohne Aufenthalt reisen und es in gute Obhut bringen kann, zu rechtschaffenen Menschen. Obgleich mich nun die Frage quält, wiewohl dieses Unterfangen rechtens ist und unserem Herrgott gefällig, denn das Mädchen ist nicht länger rein und brav, so es das jemals gewesen ist, sondern ein Ausbund an Widerspenstigkeit und Garstigkeit, weswegen man wohl im Freudenhaus mit dem Abkauf verblüffend rasch einverstanden war. Erst nach dem Handel hab ich erfahren, dass besagtes Kind seinen Freiern keineswegs zu Willen war, sondern für kranke Gemüter, welche besondere Lust an der Qual des Leibes empfinden, ausersehen war. Gleichwohl fiel es in Ungnade, als es einem, der sich traute, ihm vorab nackt zu begegnen, in den Stenz biss, sodass der Mann ins Spital gebracht werden musst mit ungewissem Ausgang.

Ich für meinen Teil hab verstanden, dass es riskant ist, sich der Kleinen auf mehr als einen Klafter zu nähern. Wie ein wildes Tier schlägt sie um sich, kreischt, dass die Spatzen und Krähen das Weite suchen und Zöllner und Grenzbeamte mich mit meinem Wagen rasch weiterziehen lassen, zumal wenn sie erkennen, wie sie mir das Gesicht zerkratzt hat, bei meinem bloßen Versuch, ihr die Läuse vom Kopf zu sammeln und das schmutzige Antlitz zu waschen.

Also frage ich mich, da ich erst drei Viertel des Weges geschafft habe und dennoch schon recht erschöpft bin, was wohl meine Auftraggeber sagen werden zu diesem Wildfang und ob sie ihn bei sich dulden werden, denn es sind vortreffliche, aber auch arbeitsame Menschen, welchen ihr Tagwerk heilig ist und die sich nicht besorgen können um ein geisteskrankes Kind, sodass es mir am Ende noch anzuhängen droht wie ein Pechklumpen und ich nicht einmal weiß, wohin sie bringen.

16 Lisbeth und Willem

»Wat macht der Luis so lang uff'm Lokus?«, kreischt die Mamsell, erscheint mit zornverzerrter Miene an der Treppe und striegelt ihre Haare mit einer mächtigen Bürste. »Die Trine muss ooch ma!«

»Ick muss ooch ma«, wiederholt ein rotgesichtiges junges Trampel, fasst sich an den Leib und windet sich wie ein Wurm.

Der Kutscher lehnt am Geländer und schüttelt sich die Frühstücksreste vom Rock. »Wees ick nich, jeht doch selba kiekn«, knottert er, zieht geräuschvoll die Luft ein und rotzt auf den Boden.

Lisbeth greift gottergeben zum Putzlappen. Wieder lauter Preußen im Haus. Plärren ihr Kauderwelsch, dass einem die Ohren flattern, platzen ohne Anklopfen in die Küche, gucken in alle Schränke, bedienen sich dreist bei Käse und Bier. Und schnoddern Lisbeth in einem fort an: Hol sie mich dies, bring sie mich das! – Dabei sind sie nur Gesinde, gehören einer Herrschaft mit einem Von und einem Zu im Namen. Die gastiert beim Spitzenwirt in Goch, lässt aber ihre Bediensteten samt Pferden in Hassum nächtigen. Um Geld zu sparen, glaubt Lisbeth. Was nicht ungewöhnlich wäre, denn ein adeliger Name heißt längst nicht mehr, dass einer steinreich ist.

Endlich erscheint der Luis, knöpft sich wichtig den Hosenlatz zu. »Det Pissoar is frei!«

Aber die Trine hat schon in einen Nachttopf gemacht, stellt ihn ungeniert vor Lisbeth ab. »Da!«, sagt sie.

»Nu aba zu!«, kräht die Mamsell. »Ick sach et der Madamme, wenn eener trödelt.«

Solche Drohungen sind wirksam. Sogleich laufen alle umeinander, suchen ihre Mützen und Hauben zusammen, schnüren ihre Stiefel, ergreifen ihre Bündel, quetschen sich mit Gezeter und Gekeife in die viel zu klein bemessene Kutsche, die schon auf dem Hof wartet und sie nach Goch bringen soll.

»Hüüüüa!«, brüllt der Kutscher und das Gefährt ruckelt los.

Lisbeth bringt Trines Hinterlassenschaft zum Misthaufen. Wenigstens verschwindet die Meute immer nach dem Frühstück und kommt erst am späten Abend wieder. Und wenigstens weht keine Fahne vorm Gatter, die andere Gäste vergraulen könnte. Mit den Preußen ist immerhin gut Geld verdienen. Für das fünfköpfige Gesinde bekommt Lisbeth drei Taler in der Woche. Sie schichtet im Geiste die Münzen aufeinander. Und übernächsten Sonntag, da wollen die Herrschaften mit dem Von und dem Zu im Namen Lisbeths Kartoffelsuppe kosten, von der sie in Goch haben reden hören. Am Mittag, wenn sie aus ihrer protestantischen Kirche in Geldern zurückfahren, da werden sie vorbeikommen. Mit acht Personen, die je einen Gulden zahlen, und vier Kindern, für die es einen halben Gulden gibt. Die Preußen zahlen, ohne zu feilschen. Das ist ihr angenehmster Wesenszug.

Ja, die Suppe! Die Preußen sind, scheint es, verrückt danach. Immerzu kommen hohe Offiziere, Herren mit Perücken und Frauen mit samtenen Kleidern zu Lisbeth ins Wirtshaus und rühmen ihre Suppe. Lisbeths Kartoffelsuppe, so erzählen sie überall, würde beweisen, dass ihr König recht habe, dass die Bauern vor allem Kartoffeln pflanzen und essen sollten, weil die nahrhaft seien und schmackhaft dazu.

Wie dumm sie sind, die Preußen! Wissen nicht, dass es an dem Sellerie und dem Lauch liegt, dass die Suppe gut schmeckt. Und natürlich an dem vielen Fleisch, das Lisbeth ausgebeint, gepökelt und getrocknet hat, um die Brühe damit anzusetzen.

Der Ochse war billig, sagt sie, wenn die Leute am Ort sie fragen. Die Zigeuner hätten ihn ihr verkauft. Der sei alt gewesen und zu nichts sonst zu gebrauchen. Immer müsse das Salzfleisch über Stunden in der heißen Brühe liegen, damit es weich würde, erzählt sie. Dann müsse man die geriebenen Kartoffeln dazugeben und das Suppengrün, zuletzt die Petersilie.

»Mehr verrat ja nicht«, sagt die Mutter, als Lisbeth in der Küche hockt und die Suppe vorbereitet. »Musst dein Rezept für dich behalten, wenn du weiter Geld damit machen willst!«

Lisbeth nickt. Nix sagen. Das hat sie beizeiten gelernt. Sie zündet für die Mutter die neue Gasleuchte an, die sie einem Klever Händler abgekauft hat. Die flackert so hell, dass alle Spinnen und Silberfische wie aufgescheucht in den Bodenritzen verschwinden. Die Mutter setzt sich zu Lisbeth an den Tisch und häkelt an einem Topflappen.

»Was willst machen mit der kleinen Hannegret?«

»Mal sehen«, sagt Lisbeth und lächelt vor sich hin. »Vielleicht ist sie ja groß genug, um mir zu helfen. Aber so ein liebes Mädken um mich herum wär mir sowieso recht.«

»Eins, wie du warst. Du warst immer so herzig!«

»Jetzt nicht mehr.«

»Man kann nicht sein Leben lang herzig sein. Sie lassen einen ja nicht.«

»Stimmt«, sagt Lisbeth und zuckt die Achseln. »Es kommt, wie es kommt.«

»Und schlecht ist es ja nicht, seit der Kreutzer weg ist.«

»Der kommt irgendwann wieder, kann jeden Moment durch die Tür fallen!« Lisbeth schluckt die Angst hinunter, die ihr aus dem Bauch krauchen will. »Aber vielleicht lässt er mich ja in Ruh. Hab viele Gäste jetzt und bald auch ein kleines Mädken. Da muss er Ruhe geben. Sich eine andere suchen.«

»Oder er greift sich das Mädken.«

Lisbeth wird heiß vor Wut bei dem bloßen Gedanken. »Dann zeig ich ihn an! Und sie sperren ihn ein. Denn das dulden sie nicht, die Preußen. So einen bestrafen sie streng. Die Kinder sind dem Preußenkönig heilig, alle Kinder. Sogar die von den Zigeunern. Da wird er auch ein verwaistes Handwerkerkind aus Krefeld schützen, wo es doch heißt, dass der König seine Socken immer nur aus der Krefelder Seidenmanufaktur bezieht. – Socken aus Seide, wie muss das guttun an den Füßen, Mutter!«

Lisbeth schaut aus dem Fenster. Silbrige Sonnenstrahlen splittern aus mausgrauen Wolken. Ein Bauer treibt seinen Ochsen hinaus aufs Feld, schleppt einen kümmerlichen Pflug mit sich.

»Der arme Tropf da ist froh, wenn er noch ein einziges Paar Wollsocken ohne Löcher hat, wie du«, sagt die Mutter, lässt Topflappen und Häkelnadel fallen, zieht einen langen grauen Strumpf samt Stricknadeln aus ihrem Schoß. Immer hat sie Lisbeth gelehrt, in der Not an die zu denken, denen es noch schlechter geht. Dann würde der liebe Gott einen rasch trösten.

Lisbeth betrachtet die emsig strickende Mutter, spürt das Kratzen und Scheuern von verfilzter Wolle an den Füßen. »Trotzdem, Mutter, stell's dir einfach mal vor: Socken aus Seide! Es werden noch einige Preußen meine Suppe fressen müssen, bis ich mir Socken aus Seide leisten kann.«

Draußen nähert sich ein Fuhrwerk. Ein Bauer im Fellmantel sitzt auf dem Kutschbock, vor ihm zwei Ochsen im Joch, hinter ihm ein Leiterwagen voller Stroh. Am Abzweig zum Wirtshaus springt jemand von seinem Wagen herunter. Ein weißer Rock, ein weißer Schopf – der Müller! Winkt dem Bauern zum Dank und klopft seine Hose sauber, rafft einen Sack auf, der ihm beim Sprung entfallen ist, und kommt aufs Wirtshaus zugelaufen.

Lisbeth seufzt. »Was will der denn hier?«

»Hat auch ein Aug auf dich«, sagt die Mutter trocken.

»Glaub ich nicht. Wie der mich neulich ausgeschimpft hat!«

»Weil du ihn belogen hast. Das hat ihn gekränkt. Was zeigt, dass er dich gernhat. Manchmal glaub ich, das ist ein ganz Lieber.«

»Soll sich seine Lieb in den Arsch stecken.« Lisbeth schnauft. »Ich will keinen Mann! – Lieb sind viele, solange sie um einen werben. Hernach ist einer wie der andere. – Aber aufmachen muss ich ihm halt.«

Die Mutter lächelt, fährt in den Schrein über dem Ofen und verblasst. Lisbeth öffnet die Tür.

Willem steht betreten davor, weiß nicht, was sagen. Dabei hat er seinen Besuch so gut vorbereitet, hat sich den späten Vormittag ausgesucht, wo meist keine Gäste im Wirtshaus sind, wo der Franz zur Schule ist. Alles, damit er allein ist mit ihr. Denn er will sich entschuldigen für sein Gezeter neulich. Dass sie einen anderen liebt, diesen Kreutzer liebt, das ist schlimm genug. Wenigstens soll sie ihn, den Willem, nicht für ein Raubein halten. Seit er einmal so fuchsteufelswild geworden ist, guckt sie ihn an wie ein geprügeltes Kind seinen Peiniger. Nein, so einen Blick von ihr hält er nicht aus. Er ist ein warmherziger, ein guter Mensch. Das soll sie wissen! Nur jetzt, kaum dass er vor ihr steht, kleben ihm die Worte wieder mal an der Zunge fest.

»Tach, Müller«, sagt Lisbeth, rafft ihr Schultertuch vor der Brust zusammen. »Was magst haben?«

Willem versucht ein fröhliches Lächeln, überreicht Lisbeth den mitgebrachten Beutel auf vorgestreckten Händen, als bringe er einer germanischen Göttin ein Ernteopfer dar.

»Ich glaub, Lisbeth, ich hab was gefunden für dich.«

»Was zum Essen?«

Woher weiß sie das? Willem nickt verlegen.

Lisbeth löst die Kordel, äugt in den Beutel und runzelt die Stirn: »Kartoffeln!«

»Nein, nein«, versichert Willem schnell. »Sehen nur so aus, sind aber keine. Die kann man wirklich essen, schmecken gut!«

Lisbeth geht zum Fenster, nimmt eine Knolle heraus und dreht sie zwischen den Fingern, schnuppert vorsichtig. »Riecht kaum, ein bisschen nach Nuss.«

Da fällt Willem die Rosenseife ein, die er zu Hause aufbewahrt. Die wird er ihr auch schenken. Bald einmal. Wird einfach sagen, er habe sie selbst geschenkt bekommen. Aber so eine Seife, die nach Rosen riecht, sei ja nichts für einen Mann, so könnte er ihr erklären …

»Und was ist das?« Lisbeth tritt vom Fenster zurück in die Stube, die Knolle mit der unebenen, hellbraunen Schale in der offenen Hand.

Willem setzt sich und beginnt zu erzählen. Er war nämlich im Pfalzdorf. Ja, genau! Bei den armseligen Siedlern aus der Pfalz, die in ihren Hütten auf die Einreise nach Holland warten, weil sie von der Küste aus eines der Schiffe nach Amerika nehmen wollen. Nur dass zu wenige Schiffe auslaufen. Und weil die Holländer sie so lange nicht beherbergen wollen, müssen sie an der Grenze ausharren. Dem Rat in Kleve sind sie lästig, weil sie betteln und stehlen, in ihren Lumpen und ihrem Schmutz die Städte verunzieren. Aber der Preußenkönig hat den Pfälzern erlaubt, auf der Gocher Heide zu siedeln, wo sonst niemand wohnen mag. Manche warten nun schon Jahre auf die Überfahrt. Oder warten gar nicht mehr, wollen bleiben, haben sich Häuser gebaut und auf dem kargen Boden Felder angelegt.

»In der Heide wächst nicht viel«, sagt Willem, »aber die Knollen hier, die wuchern wie Unkraut. Die Pfälzer nennen sie Grummbeern. Und weiter südlich, im Elsass, da sagen sie Topinambo dazu. Nix daran ist giftig, die Blätter nicht, die Samen nicht, die Keime nicht ...«

»Und sie schmecken gut, sagst du?«

»Wunderbar! Hab einen ganzen Teller voll verdrückt. Und zuvor konnt ich zusehen, wie eine von den Pfälzer Frauen sie in dünne Streifen geschnitten und zusammen mit fettem Speck gesiedet hat. In der Gocher Heide, da ernten sie die Dinger den ganzen Winter über, kochen sie oder rösten sie und sie bekommen ihnen gut. Die hier hab ich ihnen für zwei Scheffel Roggen abgekauft. Dachte mir, du kannst sie bestimmt gebrauchen. Denn gegen so ein gutes Gemüse wird der Pastor bestimmt nix einwenden. Und dann kannst du deine berühmte Suppe auch für die Einheimischen kochen.«

Lisbeth wehrt ab. »Für die Einheimischen koch ich sowieso bessere Suppen! Aber wenn du magst, Müller, dann versuch ich gleich, die Dinger mit Speck zu rösten.«

»Noch mehr würd ich's mögen, wenn du mich Willem nennen könntst!«

Lisbeth sieht überrascht auf.

Willem wird der Kopf heiß, er dreht sich weg, zieht ein Sacktuch aus der Tasche und tut, als müsse er sich schnäuzen.

Jetzt wird Lisbeth verlegen. »Magst mir beim Kochen zusehen – Willem?«

Willem nickt. »Die müssen erst mal gew-waschen w-werden. Ich hol W-wasser«, sagt er und rennt ohne Eimer nach draußen. Lisbeth reicht ihm einen hinterher.

Als er dann zurückkommt, hat sie am kleinen Küchentisch schon alles vorbereitet: eine Schüssel, ein Tuch, zwei Stühle und zwei Messerchen.

»Guck, Lisbeth, das geht so«, sagt Willem, wäscht eine von den Knollen und schneidet sie in dünne Scheiben. Lisbeth macht es nach. Schweigend sitzen sie sich gegenüber, putzen und schnippeln, erst die Knollen, dann den Speck. Ab und an linst Willem zu Lisbeth hinüber, die unentwegt auf ihre Arbeit schaut. Vielleicht sollte er aufstehen, zu ihr hingehen und sie küssen. So wie bei dem alten Kinderspiel. *Ich sitze hier und schneide Speck, wer mich lieb hat, holt mich weg.* Willem hat es gern gespielt. Eins von den Kindern musste den Spruch hersagen. Und wer selbst an die Reihe kommen wollte, musste hingehen und das Kind küssen. Natürlich hat Willem immer gewartet, bis ein schönes und liebes Mädchen dran war. Doch oft hat er zu lang gezögert, sodass ihm andere Buben zuvorkamen.

Willem seufzt innerlich. Auch bei Lisbeth ist er zu spät

gekommen, viel zu spät, und muss ertragen, dass sie mit Kreutzer ... – Aber der ist ja jetzt weit weg, kommt vielleicht gar nicht wieder. Trotzdem kann Willem doch nicht einfach aufspringen und Lisbeth küssen. Wie bei dem Kinderspiel. Als Mann muss er doch warten, ob die Frau ihn anschaut, anlächelt, ihm zeigt, dass sie ihn auch gernhat. So hat er es oft von dem Jost gehört, der sich mit Frauen gut auskennt.

Lisbeth lächelt nicht. Starrt nur auf ihre schnippelnden Hände. Also tut Willem das auch.

»Fertig«, sagt Lisbeth schließlich, rafft Speckgrieben und Knollenscheiben zusammen, geht damit zum Herd, setzt die große Pfanne aufs Feuer.

»Kann ich dir noch was helfen?«

Lisbeth schüttelt den Kopf. »Der Rest ist Weibersache«, sagt sie, »aber danke, dass du gefragt hast!« Zeigt sie nicht eine Spur von einem Lächeln? Tatsächlich, ihre Mundwinkel heben sich, die Augen aber bleiben ernsthaft auf die Pfanne geheftet.

Willem fasst Mut. Dass Kochen Weibersache sei, gelte aber nur für Eheleute, faselt er. So ein langjähriger Witwer wie er, der müsse schon selbst lernen zu kochen, wenn er nicht immerzu dasselbe essen wolle. Und während Lisbeth die Scheibchen scharf anbrät, würzt und auf die Teller verteilt, da gibt Willem ein bisschen an mit dem, was er sich selbst alles kochen kann: Ei mit Brotstücken, Milch mit Brotstücken, Weißkäse mit Brotstücken ... Und dann erzählt er von einem besonders guten Frühstück, das er sich immer richtet – aus Hafergrütze mit Milch und Äpfeln. Dass er das Rezept schon dem Franz verraten habe, der es aber leider nicht aufschreiben wolle. Es sei ihm zu schlicht, hätte der Franz gesagt. Mit ganz hochmütiger Miene.

Da lächelt Lisbeth so doll, dass ihre Augen einen Strahlenkranz bekommen, lädt das Essen auf zwei Teller, spricht ein Tischgebet und kostet vorsichtig.

»Hmmm, das ist gut. Wirklich gut. – Sie wachsen ähnlich wie Sonnenblumen, sagst du?«

»Mhhmm!« Willem hat den Mund voll. Es schmeckt ihm noch viel besser als bei den Pfälzern.

»Und man isst sie in Frankreich?«

»Mhhmmm«, versichert Willem und bedauert, dass er sich nicht besser gemerkt hat, was man ihm im Pfalzdorf alles über das Gewächs erzählt hat. Weil er von dem Gedanken, Lisbeth die Knollen zu schenken, so überwältigt war, hat er nicht mehr aufgepasst. Immerhin fällt ihm beim Stichwort Frankreich ein, was er noch Lustiges erzählen kann. »In Frankreich, da gibt es jetzt Männer, die sind Koch von Beruf. Sie haben in den Hofküchen von Fürsten und Grafen gelernt und arbeiten, wenn sie dort entlassen werden, in den großen und feinen Wirtshäusern für vornehme Reisende. Stell dir das mal vor, Lisbeth!«

Lisbeth staunt: »Als Gesinde?«

»Nein, nein, sondern ganz frei arbeiten sie, so wie Barbiere, die jederzeit weiterziehen können. Aber Koch, das ist in Frankreich ein sehr angesehener Handwerkerberuf mit einer Art Zunft. Köche tragen feine weiße Westen und Schürzen. Und auf ihren Köpfen haben sie große Hauben sitzen, wie Bäcker, aber mit einem hohen Rand. Fast eine Elle hoch ist der Hutrand.«

»Eine Elle hoch? Gell, das hat dir der Jost erzählt?«, fragt Lisbeth. Ihre elfenbeinweißen Zähnchen schimmern im Licht der Öllampe.

»Nein, der Franz!«

»Und woher weiß der's?«

»Ich glaub, vom Jost«, sagt Willem trocken.

»Das hat dem Fränzken gewiss gefallen!«, sagt Lisbeth und schaut so fröhlich, wie Willem sie noch nie hat dreinschauen sehn.

»Und ob! Er will jetzt am liebsten Koch werden!«

Da lacht Lisbeth los.

***Topinamburauflauf** (für 4 Personen)*
Wasche ein Pfund Topinamburknollen, schäle sie und schneide sie in daumendicke Scheiben. Schichte sie in einen Topf, würze sie mit Salz, Muskat, Ingwer und etwas rotem Pfeffer, übergieße sie mit Milch, sodass sie bedeckt sind, und gare sie bei kleiner Flamme. Verschlage drei Eier, einen Suppenlöffel voll Sahne und eine Prise Salz miteinander. Wenn die Topinamburscheiben fast weich sind, nimm sie aus der gewürzten Milch, schichte sie in eine Kuchenform, begieße sie mit dem Rührei und reibe etwas holländischen Käse darüber, bis alles bedeckt ist. Stelle die Kuchenform so in den Backofen und warte, bis das Ei gestockt ist und der Käse eine gebräunte Kruste hat. Sodann serviere den Topinamburkuchen mit Spinat oder Mangoldgemüse und einem Glas Weißwein für jede Person.

Aus Franz Vincent Müllers Kochbrevier *Die gute Volksküche*, erschienen zu Hamburg im Jahre 1802

Lisbeth lacht, dass ihr die Tränen kommen. Willem steigt das Blut in den Kopf. Jetzt. Jetzt wird er sie küssen! Nur eins muss noch heraus. Damit kein böser Gedanke mehr zwischen ihnen ist: »Tut mir leid, Lisbeth, dass ich neulich so garstig zu dir war!«

»Warst nicht garstig, ich war's«, sagt Lisbeth.

»Nein, ich!«, beharrt Willem.

»Nein, ich!«

»Gut, bevor wir uns wieder streiten: war'n beide garstig.«

Lisbeth lacht schon wieder, froh und silberhell, wie junge Mädchen auf der Kirchweih lachen.

Jetzt! Küssen! Willem reißt sich den Latz von der Brust, wischt sich die Hände damit sauber, springt auf – als sich ein Stimmengewirr mit deutlich nasalem Beiklang von draußen nähert und die Tür zur Gaststube auffliegt.

»Liiiisbeth, gibt's wohl eidn Brot und eidn Bier für udns?«

Der Emil hat ein halbes Dutzend Bauern im Gefolge.

»Maaaahlzeit«, sagen sie. Ein Geruch nach verrottetem Kuhmist macht sich in der Wirtsstube breit.

»Gern, kommt rein«, sagt Lisbeth. Das Lachen ist immer noch in ihren Augen, ihre Lippen schimmern feucht.

Willem drückt die Enttäuschung aufs Herz. Stumm schaut er zu, wie sie hin und her rennt, den Tisch für die Neuankömmlinge bereitet. Brot und Weißkäse schleppt sie auf großen Tellern an und für jeden Gast – auch für Willem – einen Krug Bier.

»Was dmachst du eigedndlich hier, Pachtdmüller?«, fragt der Emil und runzelt die Brauen.

»Bin auf dem Weg heim gewesen«, sagt Willem, »und wollt mich aufwärmen, genau wie du!«

»So? Aufwärdmedn?« Der Emil linst argwöhnisch zwischen Willem und Lisbeth hin und her.

Willem grinst sich eins und trinkt sein Bier aus. Dann geht er. Aber er wird wiederkommen. Bald! Mit der Seife!

17 Lisbeth und Willem

Dem Himmel sei Dank, sie sind abgereist, das Gesinde ebenso wie die Herrschaften mit dem Von und dem Zu im Namen. Waren so gottlos, sich Unmengen von Kartoffelsuppe mit Fleisch einzuverleiben, obwohl doch Fastenzeit ist. Fort, mitsamt ihren grässlichen Kindern, die zwar keine Suppe wollten, dafür das Trockenobst aus der Küche gestohlen haben. Und natürlich Bauchgrimmen bekamen, weswegen sich die Madame in Tränen auflöste und der Herr mit dem Von und dem Zu im Namen Lisbeth Vorhaltungen machte und drei Gulden einbehielt. Gott sei Dank, alle weg! Lisbeth streichelt das Wölfken, das sich um ihre Füße gewickelt hat und schläft. Das Wölfken hat ein struppiges Fell, spitze Zähne und ein freundliches Gemüt. Ein allzu freundliches Gemüt. Begrüßt schwanzwedelnd jeden Eindringling, weicht auf seinen noch ungelenken Beinen vor den Katzen zurück und lässt die Ohren hängen. Das wird sich ändern, wenn es groß wird, hofft Lisbeth.

Zufrieden zählt sie ihr Geld. Es reicht für wenigstens vier Wochen Leben. Sie legt es in die hölzerne Schatulle, die sie immer hinter dem Schrein versteckt. Wenn jetzt der Kreutzer nach Schlesien geschickt würde, sich vielleicht eine Gewehrkugel einfinge oder ein böses Fieber – ach, wenn er, egal ob tot oder lebendig, für immer jenseits des Rheins bliebe, wie glücklich könnte Lisbeth sein!

Sie fegt alle Zimmer aus, wischt die Fensterscheiben, erneuert die Lavendelsträuße, die Strohsäcke – da findet sie in der Bettstatt vom Luis etwas Buntes, ein zerfleddertes Büchlein mit lauter Bildern. Lisbeth staunt. Nackte Menschlein sind dort abgebildet in seltsam gewundener Stellung, Frauen und Männer, deren Leiber sich umeinander wickeln, ineinander verkeilen, rückwärts, seitwärts, waagerecht, lotrecht … Sie lächeln, die Menschlein, blicken verklärt den Betrachter an. Die Brüste der Frauen sind groß wie Kohlköpfe, die Geschlechtsteile der Männer von einem riesigen Efeublatt verdeckt. Vielleicht sollen die seltsamen Figuren das Alphabeth darstellen? Oder Ziffern? Runen? Lisbeth findet mühsam ein Teiwaz, ein Hagalaz, ein Jera, ein lateinisches T, eine 4 findet sie auch. Alles andere scheint keinen Sinn zu geben. Lisbeth blättert weiter. Alle Bücher haben ein Deckblatt, das weiß Lisbeth. Und tatsächlich entdeckt sie eine Seite, auf der richtige Buchstaben stehen, große lateinische Buchstaben. Lisbeth entziffert: K-u-n-s-t d-e-r L-i-e-b-e! Das klingt schön. Aber wieso denn ›Liebe‹?

Lisbeth besieht sich die Bilder noch einmal. Bei all den gewundenen Leibern bedecken die riesigen Efeublätter keineswegs nur die Geschlechtsteile der Männer, sie zeigen vielmehr genau die Stelle auf, wo das Glied des Mannes in den Leib der Frau eindringt! Pfui Teufel! Lisbeth schmeißt das Büchlein zum Abfall, wischt sich die Hände an der Schürze ab.

»Männer betrachten sich gern so was«, sagt die Mutter, die in der Küche hockt und Mohrrüben schält.

»Die Weiber in dem Büchlein sehen glücklich aus«, wundert sich Lisbeth. »Gelt, die Männer bilden sich gern ein, dass Weiber es auch mögen?«

Die Mutter zuckt die Achseln.

»Der Kreutzer hat von mir verlangt, dass ich juchze und stöhne, dass ich dabei Ja, Ja, Ja rufe. Immer musst ich heucheln, dass ich ihn mögen tät. Einmal musst ich sogar sagen: ›Ohne dich, Heribert, könnt ich nicht mehr leben.‹« Lisbeth lacht. »So blöde war nicht mal der Ochsenwirt, sich einzubilden, dass ich ihn lieb hab!«

Lisbeth holt den Absinth aus der Kammer, schenkt sich und der Mutter ein winziges Gläschen davon ein. Der Absinth tut gut, ist so bitter, brennt die Bitternis in Lisbeths Kehle fort.

Verbrennen wird Lisbeth das Büchlein! Sie fischt es aus dem Abfall, fasst es zwischen Daumen und Zeigefinger, schmeißt es ins Ofenfeuer, betrachtet, wie die Flammen es ansengen, mit schwarzen Zähnen allmählich fressen. Doch da lodern die Flammen auf, lodern rot und gelb, verstecken die Mutter im Rauch, gebären langsam den Indianer, erst den Kopf, dann die Arme, die Beine, zuletzt den Leib. Ohne Federschmuck und ganz nackend steht er vor Lisbeth, nur ein übergroßes Efeublatt bedeckt seine Scham.

Lisbeth hält den Atem an. Wie schön er ist! Viel schöner als die Männlein in dem zerfledderten bunten Buch. Und so rot! Seine Muskeln glänzen im Licht, sein Haar fällt wie Seide auf die mächtigen Schultern herab. Seine abgrundtiefschwarzen Augen ziehen Lisbeth zu sich heran. Wie magisch ist das. Er küsst Lisbeth auf die Lippen, küsst sie, wie niemals zuvor jemand sie geküsst hat, drückt seine feuchten Lippen in Lisbeths vor Schreck offenen Mund, drängt mit seiner Zunge an Lisbeths Zunge, saugt Lisbeth auf. Und Lisbeth saugt ihn auf. Wie trockene Erde die ersten Regentropfen aufsaugt.

»Aber ihre Seele gehört dem Herrn Jesus Christus«, sagt der heilige Bartholomäus, der unvermittelt aus dem Schrein steigt, sich bekreuzigt und wieder verblasst.

»How«, sagt der Indianer leise, hebt Lisbeth empor, trägt sie die Stiege hinauf bis in die Wäschekammer, bettet sie auf einen Berg frischer Laken, blickt ihr tief in die Augen, streichelt ihre Ohren, ihren Nacken, ihre Schultern. Niemals zuvor hat jemand Lisbeth dort gestreichelt! Es ziept den ganzen Leib hinauf und hinunter und Lisbeth windet sich wie die Frauen auf den bunten Bildern in Luis' Büchlein. Lisbeths Kleider fallen wie von selbst von ihr ab und der schöne Indianer streichelt Lisbeths Brust, Lisbeths Bauch, Lisbeths Scham. Zart und hart zugleich. Niemals zuvor hat jemand Lisbeth so gestreichelt! Sie krallt ihre Hände um seine Muskeln, spürt, wie sich sein Glied an ihren Leib drückt, spürt seinen heißen Atem. Lisbeths Lenden bäumen sich auf, drängen ihm entgegen, pochen wie verrückt. Lisbeth beißt in die Laken, um nicht laut zu kreischen, ihr Herz erhebt sich auf einer Wolke, ein Sternenregen umgibt sie …

Dann ein Ruf, ein Ruf von weit her. Die Wolke sinkt, das Pochen in den Lenden erlischt, ein ganz anderes Pochen klingt von der Wirtshaustür herauf – zart und hart zugleich. Dann ein Ruf wie ein Sternenregen: »Liiiiisbeth?«

Draußen steht Willem. Sein Kopf ist fast so rot wie der des Indianers. Willem überreicht ihr ein Päckchen, sie wickelt ein weiß schimmerndes Etwas heraus. Es sieht aus wie ein Stückchen Schweinespeck, aber es duftet nach Rosen! Nach lauter Rosen!

Der Müller ist nicht der Indianer. Und doch ist plötzlich Willems Mund auf Lisbeths Mund und Willem drängt mit seiner Zunge an Lisbeths Zunge. Er saugt Lisbeth auf. Und

Lisbeth saugt ihn auf wie trockene Erde die ersten Regentropfen aufsaugt. Nein, der Willem ist nicht der Indianer. Aber er ist ein lieber Kerl. Und die Mutter hat's gewusst!

Samstag. Der Hahn hat schon vier Mal gekräht. Die Sonne dringt durch die Ritzen des Fensterladens und sprenkelt Lisbeths Wangen, sprenkelt ihr langes Haar, das wie Honig übers Kissen rinnt, das leise und gleichmäßig schnaufende kleine Näschen, das schönste Näschen der Welt! Willem dreht sich auf den Rücken, verschränkt seine Arme hinter dem Kopf und wartet geduldig, bis sie aufwacht.

Draußen zwitschern die Amseln. Gackern die Hühner. Alle Welt scheint so glücklich wie Willem. Bis ein Wagen hektisch heranrappelt und ein gedehnter Schrei die Vögel wie die Hühner verstummen lässt. Dafür kläfft das Wölfken wie verrückt, rasselt an seiner Kette.

Lisbeth fährt im Bett auf. Aber Willem steht schon am Fenster, lugt hinaus.

»Klingt nach – Jost! Als ob er in Not wär!«

Er öffnet den Laden, sie blinzeln hinaus. Den Gehweg herbei torkelt Jost in zerfetztem Hemd.

»Ah, die Herrschaften haben hoffentlich gut geruht, miteinander!« Josts Stimme ist bitter wie Galle. Mit blutendem Daumen weist er zum Wagen, wo ein zerzauster senfblonder Kinderkopf zwischen den Planen klemmt. »Da, ihr beiden, hab euch, wie gewünscht, den Teufel hergebracht! Musst ihn erst mal fesseln, damit er mich nicht umbringt. Beim Losmachen hat er mir fast den Finger abgebissen. Hütet euch, in seine Nähe zu kommen, eh er eingeschlafen ist!«

Sagt's, strauchelt und sinkt in sich zusammen. Das Wölfken ist still.

Lisbeth wirft einen ungläubigen Blick zum Wagen hinüber, der Kinderkopf ist aus den Planen verschwunden. Sie beschließt, als Erstes den armen Jost zu versorgen, verpflastert seinen Daumen, quartiert ihn im besten Zimmer ein und packt ihn mit einer Wärmflasche ins Bett. Weil er es unbedingt so will, verabreicht sie ihm zwanzig Tropfen von der Baldriantinktur, die er selbst im Angebot hat, für einen halben Gulden das Fläschchen auf den Märkten verkauft. Willem schirrt unterdessen das Pferd ab, tränkt es und bringt es im Stall unter. Und dann warten sie beide, wortlos auf der Bank vor dem Wirtshaus hockend, dass das senfblonde Rätsel freiwillig aus dem Wagen klettert. Oder wenigstens etwas vermeldet. Vergeblich.

»Bin doch jetzt dein lieber Onkel«, versucht Willem schließlich sein Glück mit gutem Zureden.

Doch *lieber Onkel* ist, so scheint es, ein ganz falsches Stichwort. Kaum dass er es ausspricht, taucht das Puttengesichtchen wieder zwischen den Planen auf, um sich sogleich in eine Dämonenmaske zu verwandeln. Und kreischt, dass die Spatzen der Umgebung davonflattern. Als Willem dennoch wagemutig hinübergeht, um den Schreihals behutsam und freundlich aus dem Karren herauszuheben, bevor die am Himmel sich auftürmenden Wolkenberge die Sonne verdecken oder gar Regen herabschicken, da holt er sich eine Ladung Spucke ins Gesicht.

»Was muss sie gelitten haben«, sagt Lisbeth, trocknet Willem Augen und Wangen.

Sie beschließen, den Franz vorzeitig aus der Schule zu holen. Denn wenn Hannegret ihren Bruder erkennt, dann wird sie wohl Vertrauen schöpfen, so glaubt Willem, und dann wird alles gut.

Willem sattelt Lisbeths Gaul und macht sich auf den Weg, beschwatzt den Lehrer und unterschreibt schließlich kopfschüttelnd ein vorgefertigtes Entschuldigungsschreiben, dass sich der Schüler Franz Vincent Müller dem Unterricht aus dringenden familiären Angelegenheiten, als da sind Taufe, Hochzeit, goldene Hochzeit, drohendes Ableben oder Beerdigung, entfernen darf. Das Zutreffende muss angekreuzt werden. Willem entscheidet sich für *drohendes Ableben* und eilt mit dem aufgeregten Franz auf dem kürzesten Weg zurück.

»Hannken, Hannken«, jubelt der Franz, rast trotz aller Vorwarnung wie ein wilder Eber auf den Planwagen los, klettert hinein, taumelt den Augenblick später schreiend wieder heraus, beide Hände vor den Hosenlatz gepresst. Das Wölfken jault mit.

»Das hat sie früher nie gemacht«, versichert der Franz und versucht, kaum dass er sich erholt hat, sein Glück noch mal aus sicherer Distanz. Ruft ihr zu, dass er doch der Vincent ist, dass er doch ihr Bruder ist, spricht von der lieben Mutter, dem Vater, der Bäckerei und den vielen Kuchen, von dem Garten, wo sie immer Räuber und Prinzessin gespielt und so viel gelacht haben …

Endlich tritt Hannegret in voller Gestalt aus der Plane heraus, umhüllt von einem grauen Filz, aus dem ein schreiend rotes, viel zu kurzes Kleidchen hervorblitzt. Sie steckt einen Daumen in den Mund, drückt sich ein schmutziges Hasenfell ans Ohr. Und schweigt. Ihr Blick fliegt über den Gehweg, das Wirtshaus, den Hund an der Kette, über Lisbeth und Willem hinweg, bleibt an Franz hängen – nichts. Sie umklammert ihr Hasenfell wie ein Hungernder einen Laib Brot und verschwindet hinter den Planen.

Der Franz bricht in Tränen aus, muss mit viel Baldrian und noch mehr guten Worten getröstet werden. Willem lenkt, zur Vorsicht mit einem Stock bewaffnet, den Wagen mit der kleinen Hannegret in die Scheune für den Fall, dass Regen oder ein kalter Wind aufkommt, und zieht mit Franz und Jost zu Fuß zur Mühle. Für den nächsten Tag ist in aller Herrgottsfrühe eine Fuhre aus Kevelaer mit sechs Sack Roggen angekündigt, da werden jede Hand und jeder Buckel gebraucht.

Lisbeth bedient zwei Handlungsreisende, die am Abend einkehren, mit Bier, Brot und einem frischen Bett, wartet geduldig, bis sie schlafen. Dann huscht sie zur Scheune hinüber, legt eine Wolldecke ab, stellt einen Topf mit warmem Giesbrei hin, flüstert nichts als »Gute Nacht, kleine Hannegret« und geht davon.

»Was müssen die ihr angetan haben!«, sagt die Mutter, die im Ofenfeuer auf Lisbeth gewartet hat, schwebt zum runden Tisch und mischt einen Stapel Tarockkarten. Den haben die fremden Handlungsreisenden liegen lassen.

Lisbeth holt sich eine Tasse Milch, etwas Honigbrot, zieht einzelne Karten aus dem Stapel, betrachtet kauend die Bilder. Schellen, Schwerter, Herzen, Blumen, ein König, eine Dame, ein Narr …

»Schade, dass ich's nie gelernt habe, sie richtig zu lesen.«

»Lässt sich nachholen«, versichert die Mutter, mischt die Karten erneut und legt mehrere kleine Stapel aus. Lisbeth weiß noch, mit solchen Karten konnte die Mutter hellsehen. Sie deckte sie nacheinander auf und machte eine Geschichte aus den Bildern. So ein bisschen stimmte die Geschichte immer.

Da! Im ersten Stapel sind ein Wagen, ein Narr, ein Blitz. Der Narr ist der Held, er sitzt im Wagen und hat Angst.

Jetzt folgen das Ass, die Zwei und die Drei, keine Dame, kein Bube – das heißt, dass der Narr allein ist, keine liebenden Menschen bei sich hat.

Ein feiner Luftzug strömt in die Wirtsstube, lässt die Kerze aufflackern und stülpt die lose auf dem Tisch liegende Narrenkarte um und nochmals um, bis sie vor der dampfenden Milchtasse liegen bleibt.

Lisbeth staunt.

»Das bedeutet, dass der Narr vom Wagen ist und noch Hunger hat«, sagt die Mutter und deutet zur Tür, die einen Spalt weit aufklappt.

Lisbeth erschrickt. Da steht ein Wollflieshaufen mit Kapuze und Hasenfell, bückt sich und reicht die leere Griesbreischale durch den Türspalt.

Das Wölfken, das zusammengerollt neben dem Ofen döst, öffnet ein Auge.

Lisbeth springt auf. »Willst noch was haben, Hannegret? Milch vielleicht? Ein bisschen Honigkuchen?«

Die Flieskapuze nickt heftig.

Lisbeth geht zur Tür, füllt Milch aus ihrem eigenen Becher in die Schale, reicht einem ausgestreckten schmutzigen Händchen ein Stück Kuchen. Das Händchen stößt zu wie ein Falke, zieht sich in den Wollflieshaufen zurück, der im gleichen Augenblick in die Dunkelheit entschwindet.

Lisbeths Herz schmerzt vor Enttäuschung.

»Kannst doch nicht erwarten, dass es so schnell geht wie bei den Tarockkarten«, sagt die Mutter.

Honigkuchen mit Nüssen

Vermische ein Pfund Weizenmehl mit je einer Prise gemahlener Nelken, Zimtstangen, Anissamen und geriebe-

ner Muskatnuss. Hacke drei Handvoll Nüsse sehr klein. Löse einen Teelöffel Pottasche und einen Teelöffel Hirschhornsalz getrennt voneinander in etwas Wasser auf. Rühre nun ein halbes Pfund Honig und ein halbes Pfund Rübenkraut mit drei Esslöffeln Wasser an und erhitze sie so weit, dass ein eingetauchter Finger sich noch wohlfühlt. Gebe das gewürzte Mehl zusammen mit den Haselnüssen, der aufgelösten Pottasche sowie dem Hirschhornsalz hinein und knete den dabei entstehenden Teig gründlich durch. Lasse selbigen nun einen Tag lang im kühlen Keller ruhen. Rolle ihn sodann mit etwas Mehl etwa streichholzdick aus, schneide kleine Küchlein mit einem Messer zurecht und verteile sie auf genässte und bemehlte Backbleche. Lasse sie so in einem mäßig heißen Backofen eine gute Viertelstunde gar werden.

Aus Franz Vincent Müllers Kochbrevier *Die gute Volksküche*, erschienen zu Hamburg im Jahre 1802

Was der Jost alles weiß! Sitzt am nächsten Sonntagmittag nach der Kirche mit ein paar Männern aus dem Dorf am Wirtshaustisch, schmaucht sein Pfeifchen, trinkt sein Bier und erzählt von den wenigen Überlebenden von Lissabon, wie sie verwundet und verkrüppelt durch ihre zerstörte Stadt streichen, wie sie in den Ruinen verzweifelt nach den Leichen ihrer Weiber oder Männer, ihrer Väter, Mütter, Kinder suchen und nichts zutage fördern als unkenntliche, verbrannte oder verweste Körperteile. Wie sie in den unzähligen Haufen aus Stein und verkohltem, zersplittertem Holz nach ein paar Habseligkeiten wühlen und doch nur die Ratten aufscheuchen. So erzählt der Jost, als wäre er erst kürzlich mitten durch Lissabon gewandert und hätte es mit eigenen Augen gesehen. Und alle lauschen seinen Berichten, auch Lisbeth und das Fränzken.

»Woher hast du das alles?« Willem kann sich die Frage nicht verkneifen.

Jost lächelt verlegen, nippt an seinem Glas.

»Ist halt ein Barbütz und hellsichtig«, sagt der Schäfer-Karl.

»Gewiss ist alles so, wie er's erzählt. Wie soll's auch anders sein?«, sagt der Schmied.

»Viele von den Überlebenden in Lissabon sind ganz verrückt im Kopf geworden von all dem Grauen«, redet der Jost weiter. »Manche wissen nicht mehr, wie sie heißen und wer sie sind. Da ziehen vormalige Fürsten und Grafen durchs Land, die sich von ihren Leibeigenen haben vertreiben und weismachen lassen, sie seien Bettler und Strauchdiebe seit Geburt.«

Willem grinst. »Das wär was, wenn ich meinem Pachtherrn einreden könnt, die Mühle wär mein und er wär der Pächter und ich müsst ihm jetzt kündigen.« Gelächter bricht aus und fast jedem fallen ein paar Mitmenschen ein, die er in solchem Fall auf simple Weise loswerden könnte.

Das Fränzken bleibt nachdenklich, merkt, worauf der Jost rauswill.

»Bestimmt hat auch die Hannegret ihre Erinnerung verloren, weil die in Herzogenbusch so gemein zu ihr waren.«

Lisbeth nickt, streichelt ihm durchs Haar. Die Erklärung gefällt ihr jedenfalls besser als das, was die Leute im Dorf sich erzählen, dass nämlich der Teufel in das kleine Wesen gefahren wäre, das da in Lisbeths Scheune hockt, nicht herauskommt und immerzu ohrenbetäubend kreischt, wenn sich jemand – außer Lisbeth – nähert. Der Teufel suche sich nämlich gerne die Kleinen und Schwachen aus und man müsse ihn erbarmungslos austreiben, um wenn nicht deren Leib, so doch wenigstens deren Seele zu retten. So reden die Leute und haben schon den Pastor zu Lisbeth geschickt. Aber Lisbeth hat ihn beschwichtigen können, hat versichert, dass das Kind keineswegs boshaft oder gar teuflisch sei, sondern nur verängstigt. Lisbeth wolle es erst einmal mithilfe des Rosenkranzes versuchen. Das hat dem Pastor gefallen. Er hat Lisbeth gesegnet, vier Glas Bier für umsonst bekommen und ist in sein Pfarrhaus zurückgewankt. – Der Teufel in der kleinen Hannegret? Was für ein Unsinn! Bei den vielen Zaunrüben und Allermannsharnischen, die der Jost auf seinem Wagen spazieren fährt, hätte der Teufel schon längst Reißaus genommen!

Nach dem dritten Glas Bier läuft der Jost zu noch größerer Form auf, seine Wangen glühen, seine Augen leuchten. Er palavert von der Liebe und den Frauen, von den Kartoffeln und den Indianern, den Gelehrten dieser Welt und den Schaustellern, welche nichts anderes als verhinderte Gelehrte seien und viel klüger als diese, weil sie nicht nur mit den Augen, sondern auch mit dem Herzen sähen. Alle hängen an seinen Lippen. Außer Willem, der lieber Lisbeth zulächelt und dem Fränzken das Bier einteilt.

Dann spricht der Jost von seiner Liebe zum Niederrhein. Von den herrlichen Wäldern und Wiesen, von der anmutigen Niers, von all den Dörfern und Städten zwischen Krefeld und Nijmegen, die obschon nicht reich, gleichwohl blühend und duftend seien und ein wahres Paradies. Hier wolle er bleiben, sagt der Jost, hier am Niederrhein, weil er sich hier wohlfühle. Sagt's und streichelt die Katzen, die ihm immerzu um die Beine gehen. Dass er vielleicht in Kürze eine Barbierstube in Goch eröffnen werde, sagt er und verspricht, dass dann jeder Mann, der heute in dieser Wirtstube sitzt, eine Rasur für umsonst bei ihm haben soll. Und verkündet, dass es gewiss bald so weit sei, denn ein preußischer Major habe fest zugesagt, dafür zu sorgen. Das sei ein einflussreicher Mann, dieser Major, und seit einiger Zeit am Niederrhein stationiert, obwohl derzeit in dringenden Staatsgeschäften in Berlin unterwegs, aber sicher bald zurück, sodass er den Antrag vom Jost alsbald bewilligen werde.

Alle johlen, gratulieren dem Jost, prosten ihm zu. Alle außer Willem.

»Wie heißt er denn, dein Major?«, fragt er und knetet sein Kinn.

Lisbeth beißt sich auf die Lippen, die Ahnung, die sich ihr aufdrängt, schnürt ihr die Kehle zu.

»Darf ich nicht sagen, ist doch alles noch geheim!«

»Ach komm, wir erzählen's nicht weiter«, verspricht Willem, schickt Lisbeth einen sorgenvollen Blick.

Natürlich schwören auch alle anderen hoch und heilig, nicht zu verraten, wie dieser freundliche preußische Major heißt. Da lässt der Jost sich erweichen, nimmt einen tiefen Schluck Bier und sagt: »Kreutzer.«

Alles schweigt. Der Name hallt in Lisbeths Ohren. Willem spuckt dem verdatterten Jost ins Gesicht.

18 Jost

Aus dem Tagebuch eines Unbekannten, undatiert, gefunden im Nachlass des Küchenmeisters Franz Vincent Müller, 1822 in Hamburg.

Nicht allein alle Namen sollen meinem Fahrtenbuch fürder egal sein wie modernde Köttel am Wegrand, sondern auch Zeiten und Schauplätze sollen darin so unkenntlich sein wie das Erdreich, zu dem jene allmählich verwittern, zumal wenn unsere Welt, wie jetzt überall zu lesen ist, nur ein jämmerliches Gestirn ist in der ewigen und unendlichen Weite des Himmels, nicht anders als jene Sterne, die uns am Firmament erscheinen, die stetig auf- und niedergehen, sich umeinander drehen und uns foppen, dass wir denken, sie seien zu unserer Freude und Orientierung geschaffen, dabei vielleicht Menschen wie uns beherbergen und Schicksale spinnen, denen kein einzelner Gott mehr Herr werden kann, sodass auch der frömmste Christ an diesem Gedanken verzweifeln mag. Doch wie es einesteils ein schauriger Gedanke ist, dass wir Menschen in diesem Universum leben wie die Insekten auf einem Blatt, welches doch nur eines von vielen an einem Baum ist, und der Baum nur einer von vielen in einem Obstgarten, so mag es andererseits tröstlich für einen fahrenden Gaukler sein, sich keineswegs wie eine träge Laus zu fühlen, welche dazu verdammt ist, die dörren Blätter zu fressen, auf denen sie hockt, sondern frei wie eine Biene zu fliegen, den süßen Nektar der Blüten zu trinken und weiterzuziehen, ohne über Zeit und Raum nachzudenken.

Das Dumme ist, dass manche Blüte so heimelig süß schmeckt und eine Biene nicht anders kann, als sich ihr immer wieder zuzuwenden, was Schmerz beschert, wenn sich die Blüte vor der Biene zu verschließen beginnt! Ich spüre deutlich, dass ich es mir mit meinen Wahlverwandten verwirkt habe. Mein Freund W. lenkt ein, sagt, ich könne ja nicht gewusst haben, was der Major für einer ist, ich wär dem halt auf den Leim gegangen, weil ich so ein herzensguter Kerl wär und mir nicht vorstellen könnt, dass es neben meinem eigenen bisschen Hochstapelei und Hurerei Schlimmeres und Gemeineres in der Welt geben könnte. So feixt er, lacht und haut mir auf den Ast, dass ich mir die Seele aus dem Leib husten könnt, und doch schaut er mich manches Mal so scheel von unten herauf an, als wüsst er nicht recht, ob ich nun Freund oder Feind wär. Und der Bub ist plötzlich recht einsilbig zu mir, obwohl er den Major nicht kennt, gar nie gesehen hat, aber er hält sich an alles, was W. sagt, und an das wenige, was L. sagt, hält er sich sowieso, egal ob es Kochrezepte oder geheimes Rosenkranzbeten sein mögen. Ohnedies hat er, so scheint es, einen angeborenen Rochus auf alles, was Bajonette, Spitzhüte und goldene Litzen trägt, welches W. mir neulich damit erklären wollt, dass der Bub ein viel zu gutes und reines Herz hätt, um andere Menschen totzuschießen. Doch der Bub hat dazu die Achseln gezuckt und erklärt, dass er vor allem nicht selbst totgeschossen werden will, nur weil gerade Krieg ist, was zeigt, dass er ein weiser junger Mensch ist, welcher mir wohl gefällt.

Sein verrücktes Schwesterchen hat unterdessen sein Hasenfell gegen den Schoß der lieben L. eingetauscht, kraucht zwischen ihren Röcken einher, linst aus ihrer Schürze, um sich sogleich wieder darunter zu verkriechen, und gibt ihren Schoß nicht auf, ehe es darin eingeschlafen ist. Indes, es schreit nicht mehr herum, das Kind, dass die Wände wackeln und die Scheiben klirren, sondern steckt seinen Daumen in den Mund und lächelt sogar ein klein wenig, wenn ich zu ihm spreche und ihm erkläre, dass die Welt zwar manchmal gemein, aber doch meistens gut ist und dass man keine Angst haben muss, und dann zeige ich ihr auf, wie sich der große junge Hund von L. vor den beiden kleinen Katzen fürchtet, nur weil er nicht weiß, wie stark er in Wahrheit ist. Dann füllen sich ihre Kulleraugen für einen Moment mit Zuversicht und schauen zu mir auf, dass mir das Herz wehtut, und wenn ich denn weiter alle Welt täuschen muss, um meinen Unterhalt zu finden, so hab ich mir doch geschworen, diese Kulleraugen niemals zu belügen, komme, was da wolle.

Warum, zum Teufel, wenn sie ihren Bruder vergessen hat, der weiß Gott ein lieber Kerl ist, und ihre offenbar recht fürsorgliche Herkunft, warum sollt sie nicht bald die Sauereien vergessen, die man ihr angetan hat? Ist denn die Vergesslichkeit der Seele nicht ein bisschen gnädig mit uns und löscht auch unsere ärgsten Erinnerungen, sodass wir wieder unbeschwert die Welt betrachten können?

Am besten gefällt mir dieser Tage die schöne L., wie sie mit dem Kind am Bein umherschreitet, als sei es gar keine Behinderung, als sei es im Gegenteil die reinste Freude, uns so das Bier aufzutragen, das Rührei mit dem Schinken zu servieren, und redet immerzu lieb mit dem Kind, steckt ihm gedörrte Apfelschnetzen und Süßholzwurzeln hin, an denen es gierig knabbert. Und lächelt derweil W. zu, der vor lauter Glück wie auf Wolken geht.

So sind sie denn alle ganz eins, die zusammengewürfelte Familienschar, ich freilich bin nur der geduldete Onkel, der zwar immer hilfreich war, aber auf den fürder kein Verlass ist, weil er sich mit den Preußen eingelassen hat, mit einem von der Armee sogar.

Aber doch nur, weil ich auch ein klein wenig an mich selbst denk, weil ich mich doch gern niederlassen will in der Stadt, die mir gefällt und die nah bei ihnen ist, und weil ich das Glück hab, einen zu kennen, der mir alles richten könnt.

Ja, es schreckt und verwundert mich, was sie mir über den Major erzählen, denn wenngleich ich wohl glaube, dass er ein Großkotz und Nassauer ist, vermag ich mir nicht vorzustellen, dass er Menschen, welche ihm nichts Übles getan haben, so malträtiert, wie sie es schildern, war er doch zu mir immer freundlich und aufmerksam. Mag sein, sie haben ihn dazu herausgefordert, haben den Preußenhass in ihrem Blick nicht bändigen können, auch mag es sein, er konnt den Reizen von L. nicht widerstehen, denn er ist eben ein Mann und wer wollt es ihm verübeln? Und hat geglaubt, er könnt sie sich nehmen in seiner Stellung. So denke ich, dass er im Grunde ein anständiger Mensch ist und sich zurückzieht, wenn ich ihm aufzeige, dass er ihrem Glück im Weg ist, und ich werde ihm Dirnen in der Stadt nennen, welche gern und billig zu Willen sind, sodass seine Männlichkeit anderweitig gut bedient wird.

Schluss mit Grübeln, ich muss mich auf morgen vorbereiten, denn ich soll mich, meinen Antrag auf Einbürgerung betreffend, nach Mittag im Rathaus einfinden, so steht es in einem Schreiben, welches man mir überbracht hat. Ich möge gewaschen sein und anständige und meinem Stande angemessene Kleidung tragen, so schreiben sie, was sich machen lässt, da mir L. Hemd und Rock ihres verstorbenen Manns geschenkt hat und beides gut passt. Meine Urkunden hab ich kürzlich neu gefertigt, da die alten zerfleddert und vom Regen verwischt waren. Es sind schöne Papiere mit einem Stempel aus Trier, wo so viel Wein wächst, dass es mehr davon gibt als sauberes Wasser, und alle Einwohner ihm frönen vom Morgen bis zum Abend, auch die Amtleute, welche infolgedessen noch weniger ein Gedächtnis haben als unser geisteskrankes Mädelchen und nicht wissen, was sie am Vortag unterschrieben haben.

19 von Wolzogen

»Wat seh ick da von ferne? Bei die rote Laterne? Ein blond jelocktes Mägdelin, dat lässt uns alle rin, alle rin …«

Trotz geisttötender Grölgesänge aus heiseren Kehlen, trotz des peinigenden Gescheppers von rostigen Bajonetten ist Major Kreutzer ganz offenbar auf seinem Ross eingeschlafen, schnauft laut und gleichmäßig, während sein Pferd mit angelegten Ohren und geblähten Nüstern durch die Pfützen der westfälischen Börde watet. Der Bauch des Majors Kreutzer wabbelt bei jedem Schritt, doch sein Leib wankt keinen Deut, das Hinterteil scheint am Sattel festgewachsen. Giselher von Wolzogen staunt. Nach dem Regelwerk der Natur müsste der Mann herabsinken, müsste in den Schlamm stürzen, was für seine Gefolgschaft gewiss eine Genugtuung wäre! Nach dem Regelwerk des Militärs hätte dieser Mensch eiligst einmal abspecken müssen, hätte selbst Disziplin einüben müssen, um sie anderen abverlangen zu können, hätte womöglich zwecks Nacherziehung in eine der strengsten Militärschulen des Königreichs einrücken müssen, ehe man ihm ein Manöver wie dieses anvertraut. Doch bei einer Dragonerkompanie gelten keine Regeln. Das hat von Wolzogen bereits vor Tagen lernen müssen.

Es gibt keine Vorhut, keine Nachhut, keine klare Dienstordnung, geschweige denn einen strategischen Plan. Ein formloser Haufen von rund hundert Mann – nicht einmal exakt gezählt sind sie – reist auf Gäulen, die längst das Gnadenbrot erhalten müssten, und mit zehn desolaten Leiterwagen voller Tartoffeln zur Saat, welche seine Majestät hat aus dem Vogtland importieren lassen. Denn dort soll es eine hohe Qualität geben, in länglicher und hübsch hellroter Form, die die Menschen dort freiwillig anbauen und verzehren, so heißt es. Ansonsten ist nur das ungefähre Ziel des Ritts bekannt: der Niederrhein. Die dort ansässigen freien Bauern sollen selbige Früchte spätestens Ende April in die Erde schaffen – wo immer ein guter Boden brachliegt, so lautet die Ordre. Dafür sollen die Dragoner sorgen. Der Major indes trägt in Begleitung von Wolzogens die Verantwortung dafür, dass Tartoffeln und Dragoner überhaupt am Niederrhein ankommen, damit beide – unterstützt von der regionalen Administration – ihrer Bestimmung genügen.

Dass die Tartoffeln heil und vollzählig den Niederrhein erreichen werden, ist wahrscheinlich. Die Dragoner dagegen sind bereits jetzt um drei Mann vermindert, da es dem Major gefallen hat, zwei von ihnen unter die Erde zu saufen und einen weiteren standrechtlich zu erschießen, weil der ihn Fettsack genannt hat.

»Dat blond jelockte Mägdelin, dat kriegt die Fotz nich voll genug, da kommt keen Eber dran vorbei …«

Von Wolzogen spürt Ekel aufsteigen. Nicht dass er von den derben Sitten der Truppe überrascht wäre, doch als er neulich Sr. Majestät dem König den Plan vortrug, Dragoner zur Durchsetzung der Ordre Circulaire über den Kartoffelanbau hinzuzuziehen, war es ihm keinesfalls in den Sinn gekommen, selbst und in eigener Person eine solche Kompanie zu begleiten. Schließlich ist er schon seit jungen Jahren nicht in der Lage, weiter als zehn Schritt weit klar zu sehen, und damit ungeeignet für den Einsatz im Gelände. Stattdessen ist er wegen ausgezeichneter schulischer Leistungen für eine Laufbahn im königlichen Sekretariat vorgesehen. Und gewiss wäre es Se. Majestät nicht in den Sinn gekommen, ihn mit einem derart schnöden Auftrag zu bedenken, hätte nicht der wenig geschätzte Schwiegeronkel, der da schnarchend von seinem Pferd durch die Lande bewegt wird, von Wolzogens Gesellschaft von Sr. Majestät als einen Gefallen erbeten. Er, Major Kreutzer, ersuche hiermit untertänigst darum, dass ihn sein *lieber junger Neffe* in der anvertrauten Mission an den Niederrhein begleiten dürfe, damit des Majors Herz nach den vielen Wochen verwandtschaftlicher Entbehrung eine Freude habe. So hatte es der Schwiegeronkel dem König in einer Eilbittschrift angetragen, gleich nachdem er erfahren hatte, welch wichtige Rolle von Wolzogen im Zusammenhang mit der Ordre Circulaire zugefallen war. Freilich ohne sich zuvor von dessen Interesse an einer gemeinsamen Reise zu überzeugen, wovon Se. Majestät ganz offenbar ausgegangen war, denn er hatte der Bitte des Onkels ohne Rücksprache stattgegeben.

Oder hängt womöglich doch alles mit dem Tüchlein zusammen, welches Se. Majestät nach Diktat der Ordre fallen ließ? Lästerliche Zungen behaupten, es sei stets ein Zeichen, Se. Majestät in deren Gemächer zu folgen, was von Wolzogen falsch gedeutet habe und nun in Ungnade gefallen sei. Mochte es tatsächlich so sein, dass Se. Majestät mit solchem Wink junge Männer zu sich beorderte, um sich mit ihnen Leibesvergnügungen zu widmen, die im bürgerlichen Stande und vor Gott nicht vorgesehen sind? Dieser Gedanke lässt von Wolzogen noch mehr erschaudern als das derbe Liedgut des Dragonerhaufens. Falls diese Interpretation nicht böswillige Kolportage ist, wieso kleidet und geriert sich der König derart nachlässig, um nicht zu sagen, degoutant, dass kaum einer auch nur auf den Gedanken verfallen kann, es sei ihm um die leibliche Gunst irgendeines Menschenwesens zu tun?

Von Wolzogen liebt die Buchstaben, Ziffern und Gleichungen, er liebt die Rätsel der Astronomie und der Alchemie, die Epen der Antike. Er liebt seine Eltern, Großeltern und Geschwister. Er liebt seinen Rappen. Sonst liebt er nichts. Er hofft, eines fernen Tages eine fromme, wohlerzogene und möglicherweise lieblich anzusehende Tochter aus adeligem Stande zu ehelichen, mit welcher er Nachkommen zeugen wird, die dem guten Ruf seiner Familie gerecht werden. Ganz im Gegensatz zu jener Tante, Sybille von Wolzogen, eine jüngere Schwester seines Vaters, die in ihrer jugendlichen Unbedarftheit einen Fehltritt begangen und durch Heribert Kreutzer schwanger geworden war, was nur durch Verehelichung mit diesem Bastard reparabel erschien. Seit nun das Ergebnis jenes Fehltritts, zu allem Unglück auch noch als Zwilling auf die Welt gekommen, mittlerweile aus den Windeln ist und es in der Kadettenschule zu Potsdam zu guter Beurteilung gebracht hat, liegt der Tante nichts mehr an der Ehe, sodass sie den Scheidungsantrag eingereicht hat, unterstützt von der ganzen erlauchten Familie.

Welche Dreistigkeit also, von Wolzogen als seinen *lieben Neffen* anzugeben! Verbindet diesen Kreutzer und ihn doch nicht mehr als eine weitläufige Verschwägerung, eine unliebsame und in der Auflösung begriffene noch dazu. Gleichwohl benimmt sich dieser Mensch, als sei die Scheidung seiner Ehe keinesfalls eine Auflösung der Beziehungen, die ihn mit derer von Wolzogen verbinden. Welch eine Selbsttäuschung!

»Haarig, haarig, haarig is die Fotz, und wenn die Fotz nich haarig wär – hee-eee-eer – jauuu-uuu!«

Die Gesänge schwellen zu einem Johlkonzert an. Von Wolzogen wendet seinen Rappen, Major Kreutzer wird endlich wach, blinzelt aus verhangenen Augen auf zwei Gestalten, die aus den Pfützen ragen, mit Fäusten aufeinander losgehen und sich schließlich, aufgestachelt von der Menge, am Boden winden.

Der Kreutzer reißt seinen Braunen herum, prescht hin, brüllt, als ginge es um die Attacke auf den Feind, schwingt die Peitsche, lässt sie auf die Leiber am Boden niedergehen, noch einmal und noch einmal, zehn Peitschenhiebe zählt von Wolzogen. Alles ist still, Krähen kreisen am milchigen Himmel. Eine der Gestalten erhebt sich ächzend aus dem Schlamm, klettert auf sein Pferd, die andere scheint ohnmächtig, wird unter Anweisung des Majors bäuchlings über den Sattel gebunden.

»Weiter!«, donnert der Major, prescht wieder an die Spitze des Zugs, bringt sein Pferd so plötzlich zum Stillstand, dass der Schlamm neben von Wolzogen aufspritzt und in Klumpen niederregnet. »Es ist ein schwieriges Unterfangen, einen derart maroden Haufen zu befehligen, lieber Giselher. Excuse-moi, wenn ich mitunter eine etwas herbe Form der Sanktionage wähle, doch – wie der Volksmund uns sagt – gehört auf einen groben Klotz ein grober Keil!«

»Man sagt auch, dass alle Prügel aus einem Wolf kein Lamm werden lässt«, wendet von Wolzogen ein.

Der Major stutzt, nickt: »Meine Rede! Meine Rede!«

Von Wolzogen zieht es vor zu schweigen. Doch der Kreutzer ist nun auf Dialog aus, erzählt vom Niederrhein als seiner zweiten Heimat, wo die Städte ungewöhnlich schmuck und sauber seien, die Frauen sanft und keusch, nicht so dreist wie in Berlin. Er hoffe, sagt der Major und räuspert sich, von Wolzogens Gefühle nicht zu verletzen, wenn er ihm jetzt verrate, dass er demnächst in die Scheidung von dessen Tante Sybille einwilligen wolle. Er, Kreutzer, beabsichtige nämlich, sich am Niederrhein neu zu vermählen. Ein Mann wie er, gesund und in den besten Jahren, könne nun einmal nicht enthaltsam leben wie ein Wallach. Und dabei lacht er, hahaahohoo, und lässt seinen Braunen tänzeln.

»Eine Scheidung ist gewiss die vernünftigste Lösung, wenn eine Ehe nicht gedeiht«, beeilt sich von Wolzogen zu versichern. »Die Familie von Wolzogen, da dürfen Sie versichert sein, lieber Major, möchte Ihrem künftigen Glück keinesfalls im Wege stehen!«

Der Major grient vor freudiger Erregung, schildert von Wolzogen seine frisch Erwählte in allen Einzelheiten. Nicht nur eine recht ansehnliche Frau sei sie, mit bleichem und fein geschnittenem Angesicht, grazil und so weiter, sondern auch gut situiert, wenngleich nicht von Stande, was er, der Major, freimütig zugebe. Sie habe indes einen schmucken und einträglichen Gasthof geerbt, den sie allein zu bewirtschaften nicht in der Lage sei, zumal sie keine Kinder habe, die ihr helfen könnten. Was andererseits auch eine Eheschließung erleichtere. Er habe bereits zarte Bande mit ihr geknüpft, was von Wolzogen sicherlich tolerieren werde, da man ja erwachsen sei und sich die Lebenssäfte schließlich nicht durch die Rippen schwitzen könne.

Von Wolzogen spürt Übelkeit aufsteigen. Er tut, als müsse er austreten, lenkt seinen Rappen zum Wegrand und steigt ab. Schon baut sich der Kreutzer neben ihm auf, lässt sein Wasser in hohem Bogen an einen Baumstamm spritzen.

Von Wolzogens Blase krampft schmerzhaft, er wird nur wenige Tropfen los. Sie sitzen wieder auf.

»… und deshalb, mein lieber Neffe«, der Kreutzer lenkt sein Pferd dicht an von Wolzogens Rappen heran, welcher sich prompt steif macht, seine Mähne schüttelt, »wollte ich dich bitten, mein Brautwerber zu sein, wenn wir in wenigen Tagen in besagtem Gasthof einkehren …«

»Wozu?« Von Wolzogen tätschelt seinen Rappen am Hals, um ihn zu beruhigen. »Wenn Sie bereits zarte Bande geknüpft haben, wie Sie es nennen, braucht es keinen Brautwerber mehr. Zumal wenn sie keine Familie hat.«

Der Major druckst herum, sagt, sie wisse noch nichts von seiner Absicht, sie zu heiraten, und wiewohl sie darob froh sein müsse, sei mit einer gewissen Scheu zu rechnen, da sie zwar nicht mehr ganz jung, aber doch auch noch nicht so lebensweise sei, dem Schicksal nicht aus dem Weg zu gehen. So hoffe er, dass sie sich recht rasch von den Vorteilen einer Ehe mit ihm, dem Major, überzeugen lasse, wenn ein junger, strahlender Mensch mit adeligem Namen aus dem Beraterkomitee des Königs vor sie hintrete und ihre Hand für seinen Onkel erbitte.

Von Wolzogen stockt der Atem, sein Rappen tappt sperrig wie ein Fohlen, bleibt schließlich stehen. Daher weht also der Wind. Deshalb war der Alte so erpicht auf von Wolzogens Begleitung an den Niederrhein. Das erkorene Weib ist nicht recht willens, ihn zu heiraten. Und der *liebe Neffe* seiner noch nicht einmal von ihm geschiedenen Ehefrau soll es richten, soll seinen vermeintlichen Einfluss auf höchster Ebene geltend machen.

»Ich bin kein Verwandter von Ihnen, Herr Major, sondern der Ihrer Gattin. Wie stellen Sie sich das also vor?«

Der Major räuspert sich und reckt das Kinn, er spannt die Zügel an, dass sein Brauner zu sabbern beginnt. »Ganz wie ich's schildere! Mir scheint, dass ich die Vorstellungskraft eines gebildeten Menschen nicht überfordere. Sie werden zu ihr gehen, Sie werden mit ihr sprechen, Sie werden sie von meinen Vorzügen überzeugen. Und wenn sie in eine offizielle Verlobung mit mir einwilligt, so willige ich sogleich in die Scheidung von Sybille von Wolzogen ein.«

Von Wolzogen steigt das Blut zu Kopf, wie einem halbwüchsigen Schüler angesichts einer Dirne, die ihre Dienste auf offener Straße anbietet. »Man wird sehen«, sagt er leise, lenkt seinen Rappen zur Seite und betrachtet die grauen Wolken, die über den Horizont jagen.

»Danke, mein lieber Giselher«, freut sich der Major. »Wusste ich doch, dass ich mit deiner Hilfe rechnen kann.«

20 Jost

Aus den Aufzeichnungen eines unbekannten fahrenden Händlers, undatiert, gefunden im Nachlass des Gastwirts Franz Vincent Müller, 1822 in Hamburg.

Mir ist, als hätt sich aller Nebel der Welt auf mich gelegt, weil ich nicht mehr seh und hör, was um mich herum geschieht, weil ich nichts anderes mehr empfind als mein schmerzendes Herz. Der Stadtrat hat meinen Antrag auf Niederlassung abgelehnt. Von einer Fürsprache des Majors war den Amtleuten nichts bekannt. Im Gegenteil, so ließen sie verlauten, sei erst kürzlich einvernehmlich mit dem Major verfügt worden, dass fahrendes Volk, zu dem ich zähl, künftig längstens sieben Tage in der Stadt sowie im Umkreis bleiben darf, dann weiterziehen muss und frühestens drei Wochen später wieder einfahren darf. Für eine dauerhafte Niederlassung seien Referenzen von hohen Gnaden beizubringen, sagte man mir, andernfalls zähl ich nicht anders denn als Schausteller oder Zigeuner. Meine schönen neuen Papiere wollten sie nicht erst einsehen, denn es sei dem Stadtrat zu Ohren gekommen, dass ich mit Alraunenwurzeln handele und somit den Aberglauben beim Volke nähre.

Was bei Gott nicht wahr ist, denn die Wurzeln auf meinem Wagen sind allesamt von der Zaunrübe und nur mit Melasse dunkler gefärbt, aber niemand, der sich auskennt, würd sie je verwechseln außer natürlich denen, die unbedingt Alraunen darin sehen wollen, was, wie mir L. versichert hat, ohnedies egal ist, da Zaunrübenwurzeln noch viel besser gegen den Teufel helfen als Alraunen, aber den Vorteil haben, von der Kirche und der Obrigkeit nicht geächtet zu sein.

Ich sollte mich nicht länger grämen, denn es muss ein Irrtum sein, und gewiss ist es dem eiligen Aufbruch des Majors geschuldet, dass er versäumt hat, meinen Antrag zu unterstützen, und so wird er, sobald er wieder zugegen ist, alles richten nach meinen Wünschen, denn er schuldet mir ja nun einiges für meine Dienste. Mir aber bleibt vorläufig nichts anderes, als mich für einige Zeit von meinen lieben Wahlverwandten zu verabschieden und jenseits der Grenzen des Landkreises hin- und herzuziehen, um dort die Rückkehr meines Freunds und Gönners abzuwarten.

21 von Wolzogen

Wesel! Da ist es!

Giselher von Wolzogen äugt durch sein Spektiv, erkennt ein Bauwerk aus rotem und weißem Kalkstein, reich verziert, von Pfeilerarkaden im Halbkreis gesäumt, von ominösen Wallanlagen flankiert. Auf dem First ein bekröntes Wappen, das von Schwerter und Fahnen schwingenden Engeln umrahmt wird. Das muss das berühmte Berliner Tor sein. Er hatte in der Militärakademie Gelegenheit, die Baupläne zu studieren. Über viele Jahrzehnte wurden die Weseler Befestigungsanlagen geplant, verworfen, dann doch gebaut, erneut aufgegeben, weitergebaut, wieder umgestaltet – endlich auf Veranlassung des alten Preußenkönigs Friedrich Wilhelm I. fertiggestellt. Und mit diesem Tor geschmückt, als emphatischem Ausdruck der Verbundenheit Preußens mit der entfernten, durch Zufall und Erbfolge ergatterten Enklave im Westen.

Von Wolzogen wird feierlich zumute. Er richtet sich auf seinem Rappen auf, reitet im versammelten Trab auf das Bauwerk zu, um die aus schneeweißem Stein gehauenen griechischen Gottheiten näher zu besehen, stutzt, wendet sich angewidert ab. Vogeldreck! Fingerdick bedeckt Vogeldreck die Häupter der Minerva und des Herakles! Schlimmer noch: Die Stuckaturmedaillons links und rechts des

Haupttors, die Brüste der Minerva, der Phallus des Herakles weisen Flecke aus Lehm und Kuhdung auf, haben offenbar ein paar Bengeln als Zielscheibe für Wurfspiele gedient. Wieso lässt die Wachtmeisterei das Tor nicht reinigen?

»Ferkelei«, schimpft von Wolzogen, als Major Kreutzer herangeritten kommt.

Der nickt. »Völlig nackt! Wenigstens dem Mann hätte man was Kleidsames um die Lenden drapieren sollen.«

Ein Wachtposten schlurft herbei, verlangt den Passierschein und öffnet ohne ein weiteres Wort den Schlagbaum. Mit zwei Dutzend Dragonern und zwei Wagen voller Tartoffeln passieren von Wolzogen und Major Kreutzer das Berliner Tor, der größere Rest des königlichen Kommandos wartet in einem Nest namens Hamminkeln auf weitere Order.

Von Wolzogen blickt sich um. Weit und breit niemand, um sie abzuholen. Dabei hat er einen würdigen Empfang erwartet. Dass der versammelte Stadtrat sie willkommen heißt, dass die Gendarmerie samt Musikkapelle sie durch die Stadt geleitet, wie es einer königlichen Entsendung angemessen ist. Auch mit reichlich viel Volk, das zur Huldigung Se. Majestät die Straßen säumt, hat von Wolzogen gerechnet. Er hat eigens einen Tag Rast in Hamminkeln einlegen lassen und dafür gesorgt, dass sich der Dragonerhaufen vor dem Einmarsch reinigt, pfleglich kleidet und frisiert, die Pferde striegelt, die Wagen mit den Tartoffeln vom Schlamm säubert und mit weißen Wimpeln schmückt. Alles, um dem Volk am Niederrhein einen erfreulichen Anblick zu bieten. Und natürlich hat von Wolzogen rechtzeitig einen Boten nach Wesel entsandt, um die Ankunft für heute, zehn Uhr morgens, anzukündigen, zu einer Tageszeit also, wo es im April taghell ist und alle Welt auf den Beinen sein müsste.

Doch nicht einmal ein Huhn hat sich auf die Gassen entlang der Wallanlagen verirrt, die Haustüren sind geschlossen, die Fenster zu ebener Erde mit Tüchern verhängt. Hinter einer Buchenhecke reckt sich eine Vogelscheuche mit Dreispitz. Was sind das nur für Menschen hier! Man sagt ihnen nach, dass sie lieber unter sich seien, Fremden mit Scheu begegnen. Doch sind Entsandte ihres Preußenkönigs Fremde? Ist nicht Wesel seit mehr als zwei Jahrhunderten ebenso preußisch wie Brandenburg? Mag sein, dass das gemeine Volk lange unter der Willkür mancher Militärs zu leiden hatte, ohnmächtig mit ansehen musste, wie Vorräte geplündert, Eigentum geraubt, Eheweiber und Töchter missbraucht wurden. Doch das alles ist längst Vergangenheit. Se. Majestät Friedrich II., der großherzige, weise König, hat Plünderungen, Raub und Vergewaltigung strikt untersagt. Es mag ein paar Jahre gedauert haben, bis sich die Instruktionen in allen Provinzen herumgesprochen haben, doch seit fast einem Dezennium ist gewiss kaum etwas vorgefallen. Wenn doch, dann wurden die Delinquenten mit Gefängnis betraft, die Opfer entschädigt.

Und nun schickt Se. Majestät den Weselern ein Geschenk: Tartoffeln für eine neue Saat. Gewiss genug, dass sogar einige Knollen für die dringendste Not abfallen. Geht nicht ausgangs des Winters in vielen Küchen das Getreide zur Neige? Ist von Mehlwürmern zerfressen? Froh dürfte mancher sein, der einen Beutel voller Tartoffeln für sich, sein Weib und seine Kinder abbekommt! Was will es also noch, das Volk? Einen milderen und gütigeren Herrscher hatte es nie!

Die Dragoner sind, ohne das Kommando abzuwarten, von ihren Pferden gestiegen, lehnen sich an die sonnenbeschienene Stadtmauer. Manche fläzen sich im Gras und strecken die Beine von sich. Ist da Hohn in ihren Mienen?

Von Wolzogen besinnt sich, sitzt wieder auf. »Wir reiten ohne Eskorte die Hauptstraße hinunter, so gelangen wir gewiss zum Rathaus«, ruft er dem Major zu. »Dort laden wir die Säcke vor den Türen ab. Mögen die Herren Stadträte selbst das Vivendi beschließen und durchführen.«

»Aufgesessen!«, brüllt der Major, ordnet an, wie die Karren mit den Tartoffeln zu eskortieren seien – mit einer Viererreihe voran, Zweierreihen zwischen den Wagen und im Gefolge. Vornweg marschiert ein Trommler, um den Weg frei zu machen, was indes nicht nötig ist, denn die Straßen im Innern der Stadt sind ebenso leer gefegt wie jene nahe entlang der Wallanlagen.

»Gräme dich nicht, lieber Giselher«, brummt der Major. »Wir werden die Weseler lehren, eine Entsendung seiner Majestät dergestalt zu ignorieren …«

Da saust der erste Stein heran. Von Wolzogen hört ihn durch die Luft pfeifen, lenkt seinen Rappen scharf nach rechts, hat Glück, wird nur an der Ohrkuppe gestreift. Ein weiterer Stein prallt an seiner Schultertresse ab, der nächste trifft sein Pferd, das sich aufbäumt, ihn abwirft. Noch im Fallen erhascht von Wolzogen einen Blick auf ein paar davonrennende Hosenbeine, die von den Türen der Häuser rechts und links der Hauptstraße verschluckt werden. Ein dumpfer Schmerz meldet sich im linken Fuß, strömt bis in den Rücken. Stiefel und Pferdehufe scheinen sich umeinanderzudrehen, Peitschen knallen, Türen bersten, Fensterscheiben klirren, Weiber und Kinder kreischen, mittendrin ein Wagen mit Saatkartoffeln, die weißen Wimpel sind beschmutzt. Von Wolzogen wird ohnmächtig.

»Wir haben alle verhaftet, mein lieber Neffe. Alle!«

Die schmalen Lippen des Majors reißen mit jeder Silbe auf wie Bohnenschoten in der Sonne. Von Wolzogens eigener Leib aber scheint wie auf Meereswellen unter blauem Himmel dahinzuschaukeln, der umfangreich verbundene linke Fuß schaukelt als weiße Boje auf und nieder.

»Zuuuuu-gleich!«, kreischt jemand.

Die Meereswellen schwappen um von Wolzogens Leib, die weiße Boje schießt mit Pfeilen mitten in seinen Kopf. Doch da weicht das Meer auch schon zurück und die Pritsche schlägt hart auf den Fliesen des Weseler Spitals auf. Eine Bretterwand aus rohem Holz umgibt von Wolzogen und ein Geruch nach Stroh macht sich breit.

Die Bohnenschoten sind geblieben. »Ich werd die Kerls auspeitschen lassen. Die werden ihr Lebtag nicht mehr aufrecht gehen können! Verlass dich drauf, lieber Giselher!«

»Nicht doch«, presst von Wolzogen heraus. Der Fuß schmerzt bei jeder Bewegung. »Das waren nur dumme Jungs! Für die reichen ein paar Tage Kerker.«

»Und unsere verletzten, gedemütigten Dragoner dürfen sich an den Bauern schadlos halten. Was immer die mit denen machen, ich werd's decken!«

»Die Bauern müssen wohlauf bleiben – damit die Kartoffeln in die Erde kommen«, sagt von Wolzogen und versucht ein Lächeln. »Oder meint Ihr, wir könnten das selbst erledigen?«

Sein Einwand scheint nicht zu fruchten. Der Major verschränkt die Arme auf dem Rücken und stiefelt mit hochrotem Kopf seine Runden um von Wolzogens Krankenlager, malt sich lauthals allerlei Schikanen aus, mit denen er die Weseler strafen könnte.

Von Wolzogen hört nicht hin, denkt über die Missachtung der Stadträte, den Hass der Steinewerfer nach. Ob man ihnen in Kleve freundlicher begegnen wird? Das ist wenig wahrscheinlich. Und wie mag man in Geldern oder Moers zu den Preußen stehen, wo erst vor einigen Dezennien die Bastion am Rhein ausgebaut, die Stadtmauern geschleift, viele Einwohner verjagt oder gar getötet worden sind. Die Entsendung Se. Majestät wird in keinem dieser Nester wirklich willkommen sein. Anders wäre es vielleicht, wenn der König selbst und in höchsteigener Person den Niederrhein besuchen würde. Eine solche Zuwendung müsste Verbundenheit ausdrücken – mehr als ein pompöses Stadttor es vermag. Nur ein sich gnädig herabneigender König nimmt für Menschen einfachen Standes eine liebenswerte Gestalt an, vermag Hoffnungen und Sehnsüchte auf sich zu lenken. Von Wolzogen nimmt sich vor, Sr. Majestät diesen Vorschlag zu unterbreiten. Gleich nach der Heimkehr.

Sein verletztes Bein beginnt, vor Anspannung zu zittern, der Leib hängt in der maroden Pritsche wie ein Mehlsack. Von Wolzogen seufzt stumm in sich hinein. – Nein, dieser Vorschlag wird nicht fruchten, wird an dem eigenbrötlerischen König abprallen wie Regentropfen an einem blank gewichsten Stiefel. Jeder in des Königs Umgebung weiß, wie ungern dieser seine Kutschfahrten durch das jubelnde Berlin unternimmt, obwohl die Stadt seine angestammte Heimat ist. Andernorts? Reist er fast nur inkognito. Auch weiß ein jeder, dass des Königs Kinderseele noch immer den Niederrhein degoutiert, wo man ihn und seinen Freund Katte vor Jahrzehnten an den kaltherzigen Vater ausgeliefert hat. Der heidnische Niederrhein, wo nichts heilig ist außer vielleicht Odin und Yggdrasil – wozu selbst hinfahren? Nein, Se. Majestät wird von Wolzogen ob solchem Vorschlag aus seinen faltigen Glupschaugen ansehen, wird sein allerspöttischtes Lächeln aufsetzen und wie so oft sagen: »Das seyndt Narrenpossen.«

Ächzen und Stöhnen dringt aus einem Nebenraum, leise Schmerzensschreie. Von Wolzogen schließt die Augen. Er ist nicht der einzige Patient in diesem Spital, doch – dafür sei dem Major ausnahmsweise Dank – ist er einigermaßen abgeschirmt von den Nöten und Qualen anderer. Und kann nachdenken. Denn im Nebel der zur Schmerzlinderung verwendeten alkoholischen Dämpfe reift in ihm allmählich eine vortreffliche Überlegung: Muss denn Se. Majestät tatsächlich anreisen? Genügt es nicht, die bloße Absicht anzudeuten? Was wäre, wenn man in den Städten und Dörfern verkündete, dass Friedrich II., der neue gütige Preußenkönig, in wenigen Wochen die Provinzen zu bereisen beabsichtige, da es Ihm von höchster Priorité sei zu wissen, wie es seinen geschätzten Untertanen am Rhein ergehe. Was würde damit nicht alles in Gang gesetzt! Dieser König würde von allen, die ihn heute noch ignorieren wie einen fernen Stern, welcher glitzern mag, aber doch nichtig ist, da er die Nacht nicht erhellt, mit einem Mal geliebt werden wie die Sonne, angebetet wie ein Heiliger, herbeigesehnt wie ein Erlöser, der all die Mühseligen und Beladenen von der Willkür einheimischer Administration befreit, vor der Tyrannei der Fürstenhöfe und Bischöfe schützt, der sie sogar vor den Übergriffen nichtswürdiger Vertreter des Preußenkönigs selbst bewahren kann! – Beispielsweise vor diesem Major Kreutzer, der just aus lauter Langeweile Ärzte und Schwestern des Spitals umeinanderscheucht, ihnen mit dem Schafott droht, falls auch nur einer seiner tapferen Soldaten sein Leben verlieren sollte.

Ha! Noch weit mehr würde durch solche List erreicht! Denn wie einerseits das einfache Volk von einer Welle der Begeisterung ergriffen würde, so würde andererseits in so mancher Amtsstube Furcht und Schrecken einkehren. Einem aus offener Kutsche huldvoll winkenden König fliegen nicht nur die Herzen zu, auf den regnen auch die Petitionen nur so herab. Allerlei Schlendrian und Schlamperei, Vorteilsnahme, Ungerechtigkeit, Amtsmissbrauch, wie es sie gewiss auch am Niederrhein gibt, würden ans Licht kommen. Die Stadt- und Kreisbediensteten, besonders aber die Abgesandten aus Brandenburg müssten sich sputen, alle prekären Angelegenheiten noch vor Eintreffen Sr. Majestät ins Reine zu bringen – irgendwie. Zumal diesem eigenwilligen König der Ruf vorauseilt, mit Vorliebe zugunsten seiner Untertanen zu entscheiden und jedweden liederlichen Staatsdiener ohne weitere Umschweife zum Teufel zu jagen!

Was aber von Wolzogens ureigenste Mission angeht, so würden die Stadträte und Kreismeistereien mit Bauern und deren Gesinde ab sofort an einem Strang ziehen. Sobald verlauten würde, dass der König bei seinem Besuche selbstverständlich auch prüfen wolle, wie gut die von ihm entsandten Tartoffeln in der niederrheinischen Scholle gedeihen, da würde die Feldarbeit freiwillig anlaufen, da würde mit Fleiß und Freude vorangetrieben, was dem König ein Anliegen ist, ganz gleich, wie man selbst zu dem elenden Gewächs stehen mag!

Heißer Stolz durchströmt von Wolzogen, sein Herz pocht vor Begeisterung. Welch geniale List ihm eingefallen ist! Eine kleine Lüge nur, stets unter dem Siegel der Verschwiegenheit hie und da gestreut, sie wird Wunder wirken. Sie wird die Königstreuen begeistern und die Feindseligen beschwichtigen. Sie wird den Günstlingen die Hölle heißmachen und die Drangsalierer in die Enge treiben. – Was könnte zum Beispiel dieser Kretin von Major so alles auf dem Kerbholz haben? Vielleicht verrät er sich ja sogleich.

Von Wolzogen schlägt die Augen auf, winkt den Kreutzer zu sich heran. »Ich muss«, ächzt er, als habe er unerträgliche Schmerzen zu erdulden, »Ihnen etwas vermelden, lieber Onkel! Etwas von höchstem Interesse! Was aber dennoch zunächst geheim bleiben soll. Ich offenbare es Ihnen, damit Sie mir, eingedenk meines Zustandes, nach besten Kräften helfen können, die richtigen Vorbereitungen zu treffen.«

Die Schweinsäuglein des Majors leuchten auf, doch schon sacken die Züge des feisten Gesichts wie unter Hammerschlägen in sich zusammen, die Unterlippe schiebt sich vor, bis die obere dahinter verschwindet. Schweigend vernimmt er, was von Wolzogen langatmig vorträgt.

»Gut!«, brummt der Major, kratzt an seinen Stiefeln, dass die Farbschicht aufreißt und braunes Unterleder in Striemen hervortritt. »Und sobald du wieder aufs Pferd kannst, reiten wir zu IHR!« Er wendet sich ab, als erwarte er keinerlei Widerrede.

Als das Gasthaus in Blickweite rückt, hält von Wolzogen erstaunt inne. Trutzig steht es in der flachen Landschaft, seitlich von Buchenhecken umrahmt, das Erdgeschoss ganz aus rotem Brandstein, darüber solides Fachwerk mit einem Giebel nach jeder Seite, alles gekrönt von einem Spitzdach aus echten Schindeln. Die leuchten in der Nachmittagssonne, als seien sie aus blankem Kupfer. Nicht dumm, der alte Major! Mit so einem Wirtshaus ist gut Geld machen. Was spielt da die Herkunft der Braut für eine Rolle. Zumal für einen, der selbst nicht von Adel ist.

»Du wirst sehen, lieber Giselher, sie ist recht hübsch!«, verspricht der Major, als sie die Pferde ans Hofgatter binden. »Und kochen kann sie auch.« Er ordnet seine Perücke, klopft sich den Staub vom Rock, tupft sich mit einem duftenden Tüchlein über Bart und Wangen. »Wie sehe ich aus?«

Von Wolzogen verkneift sich das Lachen. Die Puderschicht ist von Schweiß durchnässt, krümelt von der Nase, die rot glänzend aus dem ansonsten weißen Gesicht ragt.

»Vortrefflich!«, versichert er und wendet sich humpelnd dem Haus zu. Durch die Fensterscheiben dringen Kerzenlicht und vielstimmige gute Laune. Sie ist also nicht allein, hat Gäste. Von Wolzogen seufzt. Es wird sich wohl hinziehen mit der Brautwerbung.

Der Major scheint seine Gedanken zu erraten. »Wirst sehen, lieber Giselher, es handelt sich um bloßes Pack, das ich rasch vertreiben werde.« Er klopft mit der Geste eines gestrengen Wachtmeisters an die Tür, um sie sogleich selbst aufzureißen.

»Nur herein, wenn's kein Preuße ist!«, ruft jemand. Das nachfolgende Gelächter verstummt jäh, als sie die Gaststube betreten. Ein grau-weiß gescheckter Welpe schießt herbei und kläfft anhaltend. Aus der Versammlung derb bäuerlicher Gestalten, die mit gerundeten Rücken und gesenkten Köpfen um einen Tisch in der linken Hälfte der Gaststube sitzen, schält sich ein weißblonder Schopf heraus.

»Schhhht, Wölfken! Platz!«

Das Gesicht des Mannes ist ebenmäßig, die Haut hell und durchscheinend. Sein Blick klebt missmutig am Major fest.

Von Wolzogen beschließt, die ungebührliche Begrüßung überhört zu haben. »Guten Abend!«, sagt er knapp.

Ein mehrstimmiges »'n Abend!« ist die Antwort, gefolgt

vom Gekicher eines jungen Weibes und dem Plattern von Spielkarten, die eilig gemischt werden.

Zu von Wolzogens Verwunderung scheint auch der Major seinen Jähzorn in Zaum zu nehmen und den schnöden Empfang übergehen zu wollen. Er begibt sich geradewegs an einen Tisch rechts neben dem Tresen, legt seinen Hut ab und starrt in Richtung Küche. Ist der Kerl etwa aufgeregt? Ängstlich besorgt, als Bräutigam abgelehnt zu werden? Womöglich tatsächlich verliebt?

»Lisbeth, Kundschaft«, ruft das junge Weib und giggelt wie ein Huhn.

Der Weißhaarige hat den Tisch verlassen, huscht am Tresen vorbei durch die Tür zur Küche. Es dauert eine Weile, ehe er zurückkommt, gefolgt von – Lisbeth! Ja, das muss sie sein. Eine schmale, fast geduckte Gestalt. Aber was für ein Antlitz! Solch ein edles Antlitz vermutet man eher unter einer aufwendig drapierten und gepuderten Perücke, nicht unter einer verblichenen Haube aus Nessel.

»Womit kann ich den Herren dienen?«, fragt sie mit gesenktem Blick.

Ihre Hand ruht auf dem Kopf eines Mädchens, das obgleich fast zwei Ellen groß, seine Fäuste in ihre Schürze verkrallt hat und jeden ihrer Schritte mitvollzieht. Ängstlich huschen die kreisrunden Kinderaugen über von Wolzogen und den Major hinweg zu der inzwischen recht schweigsamen Versammlung am großen Tisch. – Sie hat ein Kind? Ein offenbar geisteskrankes Kind? Davon hat der Major nichts erzählt. Vielleicht auch nichts gewusst?

»Bring uns zwei Krug Bier, Lisbeth. Und zwei Teller von deiner köstlichen Tartüffelkremsuppe!«, sagt der Major und zwinkert von Wolzogen zu.

»Bedaure sehr«, sagt Lisbeth leise, »Kartoffelsuppe hab ich heute nicht, nur Linsensuppe.«

Der Major ist sichtlich enttäuscht, fast ärgerlich. »Na denn, in Gottes Namen, Linsensuppe! – Wir zwei brauchen jetzt was Warmes, was, lieber Giselher!«

»Sehr wohl«, sagt Lisbeth artig, dreht sich um und zieht das Kind, das an ihrem Bein angewachsen scheint, mit sich.

»Wer ist denn das kleine Mädelchen?«, ruft der Major hinter ihnen her.

»Meine Nichte, Herr«, sagt Lisbeth, wirft einen flüchtigen Blick über die Schulter und verschwindet mitsamt dem Kind in der Küche.

»Sie tut nur so spröde, lieber Giselher«, raunt der Major hinter vorgehaltener Hand, doch laut genug, dass alle mithören können, »denn natürlich halten wir unser Techtelmechtel geheim! – Nichte, nun ja, warum soll sie keine Nichte haben.«

Das junge Weib am Tisch kichert schon wieder und drückt sich an einen Kraftmeier mit Bart, der sie unwillig wegschubst. Die Männer tun, als interessierten sie sich einzig und allein für ihr Spiel. »Schippe«, sagt einer, die Karten scharren über den Holztisch.

Von Wolzogen ist das Schweigen unbehaglich. Er beginnt von der Militärakademie in Potsdam zu erzählen, von einem Manöver im letzten Dezember, als den Soldaten die Finger so klamm wurden, dass sie keinen Säbel mehr führen konnten …

Dazu fällt auch dem Major allerlei ein. Er hebt die Stimme, proklamiert seine Verdienste in der Schlacht bei Mollwitz … bei Olmütz … bei Chotusitz, Ehrenkreuz in Silber … die glorreiche Schlacht bei Kesselsdorf, Ehrenkreuz in Gold …

»Schelle!«, knarrt einer am runden Tisch und setzt geräuschvoll seinen Becher ab.

Der Major prahlt weiter. Seine Spucke sprüht bis zu von Wolzogens Platz, wo sie sich auf der weiß gehobelten Tischplatte zu vielen dunklen Tupfen verdichtet.

Von Wolzogen lässt seinen Blick durch die Gaststube wandern, entdeckt trotz seiner Kurzsichtigkeit ein ungewöhnliches Ölbildnis auf rohem Untergrund, vermutlich auf Holz gemalt. Es zeigt ein Weib, ein schönes junges Weib in fürstlichem Gewand und mit Heiligenschein, das eine Schar zerlumpter Wanderer speist. Von Wolzogen würde gern aufstehen, sich die Szene näher besehen, doch das wäre gar zu unhöflich gegenüber dem stetig von erschossenen und aufgespießten Österreichern erzählenden Major. Von Wolzogen blinzelt, um besser sehen zu können, da lächelt das schöne Wesen ihm zu, plinkert ihrerseits mit den Augenlidern, als wolle es ihn grüßen. Von Wolzogen schüttelt den Wahn ab, richtet seinen Blick rasch wieder auf die gesprenkelte Tischplatte.

Endlich kommt Lisbeth mit zwei Tellern Suppe, die nach Lauch und Dörrfleisch duftet.

***Linseneintopf** (für 4 Personen)*

Schneide ein Pfund Pökelfleisch vom Schwein in mundgerechte Stücke, siede diese zusammen mit einem Lorbeerblatt, einem halben Dutzend Pimentkörnern und einem halben Pfund Graupen in Wasser, bis beides weich gegart ist. Dies kann eine Stunde dauern. Lese sodann das Lorbeerblatt und die Pimentkörner wieder heraus. Putze unterdessen einen Kohlrabi, eine Möhre und drei Stangen Lauch, schneide sie allesamt klein und gebe sie zuletzt zur köchelnden Suppe. Lass auch dieses Gemüse weich werden. Würze nun alles mit Salz und Pfeffer nach und serviere zur Suppe ein kühles Bier.

Aus Franz Vincent Müllers Kochbrevier *Die gute Volksküche,*
erschienen zu Hamburg im Jahre 1802

»Ahhh!« Mehr bringt von Wolzogen nicht über die Lippen, weil ihm das Wasser im Mund zusammenläuft. Da betritt auch das verrückte Kind die Gaststube, doch diesmal geht es allein und aufrecht, balanciert zwei Becher Bier herbei, ganz darauf bedacht, die Flüssigkeit nicht zu verschwappen.

»Bitte, die Herren!«, sagt Lisbeth, als sie die Suppenteller nebst Löffeln und Servietten vor dem Major und von Wolzogen absetzt.

»Bitte, die Herren!«, echot das Kind, ehe es seine Fracht jeweils rechts der beiden Teller postiert und sich rasch wieder in Lisbeths Schürze verkriecht.

»Naaaaaa«, schäkert der Major gut gelaunt, »was machst du denn noch so spät am Abend hier, kleines Mädelchen?« Und fasst ihr an den Leib, dorthin, wo bei einem Weibsbild die Brust, aber bei einem scheuen kleinen Kind die Seele sitzen muss.

Das wird ihr kaum gefallen, denkt von Wolzogen noch. Und doch hätte er beileibe nicht mit dem gerechnet, was folgt: Das Kind beißt, flugs wie eine Schlange, dem Major in die Hand. Und schreit los, schreit, dass Balken und Türsturz in Schwingung geraten. Von Wolzogen hält den Atem an, der kleine Hund verdrückt sich unter die Bank am Ofen.

Nur der Major scheint seine Ohren verschließen zu können, springt auf, greift das Kind am Arm, schüttelt es, bis es still ist. Dafür schießt nun das Hündchen aus seinem Versteck, fasst den Major an der Hose, worauf es abgeschüttelt wird und einen Tritt bekommt, dass es quer über Dielen rutscht und winselnd in der Ecke liegen bleibt. Schon will der Major erneut nach dem verwirrten Kind greifen, da haben sich der Weißschopf und ein finster dreinblickendes halbwüchsiges Riesenross vor ihm postiert.

»Lassen Sie sie bitte – lassen Sie meine Schwester gehen!«, presst das Riesenross heraus, stülpt die Unterlippe vor und blitzt den Major aus verengten Augenschlitzen an.

»Das Mädchen hat viel Leid erfahren und ist seither aufgeregt und schreckhaft«, erklärt der Weißschopf, deutet eine Art Diener an und blickt von Wolzogen forschend ins Gesicht. »Ich bitte die Herren Offiziere um Nachsicht und Milde.«

Von Wolzogen will das Ansuchen in militärischer Knappheit abnicken, will sich wieder setzen und der noch dampfenden Suppe zuwenden, da hat der Major schon das Riesenross am Revers gepackt und schüttelt es, als handele es sich um einen toten Hasen.

»Weißt du denn, mit wem du redest, Bürschchen? Hat dir noch keiner erzählt, wie man hochrangigen preußischen Offizieren begegnet? Nein, offenbar hat dir das noch keiner beigebracht. Aber das sage ich dir: Du wirst es lernen! Die Militärschulen sind ganz versessen auf Burschen wie dich und …«

Merkwürdig! Der Knabe hat die demütigende Schüttelei widerstandslos über sich ergehen lassen, doch nun greift er mit Entschiedenheit nach dem Handgelenk des Majors, reißt dessen Arm von sich und dreht ihn, dass es knirscht, hebt den Major mit der anderen Hand in die Höhe und bugsiert ihn auf den Tisch, der unter der Wucht der hereinbrechenden Pfunde zusammenbricht, sodass Bierkrüge und Teller nebst Inhalt scheppernd zu Boden stürzen, Löffel und Lätze im Gefolge.

Der Major, dem Augenschein zum Trotz stramm wie ein Hirsch, springt auf und fixiert seinen halbwüchsigen Gegner. »Ha, was meist du, lieber Giselher«, spottet er, »ist das am Ende ein ebenso irres Früchtchen wie seine geliebte Schwester? Sage ich's doch immer: Geisteskranke gehören beizeiten unter die Erde! Sind eine schwere Hypothek fürs gesunde Volk, sollten beseitigt und ihre Anverwandten an der Fortpflanzung gehindert werden. Damit die Menschheit künftig aller Verseuchung durch Geisteskrankheit entgeht ...«

Weiter kommt er nicht. Vom Nebentisch hat sich eine derbe langhaarige Gestalt erhoben, rast auf den Major los und prügelt auf ihn ein, wobei das Riesenross nur erstaunt beiseite steht. Von Wolzogen hebt beschwichtigend die Hand und wird von dem Weißschopf, der seinerseits mit einer ungeschickten Handbewegung dazwischengeht, gerempelt. Ein Versehen. Das weiß von Wolzogen in dem Moment, als seine Kinnlade wie Feuer zu brennen beginnt. Doch dieser Hieb ist es, der das Geprügel weiter anheizt, und ehe von Wolzogen sich versieht, stürzt er an die Basis eines Körperknäuels. Geistesgegenwärtig streckt er sein verletztes Bein außerhalb des Gefechtsfelds, rollt sich schließlich unter den Vorsprung des Tresens und wartet ab. Er pfeift auf die Ehre des Muts, denn diesen Grobknochen von Kreutzer als Freund, solche harmlosen Bauern als Feinde hat er sich nicht ausgesucht. Er vertritt Preußen, mehr nicht. Die verletzte Eitelkeit von irgendwem geht ihn einen Dreck an. Jawoll, einen Dreck!

Der Rest der Kartenspieler scheint ähnlich zu denken. Sie lassen ihr Bier stehen, greifen ihre Mützen, raffen ihre Mäntel und schleichen einer nach dem anderen durch die Tür.

Da kreischt das Kind wieder auf. Noch ärger und schriller als zuvor. Der Schrei zerreißt die stumpfe Melodie der Hiebe und Faustschläge, des Keuchens und des Wutgebrülls, lässt die Fensterscheiben klirren, die Kerzenlichter erzittern, lässt Schmerz, Angst und Wut zerschmelzen wie Eis unter einer Feuersbrust. Und als es endlich ganz still geworden ist in der Gaststube, als alles gekuscht hat vor diesem einen Schrei, da verflüchtigt sich die Stimme, die ihn geschickt hat, binnen Augenblicken zu einem feinen Kieksen. Und sagt etwas, nennt voll Freude und Sorge zugleich einen seltenen Vornamen: »Vin-cent!«

Von Wolzogen sieht sich um. Die Wirtshaustür klappt zu, der runde Tisch ist verwaist, nur Becher und Karten sind geblieben. Das schöne Weib auf dem Ölbildnis starrt ihn an, starrt ihm direkt ins Gesicht und lächelt.

Er traut seinen schwachen Augen nicht, blickt sich weiter um. Der rechte Teil der Gaststube ist verwüstet. Wie verrenkt liegen dort die Leiber des Majors, des Weißschopfs, des Langhaarigen. Aufrecht stehen Lisbeth, das Kind und das Riesenross, dem etwas Blut aus der Nase tropft. Das irre Mädchen hält Lisbeth umschlungen, starrt zu seinem Bruder hinauf, als habe er den Sieg errungen. Und kiekst noch einmal: »Vincent.«

Alle rappeln sich auf, ordnen ihre Kleidung, reiben ihre malträtierten Körperteile.

»Komm, lieber von Wolzogen, wir gehen«, brüllt der Major, zieht seinen Gürtel gerade, hebt seine Perücke auf und stopft sie unters Revers. »Das hat ein Nachspiel, nicht wahr, mein lieber Neffe!«

Ohne von Wolzogens Antwort abzuwarten, dreht er sich zur Tür und stolziert hinaus.

22 Jost

Aus dem Tagebuch eines Unbekannten, undatiert, gefunden im Nachlass des Küchenmeisters Franz Vincent Müller, 1822 in Hamburg.

Dreh disch net um, dein Buggel is krumm, dreh disch net um, dein Buggel is krumm – so singen sie alleweil daheim, singen es hinter jemand her, den sie schmähen wollen, daheim in Worms, wo ich herkomm, was ich aber hier lieber niemand sag, weil, wie es heißt, die Wormser vor mehr als tausend Jahren ihren Siegfried erschlagen haben, ihren heidnischen Helden, der alles bezwingen konnt, die Lindwürmer wie die Sachsen, aber sterben musst, weil er der Falschheit erlegen war. Ausgerechnet der Falschheit der Wormser.

Dreh disch net um, dein Buggel is krumm, haben sie früher in Worms hinter mir hergerufen, als ich noch ein Bub war, und mit Lehm haben sie mich beschmissen, nicht weil mein Buckel krumm gewesen wär, sondern weil meine Mutter eine Hur war und meinen genauen Vater nicht nennen konnt, sodass ich bald bei einem Pastor als Pflegling aufgenommen wurd, was aber so viel hieß, wie ein Knecht sein und nur Wasser, Brot und Holzäppel essen alle Tage, dafür Bildung im Lesen, Schreiben und Rechnen, vor allem Bildung im Lügen und Rosstäuschen, was mir schon als Kind viel geholfen hat, weil ich so auch mal eine Scheib von der Wurst abbekam und ein Streicheln über den Schopf.

Ja, ich bin ein Wormser, aber ich bin doch net falsch! Was ist das: falsch? Wenn einer wie ich unwahre Sachen erzählt, aber die Leut froh macht dabei und neugierig, sodass sie lachen und mehr hören wollen und mir ihr Geld geben, selbst wenn sie mir nicht alles glauben. Ist das Falschheit? Oder ist es nicht vielmehr Falschheit, wenn einer lügt, um andere in Bedrängnis zu bringen vor der Obrigkeit, sie an den Pranger zu stellen, damit Schindluder mit ihnen getrieben wird? Das ist es, was ich wirkliche Falschheit nenn, und solchermaßen falsch ist der Major, der schon seit voriger Woch zurück ist von seinem König und mir nach meiner wiederholten Bittschrift eine Nachricht hat zukommen lassen, worin steht, dass es genug von meiner Profession in der Stadt gäb und die würden all ihr Auskommen verlieren, wenn noch einer dazukäm. Ich möge mich *des Landkreises enthalten,* schreibt er, der Kreutzer, denn die Alraunen, die ich feilböt, wären heidnischer Zauber und deren *Vertrieb* auf preußischem Boden wär nicht erlaubt. Dabei hat der sich selbst eine Alraune von mir schenken lassen für seine abergläubische Gespielin, wie er damals gesagt hat. Ja, *Gespielin* hat er gesagt, als wär er ein Fürst und seine Hur eine Dame von Stande, wobei ich jetzt sogar fürcht, dass gar keine Hur, sondern meine arme L. gemeint war, denn sie ist abergläubisch wie alles Volk vom Land.

Mein Buckel ist krumm, weil ich mich schäm, reingefallen zu sein, und mein Kopf ist schwer, weil ich zu viel Wermut geschluckt hab und kotzen möcht oder schlafen, weil schlafen mir jetzt guttät, denn dann ist mir das Herz nicht so weh, wenigstens eine Zeit lang nicht, aber der böse Spruch aus der Kindheit hat sich in meinem Ohr festgesetzt und quält mich fortwährend mit seinem *Dreh disch net um, dein Buggel is krumm, dreh disch net um …*

*

Verwunderliche Dinge geschehen in dieser Gegend, denn überall seh ich ganze Bauersfamilien auf den Feldern buckeln, als ob Erntezeit wär, und preußische Militärs prügeln vom Pferd herunter mit der Knute auf jeden ein, der sich aufrichten will. Dabei müsst jetzt bloß der Bauer selbst oder vielleicht sein Knecht mit den Ochsen aufs Feld, um zu pflügen und zu eggen, hernach käm vielleicht noch einer dazu, um die Saat einbringen zu helfen, ehe es einregnet, aber es wär'n nicht viele Händ notwendig und schon gar keine Aufsicht, denn im Frühjahr ist selten Eile. Dass es Pachtbauern wär'n oder armselige Leibeigene, hab ich geglaubt, aber es sind alles freie Bauern, wie mir die Einheimischen versichern, und die wär'n alle angehalten, Kartoffeln in die Erde zu setzen, oder Tartoffeln, wie hier manche sagen, weil dazu ein Befehl vom Preußenkönig ergangen wär, und gerade die freien Bauern wär'n jetzt unter der Knute der Preußen, weil den adeligen Herrschaften in der Gegend so ein Plan ganz egal ist und weil sie ihre Pächter nicht dazu anhalten wollen.

Ich sollt besser ganz weiterziehen aus dem Landkreis, wie mir der Kreutzer, der falsche Hund, befohlen hat, und sollt mich nicht mehr umdrehen, am wenigsten zu meinen Wahlverwandten, die mich nun gewiss gar nicht bei sich dulden werden, denn der Major hat W. und den Bub einsperren lassen, schon vor Tagen. Andererseits – darf ich die L. jetzt allein lassen? Oder muss ich net grad zusehen, wie ich ihr helf? Stund um Stund überleg ich, wie ich es bewerkstelligen könnt, zum Gasthof zu gelangen, ohne dass man mich festnimmt.

*

Hab ich ein Glück! Ja, ein Glückspilz bin ich, das kann ich wohl sagen, denn ich hab eine Truppe Schauspieler getroffen, die mich mitreisen lassen. Meinen Wagen hab ich neu drapiert mit einer bunten Plane wie die Schauspieler und sie haben mir Frauenkleider geliehen samt einer blonden Perücke aus Hanf, dass mich niemand erkennt. Ich hab mich in einem Spiegel gesehen und muss sagen, dass ich fast wie eine Normannenprinzessin aussehe, und manche Männer werden geil, wenn ich vor ihnen tanz, wobei es wichtig ist, dass ich mir jeden Morgen und jeden Abend den Bart rasier, was mir leichtfällt, weil ich derzeit mein einziger Kunde bin.

23 Lisbeth

Gift! Alle sind sie Gift, die zartrosa schimmernden Triebe, die sich aus den Schrumpelkartoffeln kringeln wie Ferkelschwänzchen. Was für ein scheinheiliges Gewächs! Lisbeth packt die Wut. Sie reißt die Triebe aus, sticht ins Fleisch der Knollen, reißt die runzligen Schalen herunter und schmeißt den zähklumpigen Rest in einen Topf mit kaltem Wasser, dass es aufspritzt. Das Miezken und das Mohrken fliehen durchs offene Fenster ins Freie. Hannegret sieht erstaunt um sich, liest einen der heruntergefallenen Triebe vom Boden auf, betrachtet ihn, schnuppert daran …

Lisbeth erschrickt. »Nicht in den Mund, mein kleiner Schatz!«, murmelt sie, nimmt dem Kind das Würzelchen aus der Hand. »Macht Bauchweh, weißt du.«

Eilig liest Lisbeth die Kartoffelabfälle von Tisch und Boden, gibt sie in den großen Eimer. Wie immer muss sie Schalen und Triebe zur Kontrolle durch die Gäste aufbewahren. Die werfen auch gern einen Blick auf das ausgebeinte Fleisch in der Salzlake, das Lisbeth in einem Tontopf in der Kühlkammer aufbewahrt.

Es sei Fleisch von einer bösartigen Sau, einer vom Teufel besessenen Sau, die sich selbst zu Tode gestürzt habe, erzählt Lisbeth, wenn sie gefragt wird. Lisbeth lügt ungern mehr als nötig. Einem Rechtgläubigen wäre diese Erzählung genug Abschreckung. Die Preußen aber sind selten rechtgläubig, sondern lutherisch, essen gern und viel Fleisch an allen Tagen. Solange keine Maden darin kriechen, scheint ihnen wohl alle Art Fleisch recht, mag es von einem toll gewordenen Esel, einem verwunschenen Hahn oder einer Ratte stammen.

Wer also hindert Lisbeth daran, ihre Kartoffelsuppe mit dem Fleisch einer preußischen Drecksau anzusetzen? Niemand! Und wer hindert Lisbeth, ein paar Triebe von gestern fein zerrieben an die Suppe von heute zu geben? Niemand! Lisbeths Kartoffelsuppe ist nämlich zum Werkzeug des glorreichen Siegfried von Xanten geworden, der den Niederrhein von den Preußen befreien will. So wie sein Schwert Balmung, das vor vielen Jahrhunderten die sächsischen und dänischen Horden vom Rhein vertrieben hat.

Seit einer Woche kennt Lisbeth ihre Mission. Da erschien ihr Siegfried beim Nachtgebet. Wie immer schlich er schwerfällig umher in seiner knittrigen Echsenhaut, jammerte wegen der Schmerzen, die die Speerspitze in seinem Rücken verursachte. Und doch erschien er Lisbeth jünger und strahlender als sonst, trug erstmals einen Heiligenschein über dem Kopf. Die Preußen seien allesamt Schufte und Scheißkerle, zischte er, man müsse sie niedermetzeln. Anfangs war Lisbeth erschrocken über den Hass, der unter Siegfrieds wuchernden Augenbrauen hervorbrach, doch schnell dachte sie an Willem und an das Fränzken und hat genickt. Da erzählte der heilige Siegfried von einer französischen Jungfrau, die vor hundert und noch mehr Jahren die Engländer aus ihrer Heimat vertrieben hat. Ja, ein Bauernmädchen habe damals Krieg gegen die scheinbar übermächtigen Besatzer geführt. Und habe gewonnen. Auch Frauen können Krieg führen, sagte Siegfried und hob den Finger wie der heilige Petrus in der Kirche zu Hommersum. Da musste Lisbeth ihm beipflichten. Dass sie nicht so rasch lernen werde, mit einem Bajonett oder einem Schießgewehr umzugehen, hat Siegfried eingesehen. Aber mit ihrer Kartoffelsuppe kann Lisbeth die Preußen vergiften. Und so wie der stete Tropfen den Stein höhlt, so wird Lisbeths Kartoffelsuppe zur Nibelungensuppe, wird die Preußen nach und nach schwächen, zersetzen, sodass sie zugrunde gehen.

Ja, mit der Kartoffelsuppe, die Lisbeth stets zu kochen genötigt wird, der Kartoffelsuppe, die kein Rechtgläubiger, kein Einheimischer auch nur kosten mag, mit dieser Suppe wird sie die Preußen vergiften. Alle! Das hat Lisbeth vorige Sonntagnacht dem heiligen Siegfried geschworen. Und sie wird ihren Schwur halten.

Nein, Lisbeth kennt kein Erbarmen. Die Preußen haben den Willem und das Fränzken eingesperrt, haben den Jost verjagt, sie prügeln die Bauern und halten sich am Gewerke schadlos. Jetzt will auch noch ihr König herkommen? Hat wohl in Schlesien nicht genug angerichtet! Der Willem glaubt ja, dass der Preußenkönig ein edler und gerechter Mensch sei. Lisbeth glaubt es nicht. Das ist eitles Geschwätz, von den Preußen verbreitet, damit nicht so viele ihrer Untertanen ins Feindesland hinüberlaufen oder nach Amerika auswandern mit Schiffen. Der Preußenkönig kann kein edler Mensch sein, sonst würde er nicht so viel Bosheit und Ungerechtigkeit zulassen. Er würde prüfen, welche Beamte, welche Majore er entsendet, würde sich kümmern um die Menschen, auch um die am Niederrhein. Und niemals würde er sie zwingen zu essen, was ihnen Gott und der Pastor verbieten.

Lisbeth wirft einen Blick auf die Kartoffeltriebe und -schalen im Eimer. Heute hat sie fast so viel Abfall wie Essbares übrig. Sie wird etwas Pastinakenmus dazugeben, damit die Teller voll werden. Dann aber auch mehr Suppengrün, um den Pastinakengeschmack zu überdecken. Vor allem Petersilie.

Lisbeth geht hinaus in den Garten, holt Hacke, Harke und Rechen aus dem Schuppen. Sonne und Mond stehen gleichzeitig am Himmel. An solchen Tagen können ungewöhnliche Dinge geschehen. Hannegret folgt Lisbeth, trägt behutsam drei Zaunrübenpuppen im Arm, zwei große und eine kleine. Die hat sie jedes mit einem Fetzen Nessel umhüllt, ihnen ein Mützchen aus Wollflusen um den Kopf gewickelt.

»Schau, Hannken, der Mond!«, sagt Lisbeth.

Hannegret betrachtet den Himmel. »Aber keine Sterne«, sagt sie ernst. Es klingt, als seien die Sterne für immer verloren.

Lisbeth schüttelt die Traurigkeit ab, die ihr aufs Herz drückt. »Die hat sich der liebe Gott ausgeliehen. In ein paar Stunden sind sie wieder da, dann kannst du sie sehen«, verspricht Lisbeth, nimmt den Rechen und rafft das welke Laub von den Beeten.

»Schlaf, Kindlein, schlaf ...«, singt Hannegret leise und drückt ihre Puppen eine nach der anderen an sich.

Lisbeth lauscht. Hannegret kennt schöne Lieder. Gewiss hat Hannegrets Mutter oft gesungen. Lisbeth wird die Lieder bald lernen und mitsingen.

Sie bückt sich, zieht das Unkraut aus dem Mohrrübenbeet. Ihr Kleid spannt. Schon seit Tagen spannt und kneift es. Bildet sie es sich ein oder wölbt sich ihr Bauch? Ist die Monatsblutung nicht überfällig? Unsinn! Lisbeth kann keine

Kinder bekommen. Lisbeth ist eine taube Nuss. So hat der Ochsenwirt immer gezetert. Sein Weib, die taube Nuss, die würd und würd nicht schwanger. Obwohl er doch ein Mann in den besten Jahren und mit den besten Säften wär. So hat er es allen Gästen und auch im Dorf herumerzählt und alle Weibsleute haben Lisbeth noch scheeler angesehen als zuvor. Einem Weib, das keine Kinder gebiert, dem grollt der liebe Gott. Oder es wird von Freya gestraft, was so gut wie das Gleiche ist.

Damals hätte Lisbeth gern ein Kind geboren. Selbst wenn es ihren Tod bedeutet hätte. Aber jetzt? Wenn sie schwanger wäre, dann vom Kreutzer. Das ist gewiss. Ein Kind von Willem könnte sich noch nicht melden. – Ein preußisches Kind? Gott bewahre sie davor! Lisbeth würde es vergiften, sobald es geboren wär. Oder noch früher. Lisbeth will sowieso keine Kinder gebären! Sie hat ja ihr Hannken. Und das Fränzken. Das man ihr eingesperrt hat. Lisbeth wischt rasch eine Träne fort.

»… ach Gott, wie weh tut Scheiden, hat mir mein Herz verwundt …«, singt das Hannken und bettet ihre Puppen eine neben die andere ins Moos.

Von der Landstraße her hält eine blau-weiß-rote Uniform zu Pferde auf das Gasthaus zu.

Nur her mit euch, ihr Drecksäcke, hört Lisbeth den heiligen Siegfried zischen. *Die Nibelungensuppe wird euch vernichten!*

Als Lisbeth das käseweiße Haar und die artig zusammengepetzten Lippen erkennt, erschrickt sie. Es ist der junge Begleiter vom Kreutzer, sein *lieber Neffe*, der da angeritten kommt.

»Hannken, mein Liebes, jetzt nicht schreien! Egal, was passiert, nicht schreien! Bitte versprich mir das!«

Hannegret nickt. Sie nickt immer, wenn Lisbeth sie eindringlich bittet.

Der Neffe vom Kreutzer steigt umständlich vom Pferd, humpelt mit seinem verbundenen Fuß heran, fast noch ärger, als Willem immer humpelt, grüßt und stellt sich als Giselher von Wolzogen vor.

Giselher heißt er also. Wie einer der Burgunderkönige, die den heiligen Siegfried auf dem Gewissen haben. Wenn das kein Omen ist! Lisbeth weiß jetzt: Es ist der Feind schlechthin, der da vor ihr steht und scheinheilig übers Wetter redet. Sie schweigt, jätet das Rettichbeet. Eines der Unkräuter ist Hundspetersilie. Hundspetersilie ist sehr giftig. Lisbeth drückt die Hundspetersilienpflänzchen zurück in die Erde.

Der Feind räuspert sich, fragt, ob er Lisbeth einmal kurz sprechen dürfe.

Als ob Lisbeth die Wahl hätte, Nein zu sagen! »Sehr wohl«, sagt sie und macht einen Knicks, bückt sich und jätet die Löwenzahnsprossen aus dem Beet. Löwenzahn gibt ein gutes Gemüse für das Hannken.

Das Hannken tut, als sei der Eindringling Luft, schichtet das von Lisbeth zusammengerechte trockene Buchenlaub zu einem Haufen und singt aus Leibeskräften: »Bote von dem Him-mel, dringe durchs Getüm-mel dieser eitlen Weeelt. Und mach eine Stil-le, das ein Herz, ein Wil-le uns zusammenhääält …«

»Es handelt sich um meinen Onkel, Herrn Major Kreutzer. Er schickt mich.«

»Sehr wohl«, sagt Lisbeth und pickelt mit der Harke ins Erdreich.

»Herr Major Kreutzer bedauert außerordentlich, dass unglückselige Umstände zu jener handgreiflichen Auseinandersetzung geführt haben«, sagt der Feind, lacht, als erzähle er einen Scherz. Selbstverständlich wolle der Major den Schaden begleichen, den zerborstenen Tisch von einem Schreiner wieder herrichten lassen und das zu Bruch gegangene Geschirr ersetzen, da die anderen Teilnehmer der Prügelei vermutlich nicht über Geld und Mittel verfügten …

»Was ist mit meinem Neffen? Dem Müller? Dem Schäfer? Wo sind die jetzt?«, fragt Lisbeth, richtet sich auf und schaut dem Feind direkt ins Auge.

Gut so, wispert Siegfried.

Der Feind plinkert mit seinen weißen Wimpern, als sehe er nicht richtig. »Nun ja«, winkt er ab. Der Junge und die beiden Männer säßen wohl noch im Kreisgefängnis, doch die Inhaftierung werde nicht mehr lange andauern. Es sei ja nur eine kleine Prügelei aus der Hitze des Gefechts gewesen, für sich gesehen habe für Handgreiflichkeiten kein Anlass bestanden. Und gravierende Folgen habe die Sache ja auch nicht nach sich gezogen – haha, nicht dass Lisbeth etwa denke, sein verbundenes Bein rühre daher. Nein, nein, dies sei eine ältere Verletzung und – haha – der Major werde sich persönlich dafür einsetzen, dass nicht nur der Bub, sondern auch Lisbeths Stammgäste – denn es handele sich gewiss um Stammgäste, nicht wahr? – lediglich eine Verwarnung erhalten und rasch wieder freikommen.

»Das würde mich freuen«, unterbricht Lisbeth den Redeschwall.

»… und Schwestern si-hind's u-hund Brüüüder, da droben Stern an Stern …« Hannegret buddelt ihre Puppen in den Laubhaufen und errichtet ein kleines Kreuz aus zusammengebundenen Zweigen.

Sie beerdigt ihre Eltern und ihren kleinen Bruder, schießt

es Lisbeth durch den Kopf. Sie trauert, nimmt Abschied! Jetzt, in diesem Moment nimmt sie Abschied. Was für ein Kind!

Derweil schwätzt der Feind wie die Niers, wenn sie zu viel Wasser hat. Der Major wolle aber noch mehr für Lisbeth tun, sagt er. Jener beabsichtige nämlich die Ausschanklizenz des Gasthauses für Bier zu verlängern. Außerdem werde er selbst, von Wolzogen also, der er doch persönlichen Kontakt zu Sr. Majestät, dem König von Preußen, habe, diesen bitten, den Gasthof mit einer Urkunde für bestes Essen auszuzeichnen, da Lisbeth, wie überall zu hören sei, die königlicherseits geförderte Tartoffel so delikat zuzubereiten verstehe.

»Zu viel der Ehre«, sagt Lisbeth.

Ob es vielleicht möglich sei, fragt der Feind, dass der Major und er heute am frühen Abend zur Verkostung erscheinen könnten. Möglichst ohne Anwesenheit von Fremden.

»… so darfst du nie-ma-hals schrein, musst freundlich wihie di-hie Schäääfchen und wie der Schäfer sein …«, zwitschert Hannegret und zieht ihre Zaunrübenpuppen behutsam wieder aus dem Laubhaufen.

»Von mir aus«, sagt Lisbeth und greift zur Hacke, schlägt das Eisen mit Wucht ins Pastinakenbeet.

Anwesenheit von Fremden, hat der Feind gesagt! Als ob die Preußen am Niederrhein heimisch wären, die Hassumer und Hommersumer die Eindringlinge!

»Oh, ich danke vielmals im Voraus! Und gewiss wird auch Herr Major Kreutzer herzlich erfreut darüber sein«, säuselt der Feind, humpelt zu seinem Pferd, zieht sich mit einer ungelenken Bewegung hinauf auf den Sattel und galoppiert davon.

Von Norden ziehen Wolken auf, verschlucken Sonne und Mond, jäh setzt die sternenlose Dunkelheit ein, violette Schlieren drohen vom Horizont her. Da kommen sie auch schon angeritten, die Feinde. Das Wölfken meldet sie nicht einmal.

Der Kreutzer trägt eine weiße Perücke, deren Locken ihm bis auf die Schultern fallen, überreicht Lisbeth einen Strauß Narzissen. Sein Neffe namens Giselher hat es offenbar eilig, tupft sich, kaum dass er seinen Suppenteller ausgelöffelt und das Glas Bier leer getrunken hat, die Lippen, rühmt artig Lisbeths Kochkunst und kommt, während der Major seinen zweiten Teller löffelt, zur Sache.

»Das Verhältnis«, sagt von Wolzogen, »sollte möglichst bald legalisiert werden.«

»Prosit«, sagt der Kreutzer und stürzt sein Bier hinunter.

Lisbeth weiß nicht, was gemeint ist, schweigt lieber. Der Kreutzer und der Feind mustern Hannegret, die ihre Zaunrübenpuppen mit Flachs umwickelt.

»Das Kind sollte nicht mit Alraunen spielen«, sagt der Kreutzer in belehrendem Ton. »Alraunen fördern heidnische Denkweisen und untergraben den Volksglauben an einen gütigen Schöpfer, wie ihn jede zeitgemäße Religion …«

»Sind keine Alraunen«, sagt Lisbeth knapp. »Sind geschnitzte und mit Rübensaft gefärbte Zaunrüben.«

Der Kreutzer runzelt die Brauen. »Dann bin ich wohl neulich betrogen worden, hab ich dir doch selbst so ein Ding geschenkt! War das auch …?«

»War auch eine Zaunrübe, ist aber ohnehin gleich«, versichert Lisbeth. »Bringen beide Glück.«

Der Kreutzer senkt den Kopf, eine tiefe Steilfalte erscheint auf seiner Stirn.

Der Neffe mit dem Wormser Vornamen rutscht auf seinem Stuhl herum. »Wie gesagt, es geht darum, das Verhältnis in geordnete Bahnen zu lenken.«

Lisbeth fährt zusammen. *Woher wissen die, dass das Hannken ein Waisenkind ist? Heiliger Siegfried, steh mir bei, der Feind ist nicht dumm!*

»Gewiss«, sagt Lisbeth und beeilt sich zu erklären, dass sie Hannegret gern an Kindes statt annehmen wolle und bereits eine Eingabe bei der Kreismeisterei vorbereitet …

»Nicht doch«, hebt der Neffe an, und auch der Kreutzer fällt ihr ins Wort.

»Ein geisteskrankes Kind«, spricht er und spitzt sein Froschmaul, dass ein winziges Stückchen Oberlippe erkennbar wird, »sollte lieber in einem Spital unterkommen und somit der Obhut barmherziger Schwestern unterliegen, damit es sich nicht zu einer Gefahr für die Allgemeinheit auswächst.«

Lisbeth schießt alles Blut in den Kopf. Plötzlich kann sie reden, ohne Unterlass. »Das Kind ist nicht geisteskrank«, sagt sie, »nur durch erlittene Trauer ein wenig verwirrt, was sich gewiss bald ändern wird. Es ist ein artiges und gescheites Kind, das rasch lernt. Höchstens ein Jahr, dann kann es mir bei meinen Verrichtungen helfen.«

Die Augen des Feindes beginnen zu zucken. Er empfiehlt seinem lieben Onkel noch einen dritten Teller Kartoffelsuppe. Der nickt und ordert bei Lisbeth außerdem zwei weitere Glas Bier, zieht eine Flasche Wermut aus seinem Beutel und nimmt einen Schluck und dann noch einen. Auch sein lieber Neffe darf mal kosten.

Lisbeth ist erleichtert, springt auf, serviert neue Suppe, weiteres Bier, will sich gar nicht wieder hinsetzen.

Doch der Feind bedeutet ihr eindringlich, ihm gegenüber Platz zu nehmen. Und Lisbeth gehorcht. Was auch sonst?

Er habe ein ganz anderes Sujet ansprechen wollen, sagt der Feind, nämlich die Verehelichung.

Das Wort hallt in Lisbeths Ohren nach wie ein vielfaches Echo. Währenddessen spricht der Feind weiter. Das Trauerjahr – nun ja –, das einzuhalten sei am Niederrhein wohl üblich, doch nichts spreche gegen eine offizielle Verlobung, sodass Lisbeth nicht von all den Menschen hiesigenorts scheel angesehen werde, wenn Herr Major Kreutzer in Kürze in den Gasthof zur Logis einziehe.

Lisbeth ringt nach Luft. Das Hannken plappert leise auf seine Puppen ein, mahnt sie, nicht zu schreien. Keinesfalls zu schreien.

Da Herr Major Kreutzer sich zunächst aus seiner bestehenden Ehe zu lösen habe, werde man ohnehin mit der Hochzeit noch warten müssen, erklärt der Feind. Doch Lisbeth könne ganz beruhigt sein, selbige Ehe bestehe nur noch auf dem Papier und werde gewiss rasch annulliert. Oder geschieden, wenn sie dieses besser verstehe.

»Ich will nicht heiraten!«, platzt es aus Lisbeth heraus. »Niemanden!«

Der ohnehin etwas blasse von Wolzogen wird kreidebleich, dem Kreutzer wird das feiste Gesicht hingegen so rot wie eine Bete. Beide genehmigen sich einen weiteren Schluck aus der mitgebrachten Wermutflasche, dann kippen sie ihr Bier und werfen einander einen beredten Blick zu.

Sie werde in jedem Fall heiraten müssen, erklärt der Feind mit gütiger Miene. Die Gepflogenheiten am Niederrhein sähen nicht vor, dass eine Frau auf Dauer einen Gasthof allein führe.

»Aber die Gesetze sagen, dass ich es darf. Wenn ich genug Gäste habe und von meinem Einkommen leben kann, muss ich nicht heiraten«, widerspricht Lisbeth schnell. »Und das sind preußische Gesetze. Die gelten mehr als die Bräuche am Niederrhein!«

Das Froschmaul schäumt vor Wut. »Das Wirtshaus, Liebling«, zischt es, »floriert, weil ich meinen ganzen Einfluss geltend mache. Weil ich dir die preußischen Gäste vermittle. Weil ich dir eine Schanklizenz besorgt habe – du solltest mir dankbar sein!«

Der Feind tätschelt dem Kreutzer den Arm. »Liebe Frau«, trägt er mit belegter Stimme vor, »eine Ehe mit dem Herrn Major ist ja nun gewiss nicht von Nachteil!« Es sei doch möglich, führt er aus, dass Lisbeth das Wirtshaus nach eigenem Gutdünken weiterführe. Der Herr Major Kreutzer habe ja nun selbst seine Beschäftigung und sein Auskommen, werde ihr keinesfalls dreinreden. Es sei aber nun einmal nicht recht, das Liebesverhältnis vor Gott und den Menschen zu verheimlichen.

Liebesverhältnis? Hat er *Liebesverhältnis* gesagt? Lisbeth starrt dem Feind ins Gesicht. Der nickt begütigend. Hat wie der Kreutzer einen Wurm im Gewissen. – Oder? Nein, er meint nicht, was er sagt. Seine Augen blinzeln, zucken. Er senkt den Blick. Er schämt sich!

Tod und Verderben den Preußen!, wispert der heilige Siegfried in Lisbeths Ohr. Da erinnert sie sich an die vielen Kartoffeltriebe, die sie fein zerrieben an die Suppe gerührt hat, an die Hundspetersilie, die sie rasch noch aus dem Gartenbeet geholt und appetitlich klein geschnitten über die Teller gestreut hat.

»Nun denn, wenn es so ist«, sagt Lisbeth und lächelt.

Die Männer frohlocken, nicken einander zu, ordern noch mehr von der Suppe, die Lisbeth ihnen gern serviert, saufen ihre Flasche Wermut leer, ehe sie auf ihren Gäulen davonschaukeln.

Lisbeth atmet auf. Wenn sie nicht schon heute Nacht krepieren, dann gewiss ein andermal. Jedenfalls noch vor dem Hochzeitstermin. Lisbeth ist guten Muts, bringt das Hannken und die Zaunrüben zu Bett, lernt mit Freude dabei das Liedchen auswendig: »Sie tuuun sich ni-hichts zu-hu-leide, hat eins da-has andere gern …«

Die Dorfoberen kommen am frühen Morgen, als das Hannken noch schläft. Der Bürgermeister von Hassum bollert an die Türe, dringt mit sechs Mann herein, darunter der Schmied, und verliest ein Schriftstück, worin steht, dass aus gegebenem Anlass alle geisteskranken Personen, welche im Landkreis ansässig, der Obhut der barmherzigen Schwestern im Irrenhaus in Kleve zu übergeben seien, insbesondere wenn von diesen Personen eine Gefahr für Leib und Leben der Allgemeinheit ausgehe. Ihm sei berichtet worden, dass sich ein elternloses und geistig verwirrtes Kind, welches im Gasthaus zum Ochsen wohne, sich ohne nennenswerte Ursache eines Übergriffs auf preußische Amtspersonen schuldig gemacht habe. Damit sei der Tatbestand der Körperverletzung erfüllt und das Kind unverzüglich festzunehmen.

Der Bürgermeister lässt keinen Einwand zu, beordert seine Begleiter, das Kind in seinem Schlafgemach ausfindig zu machen, zu knebeln, zu fesseln und unverzüglich nach Kleve zu bringen.

Der Hannes vom Schäfer-Karl habe ebenfalls Soldaten angreifen wollen und sei von ihnen erschossen worden, wispert der Schmied Lisbeth zu, und da könne sie noch froh sein, denn das Kind bleibe wenigstens am Leben.

Das Hannken wehrt sich nicht und schreit nicht, schickt seinen erstaunten, noch schlaftrunkenen Blick mitten in Lisbeths Herz.

Da wirft sich Lisbeth dem Bürgermeister vor die Füße und schreit, schreit, dass sich ihre Kehle aus dem Rachen wölben will, aber die Wände zittern nicht und das Fensterglas klirrt nicht und der Bürgermeister von Hassum lässt sich nicht aufhalten. Und der Schmied auch nicht.

Die Mutter stürzt vom Ofensims auf den Fußboden herab und weint mit Lisbeth. Die heilige Irmgard und der heilige Bartholomäus aber erkennen, dass Lisbeth untröstlich ist. Sie eilen der Schar der Dorfoberen hinterher und begleiten das kleine Hannken auf seinem Weg.

24 von Wolzogen

»Mit Verlaub, gnädiger Herr Adjutant, dem Herrn Major ist noch immer nicht recht wohl«, meldet Amtsdiener Bickel. Ein Herr Doktor sei da gewesen, berichtet er wortreich, und der habe dem Herrn Major einen weiteren Tag Bettruhe empfohlen, da dieser geruht habe, immer noch zu kotzen und zu würgen und dabei ein hochrotes Gesicht mit Pusteln zu zeigen wie ein Fliegenpilz. Bickel macht eine Kunstpause und grinst, dass seine dezimierten Backenzähne von Wolzogen anblinken. »Ja, ja, der Wermut. Der kann einem Mann schon zusetzen, was. Vor allem das letzte Glas!«

Von Wolzogen streift sich Hemd und Rock über, schließt die Reihe goldener Knöpfe von unten nach oben, fährt sich mit dem Kamm aus Elfenbein durchs Haar, den er sogleich wieder reinigt und ins Revers steckt. Der Kamm ist ein Geschenk seiner lieben Frau Mutter zu seiner Firmung.

»Dann werde ich allein zur Kreismeisterei reiten.«

»Ich begleite Euch gern, erlauchter Herr Adjutant«, sagt Bickel und macht einen Diener.

Von Wolzogen nickt betont gleichmütig und tritt, ohne Bickel eines weiteren Blicks zu würdigen, aus der kleinen Kammer im Ostflügel der Schwanenburg zu Kleve, in der er die letzten Tage mit Übelkeit, Erbrechen, Zitterattacken und schlechten Träumen zugebracht hat. Auf seinem Weg durch die leeren Säle mit den verblichenen Wand- und Deckengemälden stutzt er. Der von ihm befehligte Dragonerhaufen lungert in Grüppchen auf dem Parkett, spielt mit Karten, Würfeln oder Trieseln.

»Wieso ist meine Kompanie nicht auf den Feldern, macht ihre Arbeit?«

»Mit Verlaub, die Herren Soldaten haben ihre Aufgabe gewiss zur vollsten Zufriedenheit des Herrn Adjutanten erledigt. Alle von Seiner Majestät entsandten Kartoffeln sind unter der Erde.«

»In der Erde, sagt man, in der Erde!«, korrigiert von Wolzogen, um sich zugleich entschieden zu wundern: »Schon?«

»Ja, mit Verlaub, Herr Adjutant, die Bauern hier in Kleve waren fast alle gehorsam und fleißig, haben die zugewiesenen Kartoffeln flugs in ihre Felder geschafft. Alles ging ohne Murren vonstatten, denn wer sich widersetzte, wurde kurzerhand mit eingegraben.«

»Mit eingegraben?« Von Wolzogen fährt zusammen. Er hat, um dem erbärmlichen Peitschenschwingen auf den Feldern nicht zuschauen zu müssen, schon vor mehr als zwei Wochen die Dragoner mit ihrer Aufgabe allein gelassen, was womöglich ein Fehler war. Im Geiste sieht er, wie die Saatkartoffeln säckeweise in Lehmlöchern verschwinden – und mit ihnen die Leiber von lebenden Menschen. Von Menschen, die in irgendeiner Weise die Sanktionage der Dragoner oder auch nur deren Lust zu schinden und zu quälen herausgefordert haben.

»Se. Majestät der König wird hochzufrieden sein, wenn er geruht, die Felder zu besichtigen«, plappert Bickel weiter.

Vor von Wolzogens Augen reitet Se. Majestät hoch zu Ross die Feldwege entlang, während zu seiner Rechten und

Linken bleiche Hände und Füße aus den Äckern wachsen, umgeben von Kartoffelsprösslingen, die blutrote Blüten treiben … Von Wolzogen wird wieder übel. Zum Erbrechen übel. Er wankt und hält sich am Rahmen einer Eichentüre mit gedrechselter Bordüre fest. Der Rahmen bricht, Mörtel bröselt zu Boden, von Wolzogen hält ein Stück Bordüre in der Hand. Auf der polierten Außenseite glänzt es wie Seide, das Innere ist von Holzwürmern durchlöchert. Holzmehl stäubt heraus. Dass Se. Majestät die Schwanenburg nicht wertschätzt, die sein Urgroßvater, Kurfürst Friedrich Wilhelm I., liebevoll in barockem Stil restaurieren ließ, ist von Wolzogen natürlich bekannt. Auch dass er sie hat vollständig ausräumen und verschließen lassen. Doch muss sie nun derart verkommen?

»Mit Verlaub, wo wird Se. Majestät, unser aller verehrtester König, geruhen zu wohnen während seines geschätzten Aufenthalts am Niederrhein?«, fragt Bickel, als könne er von Wolzogens Gedanken lesen.

Von Wolzogen lässt das Bordürenstück fallen und tupft die Hände aneinander, um den Holzstaub abzuschütteln. »Dies ist noch nicht entschieden.«

Er stürmt den Arkadengang entlang und hinüber zum Marstall, wo sein Rappe, wie verloren unter Dutzenden von Dragonergäulen, schon nervös mit den Hufen scharrt. Von Wolzogen sattelt ihn eilig und sprengt los. Bickel besteigt ein geschecktes Kaltblut, reitet mit steten Hüa-hüa-Rufen hinter von Wolzogen her, den Hang hinunter durch die Wohnviertel der Stadt.

In Kleve ist alles auf den Beinen. Frauen und Mädchen waschen den Ruß des letzten Winters von den Fensterscheiben, Männer bessern Türen und Zäune aus. Mancher schmückt sein Haus mit zierlichen Kästen, in denen Blumen wachsen, und vereinzelt winken sogar preußische Fähnlein von den Dächern. Das Rathaus nahe dem Markplatz ist ganz von einem Gerüst umgeben, auf dem sich Zimmerleute und Malermeister den Platz streitig machen. Straßenfeger kratzen festgetretenen Tierkot vom Pflaster. Von Wolzogens Plan geht auf. Schon ein nur angekündigter Besuch des Königs wirkt Wunder.

Er lenkt sein Pferd vorsichtig durch das Gewusel, Bickel ebenso. Man weicht ihnen aus, ohne sie zu beachten. Erst als sie vor dem Kreisgefängnis absatteln, zupft ein altes Männlein mit Rauschebart von Wolzogen am Ärmel: »Wenn der König kommt, besieht er sich auch einmal das Judenviertel? Wo die Juden wohnen?«

Von Wolzogen stutzt. Würde Se. Majestät das tun? Wohl kaum!

»Gewiss, gewiss«, sagt er und lächelt dem Mann ins runzlige Gesicht. »Du weißt doch wohl, dass dem König alle Religionen gleich gut sind!«

»Die Religionen ja, aber auch die Menschen dazu?«

»Weg da, verschwinde, Kerl!« Bickel zieht seine Knute.

Von Wolzogen hebt begütigend die Hand: »Wie meinst du das: ›die Menschen dazu‹?« Er nickt dem Mann freundlich zu und schämt sich im gleichen Augenblick seiner törichten Frage. Erst kürzlich hat Se. Majestät den Aufenthalt von Juden in Berlin auf wenig mehr als zweihundertundfünfzig Männer nebst Familien begrenzt. Und weigert sich seit Jahren, den angesehenen Philosophen und Aufklärer Moses Mendelssohn zu empfangen.

Der König fördere doch die Juden, indem er sie zur Gründung von Manufakturen und Handelskontoren ermuntert, will von Wolzogen rasch anmerken. Doch das Männlein eilt bereits mit eingezogenem Kopf davon.

Von Wolzogen schüttelt das Unbehagen ab, das ihn befallen will. Zumal ihm vermutlich noch Unbehaglicheres bevorsteht. Bei seiner letzten Visite im Kreisgefängnis stank es ärger als in jedem Schweinestall. Die mehr als drei Dutzend Strafgefangenen waren in einem einzigen Raum auf bloßem Stroh untergebracht, in das sie ihre Notdurft verrichteten. Von den Wänden bröckelte der Putz, Schimmel und Moder überzogen das blanke Mauerwerk. Selbst die Brotsuppe, die man in splittrigen Holzschalen an die Delinquenten austeilte, roch nach Fäulnis.

Von Wolzogen hat auf den Rat eingewirkt, hat eindringlich vermerkt, dass Se. Majestät solche Zustände nirgends – nein, auch in keinem Gefängnis – dulden würde. Hat angeordnet, dass jeder Gefangene einen eigenen Strohsack erhält, außerdem frisches Brot und sauberes Wasser. Für die Notdurft sollen Eimer bereitstehen, die täglich zu leeren sind …

Ob die Vorschriften unterdessen befolgt werden? Von Wolzogen hat versäumt, sich zu erkundigen. Doch er wird alles inspizieren. Später! Zunächst muss er sich um Lisbeths aufmüpfige Stammgäste kümmern, weil ihr offenbar an ihnen liegt. Und sie muss ja gefügig bleiben. Er wird die Männer strengstens verhören, ermahnen, sodann jedoch freilassen – wie er es Lisbeth versprochen hat.

»Einen schönen guten Morgen, Herr von Wolzogen!«, schnarrt eine hohe, schmale Gestalt, die von einem Amtsmantel umweht und mit einem hohem Hut auf dem schütteren Haar aus einer Seitentür tritt.

Bickel fällt sofort in einen Diener, von Wolzogen salutiert und senkt den Blick.

»Mein Name ist Hartmut von Bergh.«

Von Wolzogen salutiert nochmals, hebt indes wieder das Kinn. Die von Berghs sind zwar von höherem Adel als er, doch als Entsandter des Königs ist von Wolzogen zweifellos in der höheren Position. Hinzu kommt, dass die Familie des Grafen Johan Baptist von Bergh vor Jahren entschieden an Reputation eingebüßt hat. Schoss dieser doch zur bloßen Belustigung seiner Gäste einen Handwerker vom Dach seines Schlosses, sodass dieser starb.

»Wir haben Eure Anregungen unser Gefängnis betreffend vernommen und bereits umgesetzt, wie Ihr sicher heute zu begutachten wünscht«, trägt von Bergh vor. Sein Mund zuckt, als unterdrücke er ein Grinsen.

Von Wolzogen richtet den Blick auf die frisch getünchte Wand, über die eine fette Spinne saust, als fliehe sie vor der ungewohnten Helligkeit. »Heute möchte ich mit einigen Männern sprechen, welche kürzlich auf unsere Initiative hin festgenommen wurden. Ich wünsche selbst zu entscheiden, ob wir denn Anklage erheben und sie vor Gericht stellen wollen oder nicht.«

»Auch dies werden wir sogleich ermöglichen, Herr von Wolzogen«, sagt von Bergh und scheucht Bickel mit einer Handbewegung zur Seite. »Ich bringe Euch ins Verhörzimmer, unseren vornehmsten und ruhigsten Raum, wo Ihr einen soliden Tisch und einen bequemen Stuhl vorfindet. Ich werde ferner …«

Ein Gellen, untermalt von Berghs Ankündigung, dringt aus dem Kellergeschoss ins Vestibül.

»… Papier und Feder bereitstellen. – Bickel, er sorge dafür, dass die fraglichen Personen gefesselt, aber in ansehnlichem Zustande dem Herrn Adjutanten vorgeführt werden …«

Noch einmal ein Schrei, gedehnt und qualvoll, dann Gewimmer wie unter Schmerzen.

»Was ist das?« In von Wolzogens Brust brodelt Empörung auf. »Ihr kennt doch gewiss die Ordre Sr. Majestät, dass nirgendwo im Königreich mehr gefoltert werden darf!«

»Das ja, lieber Herr von Wolzogen. Doch Se. Majestät war so weise, ebenso zu verfügen, dass diese Ordre nur den Verwaltungen der Städte und Kreise sowie ausgewählten Publikationen bekannt werden soll.« Von Bergh lächelt listig, reckt die Brust, dass die blinkende Ratskette um seinen Hals zur Geltung kommt. Die Ordre, so erklärt er weiter, solle keinesfalls vor dem einfachen Volk ausgebreitet werden, damit dieses fürderhin in Ehrfurcht seinen Dienst tue. Der König in seiner Klugheit nämlich – von Bergh wirft von Wolzogen einen abschätzigen Blick zu – habe bedacht, dass wenn auch nicht die Folter selbst, so doch die Furcht vor der Folter gegenwärtig bleiben müsse, um das Volk, vor allem aber die Delinquenten, gefügig zu machen. Daher habe man sich im Kreis Kleve entschlossen, gelegentlich eine peinliche Befragung von Gefangenen vorzutäuschen.

»Was aber«, lenkt von Wolzogen ein und reckt seinerseits die Brust, »wenn die Gefangenen von dem Schreien und Wimmern erzählen? Dann wird es heißen, im Kreis Kleve werde weiterhin gefoltert – ganz wie unter Sr. Majestät Vorväter. Man stelle sich vor, diese Nachricht käme dem König, der ja in Kürze anreist, zu Ohren. Ob Se. Majestät Euch dann wohl glauben wird, dass Ihr die Folter nur vorgetäuscht habt?«

Das Schmunzeln um von Berghs Lippen schwindet, stattdessen zucken seine Augenlider. Er beordert Bickel in den Keller. Die Schreie verstummen.

Das Verhörzimmer gleicht den Seminarsälen der Militärakademie. Ein mit Ebenholz furniertes und auf einem Podium festgezimmertes Katheder macht sich am Kopfende breit. Gegenüber mehrere Reihen Gestühl, gewiss aus einfachem Material, jedoch im gleichen Farbton gebeizt und mit bequemen Fußbänken versehen. Dazwischen die schlichte Buchenholzbank, auf der vermutlich die Delinquenten zu sitzen haben.

Von Wolzogen nimmt auf dem mit Leder bezogenen Sessel hinter dem Katheder Platz und wartet mit gefalteten Händen. Ein Gefühl der Erhabenheit ergreift ihn, als er um sich blickt. Hohe Fenster mit wenigen Sprossen lassen viel Licht sowie ein wenig Laubgrün hereinscheinen. Von Wolzogen lehnt sich tief in den Sessel, atmet durch. Sein Blick fällt auf die Delinquentenbank. Sie bietet keinerlei Lehne, weder für den Rücken noch für die Arme. Unvorstellbar, dort in leidlicher Körperposition längere Zeit zu verbringen.

Man möge die Angeklagten *in ansehnlichem Zustande* vorführen, hatte von Bergh formuliert. In welchem Zustande sie wohl sonst sind?

Die Gestalt, die die Wachtposten hereinschleppen, erkennt von Wolzogen kaum wieder. Bucklig die Haltung, das Gesicht ebenso grau wie das zottige Haar.

»Name?«, fragt von Wolzogen.

Der Mann antwortet nicht, er stiert ins Nichts.

Bickel drückt ihn auf die Bank. »Das ist Karl Wemmer, Schafhirte zu Hassum und Hommersum.« Laut Klageschrift habe er am Abend des 29. April im Gasthaus zum Ochsen Herrn Major Kreutzer tätlich angegriffen.

»Was sagst du dazu, Karl Wemmer?«, fragt von Wolzogen freundlich und sucht vergebens den Blickkontakt.

»Er ist verstockt, da sein Sohn kürzlich umgekommen ist.«

»Wie? Umgekommen?«

»Es hat – dem Herrn – gefallen – meinen lieben Sohn – zu sich – zu sich ...«, bricht es aus dem Mann heraus.

»Von den Dragonern erschossen, Herr, vorgestern«, sagt Bickel, senkt den Kopf.

»Beim Kartoffelanbau?«

»Mit Verlaub, nein, Herr Adjutant! Es waren unglückliche Umstände. Sein Sohn war zeitlebens geistesschwach, hat sich mitten in der Nacht zu den Dragonern geschlichen, die auf dem Feld postiert waren, und hat ihnen aufgelauert.«

»Und da hat es – dem Herrn – gefallen ...«

»Man hat seinen Sohn für einen Konspirateur gehalten und sogleich geschossen, leider. Dabei hatte er nur ein Holzgewehr bei sich, ein Spielzeug.«

»Doch wie kommt ein Geistesschwacher nachts allein ins Feldlager?«

»Er ist wohl, wie aus den Dörfern verlautet, dem Kreischen eines Weibs gefolgt, mit welchem sich die Dragoner in der Nacht vergnügt haben, Herr Adjutant.«

»Wie bitte? Ein Dutzend Dragoner haben sich mit einem Weib – *vergnügt?*«

»Mit einer Dirne, mit Verlaub, einer Dirne aus Goch.«

»Ach so«, von Wolzogen lehnt sich beruhigt zurück.

Deren Stöhnen und Jauchzen habe den Hannes wohl angelockt, mutmaßt Bickel und kichert. »Vielleicht hat er ja gehofft, selbst einmal – der arme Wicht!«

»Der arme Wicht – der arme Wicht – es hat – dem Herrn – gefallen – den armen Wicht – erschießen zu lassen«, stottert der Alte und rollt sich zusammen wie eine Made.

»Sein Sohn war sein einziges Kind, Herr, und seine einzige

Hilfe auf der Weide«, sagt Bickel und zeigt eine Mitleidsmiene.

»Der Mann ist offenbar von der Schwermut befallen und damit gestraft genug«, entscheidet von Wolzogen. »Man bringe ihn ins Spital und lasse ihn frei, sobald er gesundet ist. Als Entschädigung für den Tod seines Sohnes soll ihm ein Knappe zugewiesen werden, für dessen Kosten die königliche Kasse aufkommt.«

»Sehr wohl.« Bickel eilt zum Schreibpult, notiert die paar Zeilen auf einen frischen Papierbogen. Von Wolzogen unterschreibt und setzt einen Stempel darunter. Der Schäfer-Karl bleibt unbeteiligt auf seinem Bänkchen hocken, wimmert, muss gewaltsam aus dem Verhörzimmer getragen werden.

Von Wolzogen atmet tief durch. Jetzt wäre ihm eine Stärkung kommod! Er ordert eine Tasse Pfefferminzbrühe und zwei Milchwecken mit etwas Butter. Nicht lang, da kommt beides auf silbernem Tablett herbei, gefolgt von einem Servierkarren mit Speisen, die ihm Bickel als ›niederrheinische Kaffeetafel‹ anempfiehlt: eine voluminöse Kanne mit Kaffee, dazu Apfelstrudel mit Schlagrahm, Nusskuchen mit kandierten Früchten, Roggenbrot mit Käse, Schinken und Gurke, ein Stück Sauerbraten mit eingelegten Preiselbeeren, Hackbraten mit Zwiebeln und als Krönung des Ganzen ein Maß Bier.

Von Wolzogen dreht sich der noch immer vom Wermut in Mitleidenschaft gezogene Magen um. Er rückt das Bier und die Bratenstücke aus seinem Blickwinkel, beißt in ein Brötchen, nippt an der Pfefferminzbrühe und lässt die beiden anderen Delinquenten vorladen.

Gottlob, der Weißschopf und das halbwüchsige Riesenross scheinen gesund an Leib und Seele, betreten mit gefesselten Händen und Bleikugeln an den Füßen, aber aufrecht, das Verhörzimmer. Der Weißschopf hält den Kopf gesenkt, die Brust erhoben. Seine ganze Aufmerksamkeit scheint dem Knaben zu gelten, der mit hängenden Schultern und traurigen Miene neben ihm hergeht.

»Name?« – »Alter?« – »Beruf?« Von Wolzogen gibt sich Mühe, einen sachlichen Ton anzuschlagen. Die beiden gefallen ihm, scheinen freundliche, friedfertige Menschen zu sein. Am liebsten würde er ihnen sogleich die Fesseln abnehmen und sein opulentes Mahl mit ihnen teilen. Seine Fragen erübrigen sich ohnehin. Beide haben ordentliche amtliche Papiere, die sie hinreichend und als bisher nicht straffällig ausweisen.

»Also, Franz Müller aus Trier, dir wird vorgeworfen, am 29. April im Gasthaus zum Ochsen unseren Herrn Major Heribert Kreutzer tätlich angegriffen und verletzt zu haben ...«, beginnt von Wolzogen und stellt sich vor, diesem rüpelhaften Kreutzer einmal selbst mit Wonne ins Gesicht zu schlagen, »... wobei auch ein Tisch und allerlei Geschirr zu Bruch gingen ...«

Der Knabe hört sich alles bis zu Ende an, trägt dann schüchtern, aber mit wohlgesetzten Worten vor, dass er dies alles nicht gewollt habe, da er ein friedfertiger Mensch sei und nur seine Schwester habe schützen wollen, die seit dem Tode der Eltern etwas verstört ...

Von Wolzogen versteht. »Du bist Knappe bei deinem Onkel, Willem Müller, und wohnst bei ihm? Deine Schwester ist in Obhut der Ochsenwirtin?«

»So ist es, Herr!«

»Und nun zu dir, Willem Müller aus Hommersum! Du hast mir bei gleicher Gelegenheit das Kinn verletzt.«

»Versehentlich, Herr, ich schwöre, dass es versehentlich war. Ich wollte nur die Keilerei beenden, wollte den Buben und das Mädchen herausziehen aus dem Gefecht! Habe dabei unglücklicherweise Euch getroffen.« Spricht's und senkt den Kopf. Eine bläuliche Beule schimmert durch das weiße Haar.

»Und ich, mit dem bloßen Ansinnen, die Keilerei zu beenden, habe Euch an die Stirn geknufft, nicht wahr?«

Der Müller schweigt. »Damit sind wir also quitt!«, sagt von Wolzogen, will das wenige Papier vor sich zu einem ordentlichen Stapel häufen.

»Quitt?« Der Weißschopf namens Willem Müller sieht erstaunt auf.

»Fesseln unverzüglich lösen, Papiere aushändigen und freilassen!«, ruft von Wolzogen den an der Türe wartenden Wachtposten zu.

Er will sich wieder seinem Brötchen zuwenden, da fällt sein Blick auf eine zweite Klageschrift, die unter der ersten versteckt lag. Ein gewisser Emil Rahn, Bauer zu Hassum, hat gemeldet, dass Willem Müller mit Aufrührern aus Dortmund verbandelt sei, die dem Bischöflichen Ordinariat fortwährend den Zehnten verweigern. Das wäre gewiss ein triftiger Grund, den Müller weiter zu vernehmen, ihn gar bis zur weiteren Klärung des Falls inhaftiert zu halten. Doch was geht einen Adjutanten des Preußenkönigs der Zehnt für das Bischöfliche Ordinariat an? Noch dazu das in – Dortmund? Wo liegt das überhaupt?

Der Müller und sein Neffe, mittlerweile entfesselt, umarmen sich, empfangen ihre Ausweispapiere und stürmen hinaus.

Von Wolzogen schiebt das Schriftstück zurück in die Kladde und verschließt sie mit einem Siegel. Genug Arbeit für heute. Der Kaffee duftet. Der Apfelstrudel schimmert wie von flüssiger Butter durchzogen, das Sahnehäubchen sitzt wie ein Krönchen darauf. Von Wolzogens Verdauungssytem meldet eine gewisse Aufnahmebereitschaft. Also bedient er sich, genießt, erfreut sich an dem durchs Fenster strömenden Sonnenschein. Die Kartoffeln sind in der Erde, die Wirtin wird sich mit dem Major verloben lassen. Von Wolzogens Mission ist so gut wie erfüllt, bald wird er nach Hause reisen …

»Da ist noch so ein Wicht draußen, gnädiger Herr Leutnant«, meldet Bickel. »Der will schon seit Tagen den Herrn Major sprechen. Seit er weiß, dass Ihr hier seid, will er unbedingt Euch sein Anliegen vortragen.«

Ein graubrauner Haufen Mensch betritt das Verhörzimmer, den fisselhaarigen Schopf auf Schulterhöhe, die Mütze schaukelt an seinen verschränkten Händen, ungefähr da, wo ihm das Gemächte hängen muss.

Von Wolzogen ist wenig neugierig, würde gerne von dem Nusskuchen kosten. »Was gibt's?«

Der Mann hebt den Kopf. Er hat nur den Stumpf einer Nase in seinem verwitterten Gesicht. »Ich wollte dedm gdnädigedn Herrdn verdmeldedn, dass ich gewahr wurde, dass dnämlich Willedm dMüller eidn Aufrührer ist!«, näselt er.

»Diese Vermutung ist uns bereits zugetragen worden und hat sich als nicht stichhaltig erwiesen. Danke! Er kann abtreten!« Es ist seit Jahren das erste Mal, dass von Wolzogen einen Menschen mit ›er‹ anspricht. Er favorisiert das freundlichere ›du‹ oder das höflichere und sehr moderne ›Sie‹. Doch Denunzianten sind ihm von jeher ein Greuel.

Der Mann bleibt stehen, nestelt an seiner Mütze. »Es ist auch so, dass Willedm dMüller die Ochsednwirtidn, also die

Lisbeth Ochs, dedm Herrdn dMajor Kreutzer ausgespadnnt hat!«

Von Wolzogen erschrickt, die Kaffeetasse zittert in seiner Hand. Doch er fasst sich wieder. »Wie meint er das – ausgespannt? Lisbeth Ochs ist doch kein Pferd!«

Bickel kichert.

»Gewiss dnicht. Aber so sagt dman doch in Berlidn, wednn eidn Weib eidne Liebschaft dmit eidnedm adnderedn adnfädngt!«

Von Wolzogen sieht Bickel grinsen, gibt sich hochmütig. »Es ist keineswegs von Belang für Herrn Major Kreutzer und für mich, mit wem die Gastwirtin Lisbeth Ochs eine Liebschaft unterhält. Dessen kann er gewiss sein. Und nun entferne er sich!«

Von Wolzogen wedelt mit der Hand, als wolle er eine Fliege verscheuchen. Bickel führt den Kerl hinaus.

Ein Liebesverhältnis mit dem Müller? Das mag sein. Von Wolzogen sausen die Gedanken durch den Kopf. Der Müller hinkt wohl ein wenig, ist aber ein ansehnlicher Mann mit einem schönen Gesicht und einem freundlichen Wesen. Ja, eine Liebschaft ist denkbar, begünstigt durch die spürbare Zuneigung zu den Waisenkindern. – Daraus folgt: Der Kreutzer ist mit seinem zudringlichen Werben dem Glück der Wirtin im Weg.

Auch von Wolzogen, so muss es ihr scheinen, ist ihrem Glück im Weg. Stimmt es also, was ihm deuchte, als er mit Übelkeit, Erbrechen und Schüttelfrost im Schloss lag? Dass vielleicht nicht der Wermut und das viele Bier an seinem Unwohlsein schuld waren, sondern die Suppe? Hat Lisbeth versucht, den Kreutzer und ihn zu vergiften?

Der Kaffee schlägt Wellen in seinem Bauch, der Apfelstrudel steigt wie feurige Lava in seinem Schlund. Von Wolzogen rennt hinaus in den Hof und übergibt sich.

»Lasst die Ochsenwirtin vorführen«, stöhnt er, als sich Bickel mit besorgter Miene nähert.

25 Jost

Aus dem Tagebuch eines Unbekannten, undatiert, gefunden im Nachlass des Küchenmeisters Franz Vincent Müller, 1822 in Hamburg.

MITTWOCH

Man kommt langsam voran, wenn man mit Schauspielern reist, denn überall, wo sie glauben, dass es sich lohnt, bauen sie als Erstes ihre Bretterbühne zusammen, werfen sich ihre bunten Kleider über, malen ihre Gesichter an und stimmen ihre Lauten, machen einen Lärm, dass keiner sein eigenes Wort versteht, zumal die Kinder, die ihnen zwischen den Füßen herumrennen, diese und jene Utensilie kaputt machen, die dann noch eilends geflickt werden muss, sodass es manchem im Publikum zu lang wird und er wieder geht, was aber nicht schadet, denn wenn die Vorstellung endlich beginnt, sind gleichwohl alle Bänke voll und obendrein findet sich noch eine Traube stehenden Volks ein und alles staunt mit offenem Maul über das, was geboten wird.

Mein eigenes Gewerk ist in solcher Umgebung nicht gefragt, deshalb üb ich mich im Spiel der Maultrommel und der Ziehharmonika, halte das Publikum bei Laune, während die Schauspieler ihre Kleidung und ihre Perücken wechseln oder die Bühne umgestalten. Sie spielen ein vergnügliches Stück, das von heimlicher Liebe und Nebenbuhlerei handelt und worin die Traurigkeit keinen Platz hat.

Wenn jemandem in solchen Stücken Unbill widerfährt, so ist er ein böser Charakter und hat es nicht anders verdient. Und so schweig ich denn vor dem Publikum über mein Missgeschick, schweig über die leidige Müh der Bauern hier am Niederrhein derzeit, schweig nun sogar über das Elend von Lissabon, denn niemand, der ein Schauspiel erwartet, mag solche Dinge hören.

MONTAG

Mein Gott, was ist es in Wallung derzeit, das Volk in diesem Landstrich! *Der König kommt, der König kommt,* so heißt es überall, Männer sagen es ihren Weibern, Weiber sagen es ihren Kindern und überhaupt sagt es jeder jedem, der es freilich längst schon weiß. Nun kehren sie fleißig ihre Gassen und Plätze, pflanzen Blumen entlang der Hauptstraßen, wollen all zeigen, dass sie gute Untertanen sind und dem Besuch des Königs würdig, und auch meine Schauspieler freuen sich und hegen die vage Hoffnung, der König könne sich für ihr Theater begeistern. Also üben sie ein uraltes französisches Stück ein, das heißt *Schule der Frauen* und handelt von ihren bevorzugten Sujets, welche sind die wahre Liebe, die Nebenbuhlerei und die Eifersucht, und da es von einem berühmten Franzosen namens Molière geschrieben ist, hoffen sie, dass der König es sich anschauen wird. Ich üb derweil in meinen Frauenkleidern zu singen und zu tanzen, was aber den anderen nicht recht gefällt, denn sie sagen, das sei allzu platter Ulk, und so suche ich noch nach einer trefflichen Aufgabe in ihrem Stück, denn hier muss ein jeder das einspielen, was er verfrisst, es sei denn, er ist krank oder ein sehr kleines Kind.

FREITAG

Heute ist mir eine große Freud widerfahren, denn sie sind frei, W. und ebenso der Bub, ich hab sie auf dem Wochenmarkt gesehen, wo sie gleich nach ihrer Entlassung hin sind. Sie haben mich zu meiner größten Verwunderung trotz meiner Verkleidung erkannt und sind mir um den Hals gefallen, sodass ich froh und erleichtert bin, weil jetzt nichts mehr zwischen uns ist. Beide sind trotz der zwei Wochen bei Wasser und Brot wohlauf, aber doch voller Sorge, weil die Dorfoberen das Mädelchen ins Irrenhaus haben sperren lassen. Auch hat man wieder preußische Fahnen vorm Wirtshaus zum Ochsen gesehen und so will W. einen Boten mit einem Brief an L. hinschicken, wobei er auf mich zählt, sodass ich überleg, wie ich es anstell, ohne dass man mich erwischt, denn die Weibskleider hält W. für gänzlich ungeeignet und auch der Bub hat dazu den Kopf geschüttelt.

SAMSTAG

Es ist doch immer wieder ein Glück, wenn es einem gelingt, zwei Fliegen mit einer Klapp zu schlagen, denn die Schauspieltruppe hat mich in das Gewand eines Mönchs gesteckt, damit ich in ihrem Stück als solcher herhalten kann, weshalb ich leider auch Teile meines Haupthaares eigenhändig abrasieren musst, weil sie sagen, jeder Mönch müsst eine Tonsur haben, sonst säh es nicht aus wie echt. Ich mag nun recht absonderlich erscheinen in meiner Kutte und keine Lebensart ist mir fürwahr fremder als die eines Mönchs, doch wer sollte besser geeignet sein, als Kundschafter zum Wirtshaus zu gehen, zumal ich mir sogar einen Esel leihen konnt, der ein passenderes Reittier für einen Bettelmönch abgibt als ein Pferd mit einem bunten Wagen. Wohlan, so reise ich nun mit Gott und erbitte seine Gnade und Großherzigkeit für mich und die Meinen. Amen!

26 Willem

Er ist nicht immer der Schnellste, der Jost. Bis er seinen Bart rasiert, seine Schuhe gebunden und seinen Esel in die Gänge gebracht hat, sind andere oft schon hin und zurück. Auch kann es dem Jost leicht passieren, dass ihn ein Schwatz mit irgendeinem Lumpengesellen aufhält, dem er seine Mären erzählt, und im Gegenzug den Stoff für neue Mären von ihm geliefert bekommt. Also darf Willem nicht ungeduldig sein, wenn der Jost sich aufmacht nach Hassum zum Wirtshaus, um Lisbeth eine Nachricht zu überbringen. Lisbeth soll wissen, dass Willem sie schon nächsten Sonntag heiraten will. Und dass jemand in Lisbeths Lage das Trauerjahr nicht einhalten kann, das sei doch klar und da werde sogar der liebe Gott ein Einsehen haben. Außerdem soll Lisbeth wissen, dass Willem Hannegret schon in ein paar Tagen zurückholen wird. Schließlich ist Hannegret Willems Nichte! Jedenfalls auf dem Papier, das der schlaue Jost angefertigt hat. Wenn Willem mit nämlicher Urkunde – versehen mit einem Amtsstempel der vornehmen Stadt Trier – zur Kreisverwaltung in Kleve reitet und sagt, dass er Hannegret an Kindes statt annehmen will, dann mögen die denken, was sie wollen, dann darf das Hannken gleich wieder heim.

Das alles soll der Jost Lisbeth klarmachen, was ihm gewiss nicht schwerfallen wird. Schwer wird es aber sein, bis zum

Wirtshaus vorzudringen und mit Lisbeth allein zu sprechen. Denn womöglich ist wieder alles von Preußen umzingelt – und mittendrin die arme Lisbeth, von dem Untier von Kreutzer bewacht, das den Jost keinesfalls erkennen darf. Es wird also dauern, und wenn Willem und das Fränzken noch so aufgeregt sind, sie müssen sich gedulden. Also laufen sie erst mal zur Mühle, die so lange verwaist war, und erzählen auf dem Weg jedem, der es wissen will, dass man in Hommersum ab morgen wieder Korn mahlt.

Doch als sie in Hommersum eintreffen, ist der Jost schon zurück, rennt ihnen auch gleich entgegen, keucht, dass das Wirtshaus leer und die Lisbeth krank sei, sterbenskrank sogar. Und sie habe just von preußischen Militärs verhaftet werden sollen, als der Jost dort ankam.

»Sie soll versucht haben, den Major und seinen Neffen zu vergiften und tags zuvor ein halbes Dutzend Dragoner!« So kreischt der Jost und sein käsebleiches Gesicht verrät, dass er sich diesmal nichts zusammenspinnt. Die Gendarmen, erzählt er, hätten Lisbeth aber nicht verhaften können, denn sie liege mit einer Art Auszehrung im Bett. Womit immerhin glasklar sei, dass die Vergiftung ein Versehen war, dem sie selbst erlegen ist. Und dass Lisbeth ja nix dafür könne, gar nix dafür könne, wenn die Kartoffeln vielleicht schon alt und verdorben waren, zumal sie sowieso giftig …

Willem fragt nichts, sagt nichts, bürdet dem plappernden Jost eilig seinen Rucksack auf.

»Ich hab mich als Bruder Bartholomäus vom Orden der Kapuziner vorgestellt«, erzählt Jost weiter, »und den Gendarmen gesagt, dass Lisbeth mir wohl bekannt und eine fromme Tochter des Herrn wär. Da sind sie abgezogen und haben versprochen, einen Arzt zu schicken.«

Willem nickt und schweigt, fingert in seinen Brustbeutel, händigt dem Franz alle Schlüssel zur Mühle aus und marschiert los.

»Natürlich bin ich dann selbst ins Wirtshaus rein zur Lisbeth«, ruft der Jost, der sich müht, mit Willem Schritt zu halten. »Aber sie hat mich nicht erkannt. Ich hab ihr angeboten, die Notbeichte abzunehmen, doch da hat sie angefangen, von einem heiligen Siegfried zu erzählen …«

Der Jost verheddert sich in seinem Mönchsgewand, stolpert und stürzt, Willem aber rennt und rennt, die Landstraße hinunter, durch Hassum hindurch, immer in Richtung Wirtshaus, vergisst zu humpeln vor lauter Eile.

Die Bauern, die ihn von Ferne sehen, halten inne. Ist das der Müller aus Hommersum? Sieht ihm ähnlich, kann's aber nicht sein, der mit seinem kranken Fuß! Noch nie hat jemand den Müller aus Hommersum so rennen sehen.

»Sie wird durchkommen, aber das Kind hat sie verloren«, sagt der junge Doktor, der just aus dem Wirtshaus kommt, als Willem eintrifft. »Sind Sie der Vater?«

Willem stutzt.

»Lisbeth war in gesegneten Leibesumständen. Wussten Sie das nicht? Wollten Sie kein Kind miteinander?«

Willem schüttelt erst den Kopf, dann nickt er heftig.

»Sie müssen sich nicht schämen. Mir ist nichts Menschliches fremd. Lisbeth hat einen Kräutersud getrunken, welcher abtreibt, aber auch die Mutter in Gefahr bringt. Ich werde niemandem davon erzählen. Mein Schweigegelöbnis! Und auch sonst.«

Willlem wankt, wie vom eigenen Esel getreten, in Lisbeths Schlafkammer.

Da liegt sie, blasser als je, das schönste Näschen der Welt ragt spitz aus den Kissen.

»Mutter?«, haspelt sie und streichelt sich selbst über die Wange.

Willem tritt an ihr Bett. »Ich bin's, Willem!«, sagt er.

Lisbeth lächelt matt. Ihre Stimme knirscht wie rostiges Blech: »Bist auch schon tot?«

»Wir leben Lisbeth, wir leben!« Er nimmt ihre schweißnasse Hand. »Du wirst wieder gesund! Der Doktor hat's gesagt.«

»Will nicht mehr leben! Die haben mir ...«, Lisbeth schluckt mühsam, flüstert und brüllt es zugleich: »Die haben mir – mein Hanneken – weggenommen!« Ihr Leib windet sich wie unter Peitschenhieben.

Da! Da ist er wieder, der Stich in Willems Brust, der altbekannte Stich. Sie freut sich gar nicht, dass er frei ist! Hannegrets Verlust schmerzt sie so viel mehr als der seine. Und seine Rückkehr wiegt Hannegrets Verlust nicht auf. Nicht mal ein bisschen!

»Ich hol sie dir zurück«, sagt er knapp. »Ich versprech's dir.«

Lisbeth reißt die Augen auf, schließt sie wieder, weint: »Wenn sie noch lebt ...«

»Wenn du so sehr ein Kind willst, warum hast du unseres weggemacht?«

»War nicht unseres! War aus der Spucke des Teufels!« Lisbeth würgt die Worte nur so heraus.

»Du meinst, es war vom Kreutzer?«

Lisbeth nickt matt.

»Wir hätten's trotzdem lieb haben können.«

»Nein, niemals, nein!«

Willem schweigt eine Weile. Es kommt immer darauf an, die Dinge mit Verstand einzuordnen. Gefühle sind schlechte Ratgeber, erst der Verstand lässt einen Menschen vernünftig denken und handeln. Das hat er neulich in einer Schrift von einem ganz jungen Gelehrten namens Kant gelesen. Aber der Verstand braucht manchmal Zeit, um die Ereignisse zu deuten und zu sortieren. Das weiß Willem aus Erfahrung. Mindestens eine schlaflose Nacht braucht der Verstand. Oder auch zwei.

»Wo ist der Kreutzer jetzt, Lisbeth?«

»Tot vielleicht, ha! Hab ihn vergiftet.« Lisbeth keckert wie eine Elster.

Willem seufzt. Das hat er befürchtet. »Erzähl mir mehr!«, fordert er.

»Du musst ihm einen Stecken aus Eiche ins Herz treiben, hörst du«, bricht es aus Lisbeth hervor, »kannst das dritte Stuhlbein nehmen. Nur ein bisschen anspitzen!«

»Das dritte Stuhlbein? Anspitzen?«

»Von dem Eichenstuhl im Keller. Dem fehlen schon zwei!«

Sie wird Fieber haben, hohes Fieber! Willem prüft ihre Stirn. Die ist zumindest warm. An einem Fieber kann man leicht sterben. Der junge Doktor hat sich vielleicht geirrt. Er kann noch nicht weit sein.

Willem will aufspringen. »Bleib ganz still liegen, Lisbeth! Ich hol den Doktor zurück!«

Lisbeth hebt den Kopf. Sie greift nach Willems Hand. Ein Griff wie von einem Spannknecht. »Versprich's mir, Willem! Und dann musst seine Stiefel ins Moor schmeißen, damit die Moorhexen sie fressen. Damit sein Geist nicht wiederkehrt! – Hörst du?«

»Ist ja gut. Mach ich«, sagt Willem begütigend, tätschelt ihr die Wange, er weiß ja, wie abergläubisch sie ist. Wieder will er aufspringen, nach dem Doktor sehen, da hebt Lisbeth den Kopf, lockt ihn mit dem Zeigefinger heran.

»Hab auch den Ochsenwirt vergiftet«, flüstert sie.

»Ist ja gut, Lisbeth.«

»Glaubst mir nicht?«

»Es ist oft so, dass man sich schuldig fühlt, wenn einem der Mann oder die Frau oder ein Kind wegstirbt vor der Zeit. Aber der Ochsenwirt ist krank geworden, einfach krank!«

»Ja, krank. Weil ich ihn vergiftet hab.«

»Vergiftet?«

»Erst hab ich ihm Holzgeist in den Schnaps gemischt, bis er blind wurd …«

»Ich dacht, er hätt den Star gehabt.«

»Das dacht er selber auch.« Lisbeth kichert böse. »Und dann hab ich ihm verdorbene Wurst gegeben. Zuletzt Hundspetersilie. Bis er tot war.«

»Hundspetersilie? Das schmeckt einer doch!«

»Nicht wenn er glaubt, dass es Gartenpetersilie ist, die ihm der Doktor empfohlen hat zu essen.«

Willem würgt es. »Hast ihn vergiftet, weil er alt wurd? Lästig war?«

»Weil er mich immerzu geschlagen hat.«

»Geschlagen?« In Willems Kopf steigen Erinnerungen auf wie Blasen im siedenden Wasser. Hat nicht auch sein Vater die Mutter manchmal geschlagen? Hat Willem nicht selbst einmal seine verstorbene Frau geschlagen, als sie ihm sagte, sie ekle sich vor seinem vernarbten Fuß? »Ist doch normal, dass ein Mann seine Frau manchmal schlägt!«, sagt er leise.

Lisbeth petzt die Lippen zusammen und wendet sich ab.

In Willem steigt eine Ahnung auf. »Für den Ochsenwirt war das erste Stuhlbein, richtig?«

Lisbeth bleibt abgewandt liegen und schweigt.

»Für wen war das zweite?«

»Ha, für einen preußischen Leutnant, einen Hundsfott«, zischt Lisbeth. »Den hab ich erschlagen.«

»Unsinn, der ist die Treppe runtergestürzt. Das Fränzken hat's mir erzählt!«

»Das Fränzken weiß nicht alles. Der Leutnant hat noch gelebt. Hat herumgekeift, mir gedroht. Da hab ich ihm den Scheuerhaken an den Schädel gehauen, erst da war er tot.«

»Und dann hast du ihm das Stuhlbein ...?«

Lisbeth nickt.

Willem schlägt die Hände vors Gesicht. »Und die Leiche hast du ins Moor geschafft?«

»Nur die Stiefel. Das Fleisch hab ich verfüttert.«

»Waaas? Wem? Dem Hund?«

»Den Preußen.« Und dann würgt Lisbeth, als ob sie den dabei empfundenen Ekel herauskotzen müsse, erzählt, wie sie das Fleisch ausgebeint, in Salzlake eingelegt und getrocknet hat, wie sie es den nimmersatten Preußen an ihre fade Kartoffelsuppe gegeben hat ...

Willem packt das Entsetzen. »Hab ich etwa auch davon ...?«

Lisbeth fährt hoch, reißt die trüben Augen auf. »Wo denkst du hin! Das würde ich niemals tun! Du hast nix davon gegessen, nix! Ich sowieso nicht, kein Rechtgläubiger. Kein Einheimischer. Auch der Jost nicht, das Fränzken nicht und mein Hannken nicht! Mein Hannken ...«, Lisbeth schluchzt, dass sich die Wände zu neigen scheinen.

Willem ist ohne Erbarmen. »Wie bist du bloß auf den Einfall gekommen?«

»Weil ich Fleisch brauchte. Die Preußen wollten Fleisch essen, aber nicht immer dafür bezahlen. Da hab ich erst die Rippen vom Ochsenwirt genommen, dann den Schinken, dann das Beinfleisch – beim Leutnant war's dann egal.«

»Aber den Ochsenwirt haben wir doch beerdigt! Ich war dabei!«

»Da war nur ein altes Ochsengeschirr im Sarg. Das hab ich in Decken gewickelt, damit's nicht scheppert. Konnt ihn doch nicht beerdigen lassen, ohne die heiligen Sakramente! Er wäre ewig wiedergekommen als Geist! So hab ich sein Herz mit einem Eichenholz gespalten, seine Galoschen ins Moor geworfen und seine Leich in das Kellerloch getragen, in das er mich immer gesteckt hat. Doch zuvor haben die Katzen sein Blut geleckt. Jetzt ist ein bisschen von seiner Seele in den Katzen.«

»Und die Reste vom Ochsenwirt? Und vom Leutnant? Das, was von ihnen übrig ist?«

»Alles im Kellerloch! Und bald werden sie's finden. Der Kreutzer will das Wirtshaus und kriegt es auch, weil ich sterben werd. Irgendwann finden sie bestimmt die Knochen. Aber das ist mir egal. Seit mir die Dorfoberen mein Hannken genommen haben, ist mir alles egal!«

Willems Herz schmerzt nicht mehr, es rast wie nach einem langen Lauf. Kann es sein, dass Liebe, die man viele Jahre für einen anderen empfunden hat, innerhalb weniger Minuten abstirbt? Durch Abscheu? Durch Entsetzen? Ja, davon schwindet die Liebe wie ein Feuer unter einem Regenguss. Aber ein Glimmen bleibt vorerst.

»Du stirbst nicht! Aber musst fliehen«, sagt Willem und tritt von Lisbeths Bettstatt zurück. »Egal, ob der Kreutzer überlebt oder nicht, sein Neffe ist wohlauf. Und wenn sie dich verdächtigen, giftige Suppe ausgeteilt zu haben, werden sie das Wirtshaus um- und umkrempeln. Ich bring dich in Sicherheit. Ich weiß auch schon, wie.«

27 von Wolzogen

»Der Müller also! Dieser Pimpf! Dieser Krüppel!« Major Kreutzer stiefelt im Kreis durch die Amtsstube. »Und noch dazu ein Aufrührer, der dem Bischof den Zehnten verweigert!« Seine Stimme kippt ins Larmoyante. Mit einem aufrührerischen Krüppel habe sie sich eingelassen! Während er … – viele Wochen lang … – in schwieriger Mission … – des Königs … – bei Wind und Wetter …

Regentropfen prasseln gegen die Fensterscheiben.

Von Wolzogen müht sich um Contenance, gibt zu bedenken, dass die Anschuldigungen dieses Denunzianten ja nicht der Wahrheit entsprechen müssen. Er schlägt vor, die Angelegenheit zunächst in Ruhe zu prüfen, Lisbeth zu befragen, sobald ihr Wohlbefinden wiederhergestellt sei. Immerhin sei es denkbar, dass jener näselnde Mensch selbst an Lisbeth Interesse hege, aber eine Abfuhr erhalten hat und nun auf Rache sinnt …

»Dann hat sie dem auch schöne Augen gemacht, die Hure, die!«, jault der Kreutzer dazwischen und schlägt die Hände vor seinem feisten Gesicht zusammen.

Von Wolzogen schweigt. Nie hätte er gedacht, dass ein Raubein wie der Kreutzer in seiner Mannesehre derart verletzlich wäre. Dennoch regt sich keinerlei Mitleid in von Wolzogens Brust, eher schon die Sorge, dass aus dem geplanten Verlöbnis der schönen Ochsenwirtin mit dem Kreutzer nichts wird, ergo auch nichts aus dessen Scheidung von Tante Sybille von Wolzogen, worüber doch seine ganze geliebte Familie über die Maßen erleichtert wäre!

»Die Hure, die!«, jault der Kreutzer zum wiederholten Male. Draußen grummelt der Donner.

»Immerhin hat sie erst vorige Woche in ein Verlöbnis eingewilligt«, wirft von Wolzogen ein. »Also werden die Gerüchte über sie und den Müller wohl nicht zutreffen.«

»Wenn nur ein Hauch davon wahr ist, werde ich Satisfaktion fordern!« Die ohnehin etwas schmalen Lippen des Majors verjüngen sich zu einer waagerechten Linie.

»Ein Duell mit einem Müller ist keine respektable Lösung«, von Wolzogen gibt sich erschrocken, »noch dazu mit einem versehrten Menschen, der wohl Zeit seines Lebens keine Pistole in der Hand hatte.«

»Ich lasse den Kerl wieder einsperren«, beschließt der Kreutzer. »Liegt ja genug gegen ihn vor.«

Von Wolzogen wiegt den Kopf, denkt nach. Ein inprisonierter Müller wäre der Verlobung nicht länger im Weg. Lisbeth würde einwilligen, wie sie es ohnedies schon getan hat. Frauen sind ja so wankelmütig! Und dem Müller, dem netten Kerl, würde nicht allzu viel widerfahren. Man könnte ihn ja beizeiten wieder freilassen, sobald Se. Majestät eintrifft …

Sobald Se. Majestät eintrifft? Ein Wetterleuchten lässt von Wolzogen zusammenfahren. Immer häufiger ertappt er sich dabei, selbst an jene Lügengeschichte zu glauben, die er ersonnen und commun gemacht hat.

»Auch dies dünkt mir eine voreilige Maßnahme«, beeilt er sich deshalb zu widersprechen. Dem Müller sei, was den

Zehnt für den Bischof betreffe, nicht unbedingt etwas nachzuweisen, führt er aus und müht sich, keine Gefühlsregung zu zeigen. »Der Müller hat stets seine Steuern gezahlt, auch dem Bischof. Und aus Dortmund selbst gibt es keinerlei Anklage, er habe mit ansässigen Aufrührern gemeinsame Sache gemacht.«

»Die Anklage besorg ich mir, darauf kannst du dich verlassen, mein lieber Neffe!«

Von Wolzogen will neu ansetzen, will vom avisierten Besuch des Königs sprechen und darauf hinweisen, dass es doch nun von größerer Wichtigkeit sei, auf eine rasche Verlobung hinzuwirken et cetera, da klopft es ungestüm an die Tür. Amtsdiener Bickel meldet nässetriefend, dass ein Dutzend bewaffneter Franzosen sich vor wenigen Stunden in Geldern aufgehalten habe, von der Schildwache und der Bevölkerung unbehelligt bis ins Zentrum vorgedrungen, dann wieder abgezogen sei.

Der Major erwacht aus seinem Selbstmitleid. »Franzosen? Wo kommen die her?«

»Nehme an, aus Frankreich«, sagt Bickel.

»Hat nichts zu sagen«, entscheidet der Kreutzer. »Solche Stippvisite aus dem Freundesland wird dem König recht sein. Vielleicht waren es durchreisende Truppen, denen der Passierschein abhandengekommen ist.«

Oder es waren Späher und Vorboten des Kriegs, schießt es von Wolzogen durch den Kopf. Die Franzosen wollen sich die preußische Enklave an ihrer empfindlichsten Stelle besehen. Geldern! Das Städtchen im Süden ist erst vor anderthalb Dezennien annektiert worden. Die Gelderner werden gewiss keinen Finger rühren, um preußisch zu bleiben. Und wer Geldern hat, der hat auch Wachtendonk, Kevelaer …

»Die Materie muss Sr. Majestät dennoch schleunigst gemeldet werden«, drängt von Wolzogen, worauf Major Kreutzer zu gewohnter Form aufläuft, Amtsdiener Bickel hin und her scheucht, ein halbes Dutzend Soldaten zu sich beordert, um unverzüglich eine bewachte Depesche nach Berlin vorzubereiten.

Von Wolzogen tritt ans Fenster, starrt in die Pfützen, aus denen mit jedem einfallenden Regentropfen winzige Fontänen aufschießen. Ihm schwant Übles. Ein Krieg steht bevor. Wieder wird er um Schlesien geführt und vermutlich wird Se. Majestät als Schlachtenlenker in eigener Person mit seinen Truppen gen Österreich ziehen, den Rest seiner Soldaten im Osten aufstellen, um die Russen am Einmarsch zu hindern. Kann er da dem Niederrhein eine Visite abstatten? Wohl kaum. Sobald der Krieg beginnt, platzt die Blase!

Das bedeutet indes auch, dass von Wolzogen schon bald zurückbeordert wird, zumal seine Mission erfüllt ist. Der Major wird seinen Jähzorn, seine Eitelkeit, seine Herrschsucht umso heftiger ausleben. Und die Dragoner, soweit sie hier verbleiben, werden ihm gehorchen. Auf alle Fälle muss von Wolzogen den Müller warnen. Wird ihn drängen, auf Lisbeth zu verzichten, vielleicht für einige Wochen zu verreisen, bis der Zorn des Majors verraucht ist.

Als der Regen nachlässt, sattelt von Wolzogen seinen Rappen und macht sich auf nach Hommersum, diesem Nest im Westen von Goch, wo es wohl kaum mehr als eine Wassermühle geben kann.

Schon von der Landstraße aus sichtet er durch sein Spektiv die Fahne mit dem Querkreuz auf dem First der Mühle. Sie meldet: Heute kein Betrieb. Was bei solchem Wetter nicht verwunderlich ist, und so hält von Wolzogen weiter auf das hölzerne Häuschen zu, das sich unweit der Niers zwischen die Weiden duckt. Die Schleuse ist geöffnet, die Niers rast wie ein Wildbach am Mühlenrad vorbei, führt rauschend und gluckernd Büschel von Gras und Schilf mit sich.

Von Wolzogen erklimmt die Stiege, klopft an die Tür. Niemand öffnet. Neuer Regen setzt ein, rinnt ihm in den Kragen.

»Da ist niemand daheim«, ruft ihm ein vis-à-vis wohnendes Weiblein vom Fenster zu und vermerkt noch, dass der Müller und sein Gehilfe mit einem Mönch davongegangen sind. Schon gestern!

»Aber wohin, gute Frau?«

»Bestimmt pilgern sie zum Trappenboom, wo einem die Heiligen erscheinen. Die zwei haben was auf dem Kerbholz, war'n lang im Gefängnis«, lacht das Weiblein, eh es das Fenster schließt und dahinter verschwindet.

Der Regen nieselt unaufhörlich aus milchigem Himmel. Von Wolzogen ist bis auf die Haut durchnässt. Doch die Ungewissheit quält ihn. Wenn der Müller und sein Neffe verschwunden sind, was ist dann mit Lisbeth? Er gibt seinem Rappen die Sporen.

Schwarze Wolken jagen heran und türmen sich auf. Das Wirtshaus erhebt sich trutzig aus den Pfützen. Von Wolzogen pocht an die Tür. Ruft. Keine Antwort. Er prüft die Scheune, den Stall. Alles ist fest verrammelt. Er lauscht auf ein Rascheln im Heu, das Gackern eines Huhns. Nichts. Aus der Hundehütte funkeln zwei grellgrüne Augenpaare. Die Katzen? Von Wolzogen starrt hinein. Eins der Tiere faucht, das andere hält einen blutenden Vogel im Maul.

Sie ist also auch davon. Geflohen mit Pferd und Wagen. Sogar ihren Hund und ihre Hühner hat sie mitgenommen. Nur die Katzen nicht. Von Wolzogen inspiziert die Fenster auf der Gartenseite. Eines, zum Keller hin, gibt auf Druck nach, springt auf. Er kriecht hinein, fällt ein paar Fuß tief und landet neben einem umgekippten Bierfass, das bis zum letzten Tropfen geleert ist.

Auch die Speisekammer ist ausgeräumt bis auf einen Sack, halb voll mit Kartoffeln, uralten Kartoffeln, die mehr Triebe als Knollen aufweisen. Doch sonst, kein Brotkrümel, keine Trockenerbse ... Dabei scheint es von Wolzogen, als liege ein Hauch von Fäulnis und Verwesung in der Luft.

Ein halb zerbrochenes Einmachgefäß versteckt sich unter der Bank. Drinnen schwimmt ein Rest von Birnenschnetzen in einem nach Met duftenden gelben Sud. Daneben liegt bäuchlings ein Löffel, als habe ihn jemand fallen gelassen.

Von Wolzogen stutzt. Ist da doch jemand im Haus? Er entsichert sein Gewehr, tritt auf die Treppe zum Erdgeschoss. Alles dunkel.

»Guten Tag, ist da jemand? Ich komme in friedlicher Absicht!«

Ein Wetterleuchten durchzuckt die Düsternis, der Wind fährt vom Kellerfenster herein, irgendwo im Haus klappt eine Tür. Von Wolzogen fährt vor Schreck zusammen. Beruhigt sich wieder. Bei einem Gewitter reiben Wolken aneinander und bewirken eine besondere Kraft, aus welcher Blitz und Donner, Sturm und Regen erwachsen. So hat er es in der Militärakademie gelernt, hat selbst einen Aufsatz dazu verfasst. Man muss auf der Hut sein vor dem Blitz, das ja, doch sonst gibt es keinen vernünftigen Grund, sich vor einem Gewitter zu fürchten.

Er beschließt, das Gasthaus zu durchsuchen. Vielleicht gibt es einen Hinweis auf Lisbeths neues Quartier.

Mit gezücktem Gewehr steigt von Wolzogen hinauf ins Erdgeschoss des Wirtshauses, lässt Licht herein, durchsucht Küche und Kammer. Alles ist sorgfältig verwahrt: die Tischtücher, die Teller, die Becher, ganz so, als warteten sie auf zahlende Gäste.

Nein, es besteht kein Zweifel, die schöne Wirtin ist geflohen. Mit dem Müller und einem Mönch! Womöglich, um zu heiraten. Um ihren Bund zumindest vor Gott zu besiegeln. Lisbeth hat demnach von Wolzogen und den Major getäuscht, als sie in die Verlobung einwilligte. Hat anschließend versucht, beide zu vergiften. Und dann sich selbst. Wie verzweifelt muss sie gewesen sein! – Oder war das Gift in der Suppe doch nur ein Versehen? Die Kartoffeln darin schon verdorben? Und Lisbeth, nun ja, sie ist unstet in ihren Gefühlen wie alle Weiber. Findet mal an dem Kreutzer, mal an dem Müller mehr Gefallen. – Wie auch immer, von Wolzogen wird sie suchen lassen!

Er steigt zu den Schlafkammern hinauf, die Türen stehen offen, die Fensterläden sind geschlossen, Bettstätten und Truhen starren ihn aus der Dunkelheit an, die Dielen knarren unter seinen Füßen.

Jäh zuckt ein Blitz aus dem Schrein, malt Zickzackmuster an die Wand. Aus dem Schrein? Der Donnerschlag im Ofen lässt keine Sekunde auf sich warten. Von Wolzogen durchfahren Blitz und Donner von den Zehen bis in die Haarspitzen. Er taumelt, fällt, stellt verwundert fest, dass er noch lebt, fasst sich allmählich, setzt Fuß vor Fuß den Flur entlang, die Treppe hinunter. Er besinnt sich erneut auf seinen Aufsatz für die Militärakademie. Gewitter entstehen durch

Wind und Wolken, Blitze können nicht aus Schreinen entweichen, Donnerschläge kommen niemals aus kalten Öfen. Es existieren keine Wettergeister, auch keine Gespenster. Die Toten ruhen in Gott. Oder schmoren in der Hölle. Alles andere ist heidnischer Nonsens.

In der Gaststube angekommen, öffnet von Wolzogen ein weiteres Fenster, lässt trübes Tageslicht herein. Draußen pladdert der Regen. Pladdert, wie Regen immer pladdert. Von Wolzogen lässt sich auf einen Stuhl fallen, wischt sich mit dem Ärmel den Schweiß von der Stirn und sieht sich um. Irgendwo müsste doch ein Hinweis sein, der Lisbeth und den Müller verrät. Der einen klugen Menschen wie von Wolzogen zu ihrem Fluchtziel führt.

Sein Blick fliegt über die Tische, den Ofen, die Reihe der Fenster entlang. Da, das Bild! Das Gemälde an der langen Wand! Zeigte kürzlich diese schöne Heilige im Fürstenkleid, die zerlumpte und verletzte Wanderer mit Brot und Medizin versorgte. Sie ist verschwunden. Nur ihr Heiligenschein ist geblieben, hängt frei vor der Kulisse des Kölner Doms. Die Wanderer knien vor einem leeren Korb, blicken ratlos zum Himmel.

Von Wolzogen traut seinen Augen nicht, will aufstehen, hinübergehen, das Bildnis aus der Nähe betrachten. Da kippt der Stuhl, auf dem er sitzt. Bricht unter ihm weg. Von Wolzogen landet auf seinem Hinterteil, sein verwundeter Fuß meldet sich schmerzvoll. Er sieht nach dem Stuhl. Der zeigt eingeritzte Runen. Und hat nur zwei Beine. Zwei Beine? Das gibt es nicht! Von Wolzogen hat minutenlang auf einem mit Runen beritzten zweibeinigen Stuhl gesessen!

Er fasst sich, will sich aufrappeln.

Da ist sie! Die Frau aus dem Gemälde schwebt lautlos und

durchscheinend blass vor ihm nieder, bückt sich, streckt beide Hände nach seinem kranken Fuß aus.

Das Entsetzen ist größer als der Schmerz. Von Wolzogen hastet auf allen vieren hinaus, stolpert über den Hof, hievt sich auf seinen Rappen und galoppiert durch Sturm und Hagel davon.

28 Jost

Aus den Schriften eines Bettelmönchs, entdeckt 1773 als gut erhaltene Flaschenpost im Schlick eines Rheinarms bei Emmerich, dem Franziskanerkloster Kempen übereignet und seither daselbst aufbewahrt.

EIN SONNIGER TAG IM JAHR DES HERRN 1756
ZWISCHEN TRINITATIS UND MARIÄ HIMMELFAHRT

Der Herr sei mit uns, denn mein lieber junger Bruder Franziskus und ich haben ein Waisenkind vor dem sicheren Tod durch Hunger und Verelendung bewahrt, als wir unbehelligt eindrangen in das Reich der Verdammnis, wo Tränen und Geschrei zu Hause sind und wo der Kot und die Kotze derer, die darin wohnen, mit dem Schwamm in den Wänden selbiger Behausung eine derart unzerstörbare Verbindung eingegangen sind, dass allenfalls ein Erdbeben das Elend zum Einstürzen zu bringen vermöchte. Solchem Dasein entrinnt im Normalfalle nur, wer durch die opfernde Pflege barmherziger Schwestern beizeiten das Himmelslicht erblickt, denn selig sind, die da geistig arm sind, insbesondere wenn sich ihr sterblicher Leib ohne Widerstand ins Unvermeidliche fügt.

Dortselbst fanden wir inmitten sabbernder und wimmernder Kreaturen das Kind in Banden um Hand- und Fußgelenke und wund in der Nässe seiner Notdurft, doch gleichwohl begrüßte es uns freudigen Herzens und reiner Seele, denn es schrie nicht und biss nicht, was ein wahres Wunder ist, sondern ließ sich losmachen und warf sich, als hätte es uns erwartet, sogleich in die kräftigen Arme von Bruder Franziskus, der es auf selbigen hinaus aus der Hölle trug und hin zu seiner lieben Amme, die wiederum vor den Pforten der Stadt auf uns wartete und es sogleich unter ihre Reifröcke nahm.

EIN WEITERER SONNIGER TAG IM JAHR DES HERRN 1756
ZWISCHEN TRINITATIS UND MARIÄ HIMMELFAHRT

Hat nicht unser Herr Jesus sein Brot wie auch seinen Aufenthalt mit Zöllnern und Sündern geteilt? Ebenso mag man es verstehen, dass Bruder Franziskus und ich uns nun zu Schauspielern und Zigeunern gesellen, um sie in der tätigen Liebe Gottes zu unterweisen und ihnen beizustehen in ihrem kärglichen Alltag, denn sie erquicken sich gern an unseren frommen Sprüchen.

Es mag eine Binsenweisheit sein, wie sehr Kleider einem Menschen Gestalt geben, weil wir nur nackend alle gleich sind, wie die Philosophen heute sagen, und auch wenn mancher schöner als andere sein mag, edler ist er darum nicht. Erst ein gutes Tuch lässt Stand und Ansehen erkennen, und so mag es nicht erstaunen, dass man einem Bauern oder Kaufmann das Tragen von Gewändern eines höheren Standes, etwa aus Samt oder Seide, verwehren will, gar als Betrug wertet und bestraft, wenngleich doch manch ein reicher Bauer oder Kaufmann sich sehr wohl einen Samtrock leisten kann. So kommt es, dass auch ein Schauspieler sich am Rande des Gesetzes wähnt, wenn er sich in eine alte Soldatenuniform hüllt, wie unser frommer weißhaariger Lautenspieler, der Onkel meines lieben Franziskus, es tut, mag selbiges Teil auch so fadenscheinig sein, dass man darunter das Brusthaar wachsen sieht, und so speckig, dass man einen Krapfen daraus backen könnte!

Gleichwohl macht solche Maskerade frei, denn nur wer sich recht maskieren darf, legt die starren Masken ab, die seine Lebensumstände ihm aufgedrückt haben, und mancher wird ein anderer Mensch, wenn auch vielleicht nur eine Zeit lang. Das zeigt sich besonders bei der Amme, die wieder guten Muts ist, seit ich ihr das Haar gefärbt hab mit einem Sud aus dem Morgenland, welcher dieses schwarz macht wie Ebenholz, und anstelle ihrer Witwenkluft trägt sie die bunten Kleider und den Schmuck der Zigeunerinnen und tritt nun gar mit ihren Tarotkarten als Wahrsagerin vor das Publikum, sodass sie die Einkünfte der Schauspieler leichtens bereichern kann.

EIN GAR TRÜBER TAG IM JAHR DES HERRN 1756

Wir müssen abreisen! Alles, was uns Hoffnung hätte geben können, einstweilen in diesem herrlichen Landstrich zu bleiben, war der Besuch unseres Königs, doch der ist nun abgesagt. Friedrich II. lässt seine Untertanen am Niederrhein herzlich grüßen, so schallt es aus allen Amtsstuben, doch er könne nicht wie geplant seinen Besuch abstatten, denn es sei Krieg in Schlesien, wohin der König in eigener Person eilen müsse, und wenngleich alle Welt nun beeindruckt ist von einem König, welcher sich nicht hinter den Ofen hockt, während seine Soldaten ihr Leben lassen, so sind doch die Niederrheiner zutiefst enttäuscht, denn die zahllosen Petitionen, die fertig geschrieben für den Tag des königlichen Zugs durch die Gassen aufbewahrt wurden und so manchem den Lebensmut wiedergaben, sind nurmehr vergeudetes Papier und müssen rasch ins Feuer, wenn sie nicht einem Amtmann in die Finger geraten und einen so auf direktem Weg in den Knast bringen sollen.

DER NASSESTE TAG DES HERRN IM JAHRE 1756

Trauer hat sich auf mein Herz gelegt, denn der Lautenspieler wird fürderhin nicht mehr bei uns sein. Er will in seine Heimat zurückreiten, wo er ein besseres Auskommen hat, wie er sagt, und doch scheint mir, ist der Grund ein anderer, denn es ist zwischen ihm und der Amme eine Fremdheit entstanden, die mir längst aufgefallen ist. Freilich hab ich dies nicht ernst genommen, denn unter Liebesleuten ist mancherlei Turbulenz, solange die Liebe frisch ist, nun aber offenbart sich ein tiefer Riss zwischen beiden, da mein lieber Franziskus, welcher als Friedensengel vermitteln wollt, sich von der Amme nur ein Achselzucken und vom Lautenspieler einen Anschiss geholt hat und nun beleidigt ist. Er will seinen Onkel gern verlassen, sagt er, will mit der Amme weiterreisen, auch um des Kindes willen. Der Lautenspieler aber hat beschlossen, sobald wir den Fluss und die Grenze passiert haben, auf seinem Esel zurückzureiten und uns alsbald zu vergessen, doch als er so sprach, heulte er Rotz und Wasser, so wie auch mein lieber Franziskus und ich nun Rotz und Wasser heulen, und so werde ich dieses nasse Papier alsbald dem Fluss übergeben und der Himmel möge entscheiden, ob es jemals gefunden wird.

29 Irmgard von Aspel

Warte! Will dir den Fuß salben! Dir die verschreckte Seele streicheln! Meine Stimme hallt im Wolkengebirge über den Sümpfen wider. Doch mein lieber junger Giselher verschließt seine Ohren. Jagt auf seinem Rappen davon. Flieht vor meinem Bildnis, obgleich es doch nur das Bildnis seiner eigenen Warmherzigkeit, seiner ziellosen Liebe und Freundlichkeit ist.

Was bin ich, Grafentochter Irmgard von Aspel, anderes als ein ruhmreicher Abglanz des Guten im Menschen!

Meine Gebeine liegen im Dom zu Köln. Und auch meinen Geist hat sich die liebe Mutter Kirche einverleibt, als sie mich heiligsprach.

Sie musste es tun. Denn mein Wirken zu meinen Lebzeiten und darüber hinaus hatte umstürzlerische Kraft. Und Umstürzlerisches versteckt unsere liebe Mutter Kirche vornehmlich unter Freskengemälden, hinter mächtigen Orgelpfeifen und in Schwaden von Weihrauch.

Habe ich doch alles Volk versorgt, das verletzt war, das hungerte und fror, auch die Fremden, die Armen, die Krüppel, die Gaukler, die Huren, die Sünder. Wie unser Herr Jesus es tat. Aber auch jene, die an Odin, Wotan und Freya glaubten und nicht an unseren Herrgott. Ja, selbst die Heiden und Ungläubigen habe ich genährt und gesalbt. Und es gab ihrer viele zu meinen Lebzeiten.

Das Volk meiner Heimat wie alles Volk, das des Weges kam, hat mich dafür geliebt. Und unser Herrgott hat mich nicht dafür gestraft. Viele Dezennien, ein ganzes Menschenleben lang ließ er mich wirken.

So hat das Volk mich weit mehr verehrt, als es den frommen Herren, die in ihren Ornaten auf Lateinisch predigten, recht war. Mehr hat es mich geliebt, als dass es meinen Tod jemals still ertragen hätte, wäre ich ihm nicht erhalten geblieben. Als Heiligkeit. Als heilige Irmgard von Aspel, von Süchteln, von Rees, von Köln ... je nachdem, wie die liebe Mutter Kirche es während der letzten sechshundert Jahre hat festschreiben wollen. Sie hat mir an einem stillen Ort bei Süchteln ein Brünnlein geweiht und eine Kapelle darüber errichtet, damit das Volk einen Ort hat, zu dem es seine Verehrung hintragen kann. Damit ein jeder einen Schluck aus dem Brünnlein nehmen kann und alsbald weiterzieht.

Mit einem Brünnlein indes ist den wenigsten Menschen geholfen. So habe ich heute mehr denn je zu tun. Denn viele, die des Weges kommen, hungern und dürsten, wenn nicht nach Brot und fetter Suppe, dann nach Güte und Freundlichkeit.

Und alle, ja alle, die sie am niederen Rhein leben oder auch zum vorübergehenden Aufenthalte hier sind, bedürfen der Fürsorge. Der eine weniger, der andere mehr. Der eine an seinem Leib, der andere tief in seiner Seele.

Auch mein lieber Giselher, der dort auf seinem Rappen vor mir flieht, ist schwer verwundet. Er missachtet das Stechen in seinem Fuß, welcher nicht heilen wird, solange ihm die notwendige Ruhe und Pflege fehlen. Noch mehr missachtet er die Schmach, von seinem König an den Niederrhein geschickt worden zu sein. In derber Gesellschaft und wenig honoriger Mission. *Taugt einer was, soll er in Berlin eingesetzt werden, taugt einer nichts, soll er nach Kleve.* So hat es sein König vor Jahren verfügt. Und alle rund um Berlin und Potsdam haben es gehört.

Der junge Kadettenschüler Giselher von Wolzogen hat es seinerzeit mit Neugier vernommen, ohne zu ahnen, dass es ihn jemals treffen könnte. Nun hält er die Demütigung vor sich selbst geheim, um nicht daran zu verzweifeln.

Aber ach, sein König! Der muss nicht wirklich herreisen, damit ich ihn erkenne. Welch eine Wunde, in früher Jugend seinen besten Freund den Tod erleiden zu sehen! Einen elendigen und schmerzvollen Tod zudem. Einen ungerechten Tod als Strafe für die eigene Verfehlung. Solche Wunde heilt nie! Und so trägt Friedrich II. den Niederrheinern bis heute nach, dass eine übereifrige Administration in Kleve seinen Freund und ihn an den unbarmherzigen Vater ausgeliefert hat.

Mein lieber Giselher weiß all das. Weiß auch, dass die paar Wagenladungen voll Kartoffeln, die er hierher zu begleiten hatte, nur ein billiges Pfand sind. Eine scheinbare Zuwendung, die die Gleichgültigkeit notdürftig verdecken soll. Denn Friedrich II., den sie bald *den Großen* nennen werden, wird zur Verteidigung von Kleve und Geldern, von Wesel, von Emmerich, Rees und Isselburg keinen Finger rühren. Er wird dem bloßen Kalkül folgen und all seine Truppen gegen Österreich und Russland im Osten und Süden seines Reichs zusammenziehen. Den Niederrhein aber wird er dem Franzosenkönig zum Fraß vorwerfen. Damit dieser Ruhe gibt. Aus dem Krieg aussteigt. Sich wieder seinem Pomp und seiner Pompadour zuwendet und ihn, Friedrich den Großen, gewähren und schließlich siegen lässt.

So sieht mein lieber Giselher schon die französischen Heere ungehindert am Horizont heraufziehen. Sieht sie als schillernde Mauer von Südwest heranrücken. Die senfgelben Lilien auf ihren weißen Fahnen glimmen wie Wolfsaugen durch die Nebelschwaden. Mit Pfeifen und Trommeln, mit Fackeln und Waffengeklirr werden sie das Volk gefügig machen. Und das Volk wird sich nicht wehren. Weil es sich noch nie gewehrt hat. Warum auch? Besatzer gleichen einander von jeher, wie eine Prise Schießpulver der anderen gleicht. Und der Adel und der Klerus werden sich die Hände reiben, wenn sie den gottlosen Aufklärer in Berlin los sind. Werden den eitlen, sauffreudigen Franzosenkönig nur zu gern mit den geforderten Steuern bedienen, die am Ende ja doch das Volk wird einlösen müssen.

Und so empört sich die Seele meines lieben Giselhers so sehr, dass er trotz Sturm und Hagel sein armes Pferd querfeldein treibt, es schindet, bis es keucht und seine Augen blutunterlaufen aus den Höhlen treten. Aus den stampfenden Hufen wirbeln Brocken von Lehm und Kieselgestein, sprühen Fontänen von Morast umher und wehen hinter dem Reiter her wie eine Schleppe. Schwer sinkt sie nieder, die nasse Schleppe, hinterlässt einen Flickenteppich aus Pfützen, Grünzeug und maulwurfshügelgleichen Erdhaufen.

Auch Sleipnir, Odins achtbeiniges Ross, soll vor Jahrtausenden den niederen Rhein in wilder Jagd hinauf- und hinuntergeprescht sein. So erzählt man sich. Seine riesigen Hufe sollen Löcher in die Erdkruste geschlagen, den Lehm herausgelöst, den Fels zerborsten haben. Und aus seinen Hufen soll die Masse aus Erde und Gestein mit jedem Galoppsprung gelöst und zu niederen Hügeln herniedergeregnet sein. So deutet das Volk die von Auen und Sümpfen,

Wiesen und Wäldern gesprenkelte Landschaft, die ein ferner Gott aus Rom ihm nicht erklären kann.

Sage niemand, der Niederrhein sei flach. Er ist tief. So wie eine Berglandschaft hoch ist. Er lässt die Unendlichkeit des Himmels nicht gelten, denn dieser hängt selbst bei Sommersonnenschein niedriger, als der Horizont weit ist. Dafür lassen all die hohlen oder wassergefüllten Erdlöcher, die Moore, die Sümpfe, die von struppigem Wald bedeckten Senken die Unendlichkeit der Welt selbst ahnen.

An einem jener kleinen Seen am Rande des Reichswalds hockt die junge Dirne Traute, betrachtet weinend ihr Spiegelbild im Wasser. Ein Haufen Dragoner hat sie übel zugerichtet, als sie sich gegen deren Zudringlichkeit wehrte, gerechte Bezahlung und freundliche Behandlung einfordern wollte. Man hat sie über Stunden geschändet, ihr ins Gesicht geschlagen und das Nasenbein zertrümmert. Man hat sie an einen Baum gefesselt und mit Steinen nach ihr gezielt, man hat auf sie uriniert und sie zuletzt in den Schlamm geworfen.

Ihr einzig getreuer Freier, ein Schmied aus Hassum, will nun nichts mehr von ihr wissen. Wenn er schon für ein Weib zahlt, so sagt er, muss es wenigstens lieblich aussehen.

So sucht sie im tiefen Wald Zuflucht vor dem Spott der Menschen. Stolpert und stürzt über Baumwurzeln und Farnstümpfe, denn sie ist müde und schwach, ernährt sich seit Tagen nur von Grassamen. Ich bette sie auf ein Lager aus Moos, wasche ihren Leib mit warmem Regen und führe sie in eine kleine Erdhöhle im Reichswald, wo sie viel beschriebenes Papier, ein Stück gedörrtes Fleisch und ein Fläschlein Baldriantinktur findet. Sie wird sich, zumal sie nicht lesen kann, aus dem Papier ein trockenes Lager schaffen, wird das Fleisch essen und die Tinktur wie einen Schnaps in sich hineinkippen, wird lange schlafen und gekräftigt erwachen. Und ich werde ihr eine mitleidige Seele schicken, die sie nach Krefeld bringt. Wo sie eine ehrbare Arbeit als Näherin in einer Seidenmanufaktur finden und glücklich sein wird.

Weit drüben auf der anderen Rheinseite, wo der Ort Rees in eine karge Waldlandschaft übergeht, hat sich mein lieber Willem von seinem Freund Jost und den Kindern, von all den freundlichen Schauspielern und Zigeunern verabschiedet. Die wollen in wenigen Tagen über die Landesgrenze nach Werth weiterziehen. So hat Willem seine Siebensachen gepackt und dem Esel aufgeladen. Will sich auf den Heimweg machen, als meine Lisbeth in seinen Weg tritt und ihm in ihrem bunten Zigeunerkleid schöner erscheint als je. Er presst die Lippen zusammen, würgt an seinem Stolz.

Ich hätte dich niemals geschlagen, Lisbeth. Ich wäre dir ein guter Ehemann gewesen. So denkt er, aber sagt es nicht.

Ich verstehe, dass dir vor mir graust, Willem. Verzeih mir, wenn du kannst. So denkt Lisbeth. Schweigt aber auch. Nicht aus Stolz. Die Scham verschnürt ihr die Kehle. Und sie senkt den Blick, rafft ihr Schultertuch vor der Brust zusammen, weil Willems beherrschte Miene sie frösteln macht.

»Leb wohl!«, sagt Willem, wendet sich ab und geht davon, geht neben seinem beladenen Esel her, vergisst wieder einmal zu humpeln vor lauter Seelenschmerz.

Bleib!, rufe ich. *Sie hat nur aus Angst und Unwissenheit gehandelt. Sie ist nicht mutig und klug wie du. Doch sie könnte dich lieben und dir noch viele Kinder gebären.*

Und ich schicke ihm eine Sturmböe, die an seinem Mantel

zerrt, und lasse die Weiden, die aus dem Sumpf entlang des Rheins ragen, ihre kahlen Köpfe schütteln.

Doch auch wenn mein lieber Willem die Warmherzigkeit selbst ist, wird er vom Hochmut und vom Glauben an die reine Vernunft beherrscht. Und so wehrt er mich ab und geht davon, ohne sich noch einmal umzudrehen.

Leb wohl, Willem, denkt Lisbeth, sieht ihm nach, bis ihn die Wegbiegung verschluckt. Drückt die Hände vor den Mund, um nicht laut zu weinen. Ich schicke ihr zum Trost das Hannken vorbei, das einen Marienkäfer mit acht Punkten verfolgt und dazu jubelt vor lauter Lebensfreude. Lisbeth bückt sich, ohne zu zögern, schließt das Hannken in ihre Arme.

Weit drüben in Kleve reitet unterdessen mein lieber Giselher, vom Regen durchweicht, doch ansonsten wohlbehalten auf das Rathaus zu. Sieht das Volk in seinem Alltagstrott. Die Preußenfähnlein sind eingeholt, der Blumenschmuck verschwunden. Die Bauern ziehen mit ihren Ochsen und Eseln auf den Marktplatz, kommen mit ihren Karren und Kiepen voller Kraut, Rüben, Bohnen, allem außer Kartoffeln herbei. Und sie feilschen, schwatzen, lachen, erzählen sich hinter kaum vorgehaltener Hand die neuesten Fritzenwitze. Sehen nicht, wie mein lieber Giselher, schon die Schatten französischer Späher wie Kobolde unter den Treppen, in den Brunnen, hinter den Büschen und Zäunen hocken.

Auch mein armer Major mit Namen Heribert Kreutzer sieht sie nicht, ist fortwährend am Hadern. Die Hure und der Krüppel, so wurde ihm überbracht, haben sich einer Gemeinschaft von Zigeunern, Tagedieben und Hochstaplern angeschlossen, sind mit ihnen auf und davon. Doch weit können sie nicht sein. So sagt er. Er will morgen in aller

Frühe seine besten Dragoner losschicken und sie suchen lassen. Mit Hunden. Dem Aufrührer sollen sie einen kurzen Prozess machen. Die Hure will er lebend.

Auch dem gutherzigsten Menschen wird es schwerfallen, diesem Wüterich ein wenig Liebe entgegenzubringen. Doch ich will mich um ihn mühen, denn auch er ist verletzt. Tief verletzt. Hat er doch den Preußenkönigen stets treu gedient, dabei sein Leben riskiert. Nicht erst an den Fronten Schlesiens, sondern schon lang zuvor auf den Kasernenhöfen des alten Soldatenkönigs, wo man ihm sein grobes Muster in die Seele brannte. Musste der junge Heribert doch mit ansehen, wie manche Schwachbrüstigen und Zauderer, wenn sie wie er bürgerlichen Standes waren, dem täglichen Spießrutenlauf kaum entkamen. Und so hielt er durch, überstand auch die Abende im Tabakkollegium, wo die Luft so dick war, dass man fürchtete zu ersticken. Und die Saufgelage, wo man Gefahr lief, aus seinem Rausch nicht zu erwachen. So hat mein armer Heribert schon vieles ertragen im Leben, um der launigen Königsfamilie nahe zu sein. Immer in der Hoffnung, dass er trotz einfacher Herkunft einmal, mit Reichtum und Ehre versehen, seinen Ruhestand genießen würde. Der Dank des Hauses Brandenburg ist ausgeblieben. Friedrich II. erträgt ihn nicht einmal in seiner Nähe, hat ihn nach Kleve versetzt bei schmalem Salär. Und jeder in Berlin weiß, was das heißt. Nun will auch das adelige Weib, das er mit Mühen errang, nicht mehr die seine sein. Seine Söhne meiden ihn. Die ganze dünkelhafte Familie drängt auf Scheidung.

So glaubt er, sich nehmen zu dürfen, was ihm das Leben versagt hat: Geld, Bewunderung, Liebe. Fordert es von denen ein, über die er die Macht hat. Und schert sich nicht um deren Angst, deren Leid und Entsetzen.

Halt ein, flüstere ich, *lass Lisbeth und den Müller ziehen! Du hast dein Auskommen, kannst hier am Niederrhein leicht an Ansehen gewinnen. Werde ein Freund der Menschen. So wirst du bald ein Weib finden, das dich liebt und dir eine gute Frau ist.*

Doch er hört mich nicht. Hört mich nie. Das Gute im Menschen ist ihm ein bloßes Märchen.

Bald wird er trotz seines Alters dem erneuten Ruf seines Königs folgen, wird im dritten Schlesischen Krieg den Heldentod sterben. Das Haus Brandenburg wird ihn posthum in den Adelsstand erheben, sodass ihm seine Witwe und seine Söhne einen pompösen Grabstein setzen und voll Stolz an ihn zurückdenken können.

Ja, so wird er immerhin nicht enden wie seine jämmerlichen Dragoner, die mit ihren leeren Hirnen und Herzen umherstreunen, plündern und morden aus purer Lust. Haben alle Wärme und Güte in sich erstickt. Warum? Waren doch allesamt einmal freundliche Neugeborene, die jeden dargebotenen Finger sogleich umklammerten, die jedes menschliche Antlitz anlächelten, wenn es sich über ihre Wiege beugte, die glückselig Antwort plapperten, wenn eine Stimme gütig zu ihnen sprach.

Der Teufel habe sich dieser armen Wesen bemächtigt, so erklärt es die liebe Mutter Kirche. Sie möge mir den Einwand verzeihen, doch nicht allein der Teufel greift sie sich, wo er ihrer habhaft wird. Auch die liebe Mutter Kirche hat sich solch roher, hassgetriebener Menschen bisweilen bemächtigt, zu meinen Lebzeiten wie auch heute. Hat mit ihrer Hilfe die Heiden bekehrt, die Handelswege frei gemacht und ihren Einfluss gemehrt.

Die blutrünstige Meute wird die Spur des Zuges bis an den Rhein verfolgen. Wird meinen lieben Giselher bei Wesel durch den Morgennebel irren sehen, denn er hat sich noch in der Nacht in den Kleidern eines Handelsmanns aufgemacht, um Lisbeth und Willem zu finden, bevor die Dragoner es tun. Warnen will er sie. Vielleicht mitreisen will er mit ihnen. Weg will er jedenfalls. Weg vom Niederrhein, weg von seinem König. Ja, mein lieber Giselher ist manchmal selbstsüchtig und feige, er ist nicht unbedingt getreu, aber doch ein guter Mensch und ganz nach meinem Herzen.

Die Meute wird sich nicht die Mühe machen, ihn bis in die Auen zu verfolgen und einzufangen. Sie wird zielen und schießen. Denn sie hat die Weisung, auf alles zu schießen, was weiße Haare hat und hinkt.

Ich werde hineilen zu meinem Giselher, werde ihm die erstaunten Augen schließen und ihn mit mir nehmen in mein Himmelreich. Dort werde ich ihm die Welt erklären, denn er hat sie von allen am wenigsten verstanden.

Meinen lieben Willem indes, der sein weißes Haar unter einem Hut verborgen hält und vor lauter Seelenschmerz vergisst zu humpeln, den wird die Meute nicht finden. Er wird sich in den Sümpfen entlang des östlichen Rheinufers verirren, erst nach vielen Tagen heim nach Hommersum gelangen, wenn die französischen Truppen den Kreis Kleve schon besetzt und die Preußen vertrieben haben. Mein Willem wird seine Mühle weiterführen. Wird sich neue Mühlknappen als Hilfe zuweisen lassen, wird dem Emil und dem Schmied die Freundschaft kündigen, den Frauen aus dem Weg gehen. Kaum fünfzig Jahre alt wird er sich in einen grämigen Hagestolz verwandelt haben. In einer klaren kalten Winternacht wird er am Fisselfieber sterben. Und dabei an Lisbeth denken. Wie jede Nacht.

Meine liebe Lisbeth! Dort drüben in der Wagenburg hinter Rees wähnt sie sich, als Zigeunerin verkleidet, in Sicherheit. Sie packt den Kindern ihr Bündel, lässt sie mit dem Jost nach Isselburg ziehen, den Spielleuten hinterher, um ein Stück über das Dornröschen aufzuführen. Mit unserem Jost als böser keltischer Fee, den Kindern als Triangelspielern, dem Wölfken als Dressurnummer. Die Dragoner werden die ungestalte blonde Frau, die da mit Kindern, Hund und Handkarren unterwegs ist, wohl sehen, aber nicht erkennen.

Reise mit ihnen, flüstere ich Lisbeth zu. *Reise fort, dann wirst du vielleicht überleben.*

Doch wie so oft in ihrem Leben handelt sie nach dem eigenen Kopf, will zusammen mit den Zigeunern in der Wagenburg bleiben, um Bärlauch zu sammeln, zu säubern, zu schneiden, zu trocknen ... *Bis morgen, ihr Lieben,* ruft sie und umarmt sie alle, freut sich, dass sich das Hannken von ihrer Schürze gelöst hat, mutig in die Welt hinausgeht – wenn auch nur beim Fränzken an der Hand.

Bis morgen, bis morgen, rufen sie. Winken. Lachen. Ahnen nicht, was kommt.

Die Dragoner werden das Lager erreichen, kaum dass die Sonne über den Zenit hinaus ist. Sie werden ihre Hunde in den Wagenring hetzen, werden ihre Peitschen schwingen, mit ihren Gewehren in die Luft schießen, werden mit ihren Bajonetten blindlings in die Planen stechen.

Alle raus!, wird einer mit Namen Bopp brüllen, den die Dragoner zu ihrem Anführer bestimmt haben.

Wer mit erhobenen Händen und ohne Waffen heraustritt, dem geschieht nichts, so wird er versprechen.

Da wird einer nach dem anderen heraustreten, die jungen Frauen und Männer mit ihren Kindern auf dem Arm, die Alten und Gebrechlichen. Selbst die Kranken wird man heraustragen und stützen, dass sie nicht hinfallen. Alle werden hervortreten und sich nicht wehren. Nicht weil sie an das Gute im Menschen glauben. Sondern weil sie an ein gegebenes Wort glauben. Alle werden heraustreten außer Lisbeth.

Die Dragoner werden sich sogleich im Kreis aufstellen, die Schar der Zigeuner einkesseln und ihre Bajonette in die Erde rammen, als wollten sie Gericht halten.

Wer von euch ist Lisbeth Ochs aus Hassum? So wird der Bopp fragen.

Und alle Köpfe werden sinken und alle Blicke werden sich fest auf den Erdboden richten.

Wir sind hier, um die Hure Lisbeth Ochs festzunehmen. Wenn ihr sie uns ausliefert, wird euch nichts geschehen. Wenn ihr sie aber nicht ausliefert, werden eure Wagen in Flammen aufgehen und eure Söhne werden sterben. So wird der Bopp sprechen. Und die ersten Finger werden sich heben und auf den kleinsten Planwagen inmitten des Lagers deuten, worin Lisbeth sich unter einem Kuhfell versteckt hat. Alle Zeigefinger werden sich auf Lisbeths Planwagen richten wie kleine schmutzige Messer.

Der Bopp wird hinspringen, die Plane zerschneiden, wird Lisbeth an den Haaren vom Wagen herunterzerren, sie an Händen und Füßen fesseln, knebeln und zwischen die Räder werfen.

Und jetzt rührt euch!, wird der Bopp in die Stille hineinrufen, worauf die Horde mit Gegröle ausschwärmen wird, die Frauen ergreifen, niederschlagen, schänden, ihre Leiber verstümmeln, während ihre Hunde über die Männer, die Kinder, die Alten und Kranken herfallen, sie scheuchen, töten, zerfleischen werden. Und ich werde inmitten des Grauens umherlaufen, werde den Sterbenden die Augen zudrücken und still mit den Überlebenden weinen. Mehr kann ich nicht tun, denn ich bin nur ein Abglanz des Guten im Menschen. Und ich kann seine Wut und seine Bosheit, wenn sie denn einmal im Gange sind, nicht bändigen.

In wenigen Wochen werden Bopp und seine Meute vor den Truppen der Franzosen den Rhein hinauf bis an die Ruhr fliehen. Sie werden die leer stehende Burg Broich besetzen, sich als Amtleute ausgeben und das Volk von Mülheim über sieben lange Jahre knechten, schinden, meucheln. Noch Jahrhunderte nach ihrem Tod werden die Raben von Broich um ihre Gräber kreisen und von ihren Greueltaten singen.

Nun aber ist es Abend bei Rees am Niederrhein. Die Dragoner sind blutbesudelt, erschöpft und hungrig. Sie wischen ihre Säbel an ihren Ärmeln ab, machen sich über die Vorräte auf den Planwagen her, fressen, saufen.

Meine Lisbeth liegt zitternd im Gras. Die Stricke schneiden in ihre Haut, der Knebel drückt ihr die Luft ab, das Entsetzen wühlt in ihrer Brust. Warum haben sie sie verschont? Um sie sich aufzuheben, als Nachtisch zu ihrem Schlachtmahl? Um sie dem Kreutzer auszuhändigen? Um sie hochnotpeinlich nach Willem zu befragen, nach Jost und den Kindern? Die Furcht und das Grauen durchschütteln sie abwechselnd.

Ich nehme ihren Kopf in meinen Schoß, küsse ihre Hände, dort, wo ihr die Stricke ins Fleisch schneiden.

Heilige Irmgard, lass mich sterben, fleht sie. *Lieber sterbe ich, als vor Pein die Menschen zu verraten, die mir lieb sind.*

Ich nicke. Ich lächle. Fahre mit der Hand durchs Gras, finde das Messer, mit dem Lisbeth vor Stunden den Bärlauch zerhackt hat, lege es in Lisbeths gefesselte Hände, die ich hoch über ihrer Brust zusammenführe. Ich schließe ihre Augen und lösche ihre Furcht. Ich lasse den Stahl in ihr Herz sinken. Rasch und endgültig stoße ich zu.

Meine Lisbeth ist tot. Ich helfe ihr auf. Die Fesseln fallen von ihr ab, der Knebel entfliegt ihrem Mund. Die schwarze Farbe rinnt aus ihrem Haar. Ich führe sie zu der kleinen Lichtung, wo nichts als ein einzelner unscheinbarer Eschenspross aus der Erde ragt. Trotz der hereinbrechenden Nacht ist er von Sonnenstrahlen umgeben. Dort sind sie alle versammelt. Mein lieber Bruder Bartholomäus winkt mit beiden Armen, als wolle er uns den Weg weisen, Siegfried von Xanten erhebt sich ächzend aus dem Moos, der schöne Indianer führt einen Freudentanz auf. Und Lisbeths Mutter fliegt uns entgegen, breitet die Arme aus.

Sei uns willkommen, mein liebes Kind!

30 Hannegret

Die Mütze vom Jost ist aus lauter gelben Haaren. Weil der Jost seine Mütze nicht mehr braucht, hat er sie Hannegret geschenkt. Jetzt liegt sie in Hannegrets Schoß und glänzt im Abendlicht. Fast so wie Lisbeths Haare in der Sonne geglänzt haben. Der Glanz blendet die Augen. Und sticht ins Herz. Weil die Lisbeth jetzt weg ist. Sie wär im Himmel wie die Mama und der Papa, hat der Vincent gesagt, der jetzt Franz heißt. Wenn das so ist, will Hannegret auch in den Himmel. Sie schaut hinüber zum Ende der Welt, wo sich über den schwarzen Zähnen des Waldes rosa und lila Wölkchen bauschen und eine große goldene Sonne umrahmen. Es muss schön sein im Himmel.

Aber der Vincent, der jetzt Franz heißt, will nach Hamburg. »Erst mal nach Hamburg«, hat der Jost gesagt. Weil das eine freie Stadt sei. Und es sei dort auch nicht kälter als in Hassum und Hommersum. Und alle haben genickt, auch der Vincent, der jetzt Franz heißt.

Der hockt neben Hannegret unter dem Holunderbusch, malt mit einem blöden Stöckchen blöde Zeichen in den Sand und zieht die Nase hoch. Hannegret glaubt, dass er weint, aber nicht mal merkt, dass er weint. Er ist Hannegrets Bruder. Das ist wichtig, auch wenn Hannegret nicht weiß, was das heißt: Bruder. Wenn sie wieder sprechen kann, wenn der schmerzende Kloß endlich raus aus ihrer Kehle ist, wird sie ihn fragen.

Der Vincent, der jetzt Franz heißt, ist bestimmt auch traurig, dass die Lisbeth in den Himmel hinauf ist. Und wegen dem Willem sowieso. Wenn Hannegret wieder sprechen kann, wird sie ihn trösten und ihm sagen, dass sie ja noch den Jost haben. Der bleibt bei ihnen, bis sie alle zusammen in den Himmel kommen. Das hat er Hannegret versprochen. Und der Jost lügt nicht! Nie!

Der Jost kommt vom Waldrand herübergelaufen mit einem Haufen Reisig im Arm. Er wirft das Reisig in den Ring aus Steinen, den die Spielleute gelegt haben. Der Jost wischt sich den Schweiß von der Stirn und schaut zu Hannegret und Vincent herüber. Er zwinkert mit den Augen und lächelt wie der Mond. Vielleicht ist der Jost ja wie der Mond. Der sieht auch immer anders aus. Geht nie ganz weg, sondern kommt immer wieder.

Hannegret hat dem Jost in den Daumen gebissen, so arg, dass es geblutet hat. Das ist lange her und tut ihr jetzt leid. So leid! Bald einmal wird Hannegret zum Jost hingehen, ihn umarmen und ihm sagen, wie leid es ihr tut.

Weich ist die Mütze, fast wie ein Kaninchenfell. Und wie sie duftet! Duftet fast genauso wie die gelben Blumen am Wegrand, von denen der Vincent, der jetzt Franz heißt, sagt, es sei Unkraut. Das Unkraut riecht so gut! Und die Mütze riecht fast genauso. Hannegret atmet den Duft gierig ein.

Auch das Feuer riecht gut, das nun schon lichterloh brennt. Und wie es tanzt, das Feuer! Es tanzt und färbt alles ringsum warm und rosa wie den Himmel. Die Spielleute machen eine Musik und manche tanzen mit dem Feuer mit, hüpfen um das Feuer herum, immer im Kreis, und klatschen, sogar die, die eben noch traurig waren. Auch Kinder sind dabei, die lachen und kreischen, manche sind kleiner als Hannegret.

Der Jost und die Kinder winken zu Hannegret und zum Vincent, der jetzt Franz heißt, herüber. Das soll heißen: *Kommt doch! Macht mit!* Aber der Vincent, der jetzt Franz heißt, schüttelt den Kopf und Hannegret will bei ihm sitzen bleiben, weil er ihr Bruder ist und weil das wichtig ist.

Das Feuer aber freut sich am Tanz der Spielleute, es lodert noch heller und schickt lauter Funken zum Himmel hinauf. Da strahlt die goldene Sonne und schenkt dem Feuer einen kleinen Funken zurück und die Flammen teilen sich. Und mitten heraus tanzt eine Gestalt, eine Frau mit buntem Gewand und glänzenden hellroten Haaren. Lisbeth! Das ist Lisbeth! Sie schwebt aus dem Feuer heraus und fliegt mit ausgebreiteten Armen auf Hannegret zu.

Lisbeth! Lisbeth! Hannegret will kreischen vor Glück, aber die Tränen schnüren ihr die Kehle zu und der Kloß drückt bis herauf zu den Ohren. Aber Hannegret muss gar nicht rufen, denn Lisbeth ist ja schon bei ihr, Lisbeth nimmt sie in ihr warmes, weiches Kleid auf, wie immer. Und die Mütze vom Jost fällt ins Gras.

Hannken, mein Schätzken, sagt Lisbeth. Und ein Glück steigt auf in Hannegrets Brust und will heraus, will heraus ums Verplatzen. Will den Bruder trösten, der immer noch seine blöden Zeichen in den Sand malt und nicht aufsieht.

Vincent, schau doch, die Lisbeth ist da. Ist gar nicht im Himmel. Ist bei uns! Das alles will Hannegret ihrem Bruder sagen, aber es geht nicht, es geht nicht!

Da! Er muss sie selbst gesehen haben. Oder gespürt haben. Fängt an zu reden. »Hannken, weißt du was?«, sagt er und zieht die Nase hoch, »ich hab mir genau gemerkt, wie Lisbeths Mohnauflauf geht! Man nimmt Milch und Mohn und Rosinen …«

Hannegret nickt und denkt an Lisbeths Mohnauflauf, spürt die zartkörnige Süße auf ihrer Zunge.

»Und wenn wir in Hamburg sind und wenn wir wieder eine richtige Küche haben, werde ich Lisbeths Mohnauflauf für uns machen.«

Hannegret nickt stumm und lässt sich von Lisbeth streicheln.

»Hannken, sag mal, du weißt doch auch, wie die Lisbeth gekocht hat. Ich will alles aufschreiben, Hannken! Hilfst du mir?«

Hannegret nickt wieder, nickt so heftig, dass der Kloß mit einem Schlag hinabrutscht.

Und dann löst sie sich ein winziges Stück weit von Lisbeths Kleid, wischt dem schniefenden Franz den Rotz von der Backe und sagt: »Ja.«

Hassumer Mohnauflauf *(für 4 Personen)*
Koche ein halbes Pfund Mohn und vier Esslöffel Honig in einem halben Maß Milch auf, gebe zwei Hände voll Rosinen hinzu und lasse alles eine Viertelstunde warm stehen. Überbrühe in dieser Zeit zwei Hände voll Mandeln mit heißem Wasser, löse die braune Schale ab und hacke die Mandeln in kleine Stücke oder mahle sie fein. Gebe nun auch die Mandeln in die Milch. Schneide ein Pfund altbackenes Weizenbrot in Scheiben und übergieße diese mit etwas Milch, dass sie vollgesogen sind, aber nicht tropfen. Schichte nun die Brotscheiben abwechselnd mit dem gequollenen Mohn in eine Schüssel und stelle die Schüssel

einige Stunden kalt. Dies ist eine feine Nachspeise an warmen Tagen, welche deine Kinder lieben werden.

Aus Franz Vincent Müllers Kochbrevier *Die gute Volksküche,*
erschienen zu Hamburg im Jahre 1802

Nachbemerkung

Nichts sei erregender als die Wahrheit, lautet eine unter Journalisten bekannte Maxime. Sie stammt von Egon Erwin Kisch (1885–1948) und jeder ernst zu nehmende Reporter hält sich daran. Ich natürlich auch. Nachdem ich nun aber meinen ersten Roman beendet habe, muss ich Kisch widersprechen: Fiktion kann noch weit erregender sein!

In historischen Romanen wie diesem bietet sich die Fiktion gleich doppelt an. Zum einen, um Figuren und Ereignisse frei zu erschaffen, wie in jeder anderen Erzählung auch. Zum anderen, um geschichtlich belegte Personen auftreten und Ereignisse Revue passieren zu lassen, über die uns die Chronisten zwar vieles, aber nicht alles verraten haben. Da werden die fehlenden Puzzleteile zur prickelnden Herausforderung und die Überlieferungen zum zwickenden Korsett, das man – um eines glaubhaften Plots willen – gar zu gerne ein wenig lockern möchte. Was ich, nach jeweiliger Abwägung für und wider, gelegentlich getan habe. Nach dem Motto: »Unanfechtbare Wahrheiten gibt es überhaupt nicht, und wenn es welche gibt, so sind sie langweilig.« So könnte es mein frei erfundener Lieblingsprotagonist, der fahrende Barbier und Kleinganove Jost, erklärt haben. Tatsächlich stammt das Zitat aber von einem meiner Lieblingsschriftsteller, Theodor Fontane.

Und dennoch hat die Leserschaft historischer Romane ein Recht auf ehrliche Auskunft, was denn an den Eckdaten eines Plots jeweils chronistisch belegt, was Spekulation und was reine Erfindung ist. Diesem Recht komme ich gerne nach. Hier folgt eine kleine Übersicht über die wichtigsten Wahrheiten, aber auch Halb- und Unwahrheiten meines Romans, aufgeschlüsselt nach Kapiteln:

1 Prolog

Eine ansonsten sehr anschauliche Gocher Stadtchronik vermerkt für den 1.11.1755 lapidar: *Erdbeben am Niederrhein.* Eine Verbindung zu dem verheerenden Erd- und Seebeben, das am Morgen desselben Tags vor allem Lissabon, aber auch weitere Teile Westeuropas und Nordafrikas traf, wird nicht gezogen. Ich gehe hier mutig davon aus, dass für die Gelehrten seinerzeit ein seismologischer, für das Volk am Niederrhein aber ein mythologischer Zusammenhang bestand.

2 Lisbeth

Die Figur des Heribert Kreutzer wird in diesem und den folgenden Kapiteln manchen Historiker an Karl Ludwig von Pöllnitz (1692–1775) erinnern – einen Jugendfreund von Friedrich Wilhelm I., der wegen seiner militärischen Verdienste von Friedrich II. widerwillig toleriert, aber immer wieder in die Provinzen abgeschoben wurde. Er soll ein krankhafter Egomane gewesen sein. Ob er zeitweise auch am Niederrhein stationiert war, ist nicht bekannt. Denkbar ist es, schließlich stammte der Mann aus Issum.

Ich gebe gern zu, dass ich bei von Pöllnitz einige Anleihen genommen habe. Dennoch ist Major Kreutzer eine frei erfundene Figur, der ich nicht nur einen anderen Namen, sondern auch etwas mehr Leibesfülle, dafür deutlich weniger Intellekt verliehen habe.

Die Vertreibung der Holländer aus Moers ist auf 1712 datiert. Ich habe mir erlaubt – und die Heimatforscher mögen es mir verzeihen –, das Ereignis circa ein Jahrzehnt auf der Zeitachse nach vorn zu rücken. Der Grund ist schnell erklärt: Lisbeth (schätzen wir sie mal auf Mitte dreißig) wäre sonst noch nicht auf der Welt gewesen. Natürlich hätte der – für die Romanhandlung dringend benötigte – Preußenhass auch anderswie in ihr reifen können, aber eher auf langatmig zu erklärenden biografischen Umwegen.

Das zitierte Kochbuch ist ebenso erfunden wie Franz Vincent Müller. Woraus man schließen darf, dass die Rezepte aus meiner eigenen Versuchsküche stammen.

3 Jost

Kaum vorstellbar, dass die Kartoffel mehr als zwei Jahrhunderte brauchte, um in Europa heimisch zu werden. Die populärwissenschaftliche Literatur bemüht in diesem Zusammenhang immer wieder gern das Sprichwort »Was der Bauer nicht kennt, das frisst er nicht«. Doch die Verweigerungshaltung der Bevölkerung hatte handfeste Gründe: Das Gemüse aus den Anden war kurze Tage gewohnt, gedieh unter Mitteleuropas Sommersonne nicht immer zuverlässig oder schmeckte muffig bis bitter. Obendrein waren Augen und Triebe weit giftiger als bei modernen Züchtungen, sodass es tatsächlich vereinzelt zu Todesfällen kam. Auch Teile der Ärzteschaft warnten davor, Kartoffeln regelmäßig und in größeren Mengen zu essen.

6 Lisbeth

Ja, es gab sie: Anna Amalie von Preußen (1723–1787), in der Familie Amélie genannt. Sie war die jüngste Schwester von Friedrich II. und soll ein äußerst quirliger und eigensinniger Mensch gewesen sein. Sie mochte partout nicht heiraten, was ihren großen Bruder veranlasste, sie 1756 – also im Jahr nach ihrem fiktiven Auftritt in diesem Roman – um einer standesgemäßen Versorgung willen zur Äbtissin zu machen.

Das Erdbeben, das die Gocher Kirchenglocken – urkundlich belegt – zum Läuten brachte, fand genau genommen einige Wochen später statt, nämlich am Morgen des 18. Februar 1756.

7 Der Pastor

Die kuriose Vorstellung, die Kartoffel sei »aus der Spucke des Teufels und dem Leib einer Sünderin« entstanden, entstammt einer russisch-orthodoxen Schrift. Ob dieses Gleichnis auch unter Theologen in Westeuropa kursierte, ist mir nicht bekannt. Sicher ist, dass weite Teile der Geistlichkeit auch in deutschen Landen die Kartoffel als Symbol der ›antichristlichen‹ Aufklärung ansahen und sie verteufelten – und zwar bis ins 19. Jahrhundert hinein.

11 Willem

Der Rechtsstreit um den Müller Arnold aus Züllichau ist eigentlich auf die Jahre 1779/1780 datiert. Willem hätte also in den Gazetten noch kein Wort darüber lesen können. Ich möchte ihm dennoch diese kleine Freude gönnen, weil er erstens selbst Pachtmüller und zweitens ein so glühender Verehrer von Friedrich II. ist. Von daher bitte ich insbesondere die Rechtshistoriker um Nachsicht bei meiner kleinen Zeitreise.

12 von Wolzogen

Historisch belegte Persönlichkeiten – außer Friedrich II., versteht sich – sind: Jakob Friedrich Freiherr von Bielfeld (Legationssekretär), Michael Gabriel Fredersdorf (Geheimer Kammerier), Heinrich Graf von Podewils (Minister), August Wilhelm (Bruder von Friedrich II.).

Mit anderen Worten: Giselher von Wolzogen und Sebastian von Sydow sind frei erfunden. Ebenso die Versammlung und der Dialog an der Tafel. Richtig ist aber, dass ab dem 24. März 1756 mehrere ›Ordres Circulaires‹ ergingen, die heute unter der Bezeichnung ›Kartoffelbefehl‹ bekannt sind. Die Texte sind hier in Auszügen wörtlich und mitsamt den im Original enthaltenen orthografischen und grammatikalischen Fehlern wiedergegeben.

Weitere Originalzitate von Friedrich II. – wer sich mit seiner Biografie beschäftigt hat, wird sie unschwer erkennen – habe ich anderen, zum Teil späteren Kontexten entnommen.

Die Interieurs sind so beschrieben, wie Besucher des Schlosses Charlottenburg sie heute noch vorfinden. Sogar das ungewöhnliche Watteau-Gemälde hängt unübersehbar in der Konzertkammer. Das niedere, unauffällig in die Wand eingelassene Türchen, hinter dem Friedrich II. verschwindet, befindet sich in Wahrheit allerdings in einem weiteren Raum, der sich seitlich an die Sekretärskammer anschließt.

16 Lisbeth und Willem

Was Willem von den auswanderungswilligen Pfälzern erzählt, hat sich so ereignet. Dass in der kargen Gocher Heide

Topinambur angebaut wurde, ist freilich Spekulation. Das ›Pfalzdorf‹ gibt es übrigens heute noch – als Ortsteil von Goch.

19 von Wolzogen

Wie die Kartoffel letztendlich in preußische Erde kam, ist unbekannt. Historiker kennen den ›Kartoffelbefehl‹, wissen aber kaum etwas über seine Umsetzung. Die allgemeine Aufmerksamkeit galt seinerzeit dem Siebenjährigen Krieg, den Schlachtfeldern, den unzähligen gefallenen Soldaten und der Schnupftabaksdose, die eine auf den König gerichtete Kugel abfing und ihm so das Leben rettete. Sieben Jahre hat das Volk nicht nur seinen König entbehrt – sondern auch die Geschichtsschreiber. Die in diesem Buch beschriebene Wagenkolonne voller Saatkartoffeln ist also Spekulation, ebenso alle Ereignisse im Zusammenhang damit.

Schon zu Lebzeiten Friedrichs wurde darüber gemunkelt, er sei homoerotisch veranlagt. Ob es nur ein Gerücht war oder nicht, darüber streiten bis heute die Historiker. In diesem Roman ist die Wahrheit ohnehin nicht von Belang. Im Fokus steht lediglich von Wolzogens Irritation über seine Entsendung an den Niederrhein.

21 von Wolzogen

Das Berliner Tor ist noch heute in Wesel zu besichtigen. Allerdings fehlen die erwähnten Flügelbauten und Pfeilerarkaden. Sie wurden schon Ende des 19. Jahrhunderts aus Gründen der Verkehrsführung abgerissen. Auch viel Ornamentschmuck ging inzwischen verloren, vor allem die Stadtinnenseite zeigt sich karg. Immerhin sind auf der Außenseite des Stadttors Figuren und Reliefs recht gut erhalten geblieben.

23 Lisbeth

Aus dem deutschen Volksliedgut von vor 1800 zu zitieren ist immer ein Risiko. Denn die Aufzeichnungen unserer Romantiker mögen künstlerisch überzeugend sein, unbedingte Authentizität können sie nicht beanspruchen. Hannegret trällert – ihrer Zeit möglicherweise etwas voraus – Lieder aus *Des Knaben Wunderhorn* und aus Sammlungen von Hoffmann von Fallersleben.

24 von Wolzogen

Wohl jedes Kind am Niederrhein kennt die Geschichte des Grafen Johan Baptist von Bergh, der aus bloßem Mutwillen einen Dachdecker erschoss. Am 17. November 1748 soll er mit Gästen gelangweilt im Schlosshof herumspaziert sein, während der Handwerker auf dem Dachgiebel beschäftigt war. Ob man einmal sehen wolle, wie ein Mensch »rollt«, soll der Graf gefragt, sein Gewehr angelegt und geschossen haben, worauf der Dachdecker herunterfiel und tot auf dem Pflaster aufprallte. Obwohl dieser Mord heiße Empörung auslöste, blieb er viele Jahre lang ungesühnt.

29 Irmgard von Aspel

Die um das Jahr 1013 auf der Burg Aspel bei Rees geborene und bald nach ihrem Tod heiliggesprochene Irmgard muss eine Art Mutter Teresa des 11. Jahrhunderts gewesen sein. Es gibt viele Legenden über sie, aber so gut wie keine gesicherten Daten.

Wenn Friedrich II. von den »Klevern« sprach, meinte er beileibe nicht nur die damaligen Einwohner der Stadt Kleve, sondern alle, die das vormalige Herzogtum Kleve bewohnten. Zu diesem gehörten zum Beispiel Emmerich, Isselburg, Hamminkeln, Xanten, Wesel, Schermbeck, Dinslaken, Duisburg, Uedem, Goch und Kranenburg … auch Teile der heutigen Niederlande. Selbst ursprünglich nicht klevische, aber von Preußen übernommene Städte im Süden, wie Moers und Geldern, dürfte Friedrich II. ›mitbedacht‹ haben.

Genau genommen wurden der flüchtige Prinz Friedrich und sein Freund Katte nahe Mannheim aufgegriffen. Doch dieser Landstrich war für Preußen ›Ausland‹, die beiden Jungen dort zu verhaften quasi unmöglich. Die Verfolger brachten sie deshalb zunächst zur Festung Wesel, wo man sie inhaftiert und dem herbeigereisten Vater überantwortet hat. Friedrichs unterschwelliger Hass auf die ›Klever‹ ist dennoch eher pathologisch zu werten als historisch schlüssig. Der damaligen Administration am Niederrhein blieb schließlich nichts anderes übrig, als widerspruchslos nach der Weisung des Vaters, Friedrich Wilhelm I., zu handeln.

Der Bopp von Broich ist keine Erfindung von mir, sondern eine erzböse Sagengestalt mit authentischem Hintergrund. Demnach haben ein Mann mit Namen Bopp und dessen Bande während des Siebenjährigen Krieges das Schloss Broich okkupiert, sich zu ›Amtleuten‹ erklärt und in Mülheim und Umgebung ein grausiges Regiment geführt.

In Wahrheit ließen sich die Franzosen mit der Besetzung des Niederrheins noch einige Monate Zeit. Erst Anfang

März 1757 besetzten sie Goch und weitere Städte, ohne auf nennenswerten Widerstand zu stoßen.

Es versteht sich, dass alle Hauptakteure dieses Romans – wie Lisbeth, Jost, Willem, Hannegret und andere – frei erfunden sind, ebenso ihre Handlungen und die Ereignisse, die sie willentlich oder unwillentlich angestoßen haben. Bei der Beschreibung ihrer Lebensumstände habe ich mich vor allem an folgenden Quellen orientiert:

Bernt Engelmann: Wir Untertanen. Ein deutsches Geschichtsbuch, Teil I. Steidl Verlag, Göttingen, 1993 (Neuauflage)

Sigrid und Wolfgang Jacobeit: Illustrierte Alltagsgeschichte des deutschen Volkes (1550–1810). Pahl-Rugenstein Verlag, Köln, 1986 (Lizenzausgabe)

Hans-Joachim Koepp: Kelten, Kirche und Kartoffelpüree. Chronologie der 750-jährigen Geschichte der Stadt Goch. Band II, 1615–1846. Verkehrs- und Heimatverein Goch e. V., Völker-Druck, Goch, 2006

Ella Theiss, im Februar 2009